Manuel Hilmer

Abwege

Abwege

Manuel Hilmer

1. Auflage 2015

Kleiststraße 25, 85521 Ottobrunn
info@manuel-hilmer.de
www.manuel-hilmer.de

Umschlaggestaltung: © Manuel Hilmer

Umschlagfoto: © Barbara Ramhofer
aus dem Blog: *Ramis in Irland* (Beitrag: *Achtung Absturz*)
https://ramisinirland.wordpress.com
https://hauptstadtruf.wordpress.com

Bibliografische Information der Deutschen Bibliothek:
Die Deutsche Bibliothek verzeichnet diese Publikation in der Deutschen Nationalbibliografie, detaillierte bibliografische Daten sind im Internet über http://dnb.ddb.de abrufbar.

ISBN-13: 978-1517243456
ISBN-10: 1517243459

Vorbemerkungen

Im Anhang findet sich ein Glossar *Bayrisch - Deutsch*

Den im Roman beschriebenen Multicache *Chiemgautour* gibt es wirklich, allerdings als privaten Geocache (nicht auf www.geocaching.com).

Weitere Informationen gibt es auf meiner Homepage: www.manuel-hilmer.de

Für meine Söhne Jonas und Elias

Prolog

Wenn man stirbt, sieht man sein ganzes Leben noch mal.
Heißt es. Dass das so innerlich an einem vorbeizieht. Jetzt kann ich dir aber aus erster Hand sagen: Stimmt nicht. Wenn man stirbt, ist man zuerst mal viel zu sehr mit Todesangst beschäftigt, also ich zumindest.
Und dann sieht man auch nicht sein eigenes Leben, wär wohl zu fad, jeden Legostein, den man mal gesucht hat, jedes Mädchen, das man schließlich doch nicht bekommen hat. Man schaut sich ja auch keinen Film zum zweiten Mal an. Also ich nicht.
Nein, man sieht das Leben von einem anderen, hätt ich auch nicht gedacht, ist aber so.
Frank heißt er. Ich seh aber auch nicht dem sein ganzes Leben, nicht jedes Lego und auch nicht jedes Mädchen, das er schließlich doch bekommen hat. Nein, viel interessanter. Und noch was:
Mein Wahnsinns-Grant ist weg. Dieses ständige Karate gegen die eigene Seele, wie das der Rosendorfer nennt. Ich sag jetzt auch gar nicht, auf wen oder was ich so grantig gewesen bin – auf wen vor allem. Nein, jetzt genieß ich erst mal dieses grantlose Sein.
So gut das halt geht, neben der Todesangst. Seltsam, die Schmerzen, die müssten eigentlich schon längst eingetroffen sein. Ich lass einfach mal die Augen zu. Und hoffe, dass das noch seine Zeit dauert, dieses innerliche Vorbeiziehen von so einem Leben.

Kapitel 1

1

Im Nachhinein kann man natürlich leicht sagen: Wieso hat sich der Frank darauf eingelassen? Aber der männliche Stolz, da versteh ich ihn sogar. Das war auch zu einem Zeitpunkt, wo ihm bewusst geworden ist: Mensch, ich hab ja einen Sohn. Und er hat sich gefragt: Kenn ich den überhaupt? Sollte er natürlich, denn der Gabriel war ja schon neun. Seine Frau hat er das auch gefragt und die hat ihm lachend geantwortet:
„Wie denn, wenn du nie daheim bist?"
Na ja, lachend, das war mehr so ein einzelner, stoßartiger Lacher von der Barbara. Und in diesen einen Lacher hat sie gleich mal eine ganze Palette an Gefühlen reingepackt, hat den Lacher so schwer beladen, wie das wirklich nur Frauen können, mit Hohn, Ärger, Trauer, um nur ein paar aufzuzählen.
„Entschuldige bitte, dass ich arbeiten muss", hat es der Frank mit ein wenig Sarkasmus versucht.
„Ist ja auch besser so."
„Wie, besser?"
„Na ja, in deiner Versicherung hast du halt lösbare Aufgaben."
„Ach, und du daheim nicht, oder wie?"
„Doch, doch, *ich* kann sie schon lösen."
Kennst du eigentlich das Lied „Das bisschen Haushalt macht sich von allein, sagt mein Mann"? Nicht? Macht nichts, das hat der Frank jetzt eh nicht gesagt, geschweige denn gesungen, sondern:
„Und ich könnte das nicht, oder wie?"
„Nein. Zumindest nicht allein, ohne meine Hilfe."
„Du willst mich nur ärgern."

„Ärgern?“, hat ihn die Barbara leise zischelnd gefragt, leise, weil sie ja gemeinsam beim IKEA waren und zischelnd ist eh klar, oder?
„Keine zwei Tage würdest du mit dem Gabriel allein klarkommen“, hat sie gesagt, „zumindest nicht ohne bleibende Schäden. Für euch beide.“
„So ein Schmarrn!“
Das war natürlich echt ein wenig übertrieben von der Barbara, aber sie hat die Erziehung von ihrem Sohn wirklich als Mission gesehen. Und nicht als notwendiges Übel, wie der Frank.
„Nein, Tatsache“, hat sie gesagt.
„Ich werde dir das Gegenteil beweisen.“
„Das gefällt mir“, hat sie gesagt, aber dabei auf ein schmales Badezimmerregal gezeigt. Der Frank, trotzdem nicht in seinem Gabriel-Projekt zu stoppen, hat zum Badezimmerregal den Kopf geschüttelt und zur Barbara gesagt:
„Du fährst doch über Pfingsten weg. Auf diese Tagung.“
„Stimmt.“
„Und der Gabriel …“
„… Ist in der Zeit bei meinen Eltern.“
„Nein“, hat der Frank da gesagt, ein gewichtiges Nein, aber im Nachhinein ist man immer schlauer, „nein, der Gabriel bleibt bei mir.“
„Vier Tage lang?“
Die Barbara hat ja selten mal bayrisch gesprochen, das haben sie ihr irgendwann in der Schulzeit abtrainiert, aber das folgende „Nein“ hat sie so bayrisch und pfeilschnell abgeschossen, wie ich das bisher nur von meiner Mutter gehört habe. Gott hab sie selig.
„Na! Das heißt doch vier Tage lang Stubenhocken mit dir, Sonnenstrahlen exklusive.“
„Nein, ich unternehme was mit ihm.“
„Du? Du weißt doch nicht mal, was er gerne macht.“

„Klar weiß ich das. Sein ferngesteuertes Auto lässt er gern fahren.“
Die Barbara hat die Augen nach oben verdreht, bevor sie zum nächsten Regal weitergeschlurft sind.
„Und Karate“, hat er gesagt.
„Haben wir schon wieder gekündigt.“
„Schön, dass ich das auch erfahr“, hat der Frank erwidert, aber mit zu wenig Biss, mein ich. Die Barbara hat auch nur mit den Schultern gezuckt, so nach dem Motto: tja.
„Und das da?“, hat sie gefragt und auf ein superschmales kreideweißes Regal gezeigt.
„Zu hoch. Dieses Geocatchen, das macht er doch gern.“
„Cachen, nicht Catchen“, hat die Barbara jetzt gelacht. Nicht stoßartig, sondern echt.
Und der Frank natürlich sehr stolz, dass er das mit dem Geocachen gewusst hat. Jetzt hat er in seinem Überschwang gleich mal selber auf ein Regal gezeigt.
„Das würde doch reinpassen.“
Die Barbara hat ihn nur angeschaut, ihre ablehnende Haltung gegenüber diesem Regal war aber deutlich. Weil Frauen ja auch einen Blick schon so unglaublich vollladen können, auch die meine übrigens, die nehme ich da gar nicht aus.
„Also“, hat der Frank jetzt verkündet, „werde ich mit dem Gabriel Geocaching machen. Da sind ja sicherlich noch ein paar auf seinem Gerät drauf, oder?“
„Drauf. Auf seinem GPS-Gerät? Meinst du?“
Sie hätte ihn jetzt auflaufen lassen können, den Frank, mit seinem gefährlichen Halbwissen.
„Einen Geocache sucht ihr euch im Internet aus“, hat die Barbara gesagt. Bisher ist ja ausschließlich sie mit dem Sohn Geocachen gegangen.
„Die Koordinaten gebt ihr dann ins Garmin ein.“
Also ins GPS-Gerät, „Garmin“ heißt ja nur die Firma, aber die ist für Geocacher wie „Zewa“, da sagt man ja auch nicht

Küchentuch. Du schon? Ja, ist recht, dann sagst halt Küchentuch.
Die Barbara hat ihren Mann jetzt so angeschaut, du weißt schon, so in sich gekehrt, „Kalender machen" hat mein Vater diesen Blick immer genannt.
„Ich hätte da einen Cache, den du mit ihm machen könntest", hat sie schließlich gesagt.
Und dabei so diabolisch gegrinst. Aber das ist dem Frank erst mal gar nicht aufgefallen, an dieses Grinsen hat er sich viel später erinnert. Jetzt fragst du dich wahrscheinlich: Wann erklärt mir denn endlich mal einer dieses Geocachen. Mach ich: Ist eine Art moderne Schnitzeljagd, nur ohne Schnitzel, dafür mit Tupperdosen. Verstehst nur noch Bahnhof jetzt? Also, da verstecken weltweit Geocacher allerlei Krimskrams, meistens in Tupperdosen, und stellen die Koordinaten ins Internet, damit andere Geocacher sie finden und mit ihrem eigenen Krimskrams tauschen können. Immer noch Fragen? Kommt schon noch.
„Einen Multicache in den Chiemgauer Alpen", hat die Barbara weiter ausgeführt, „den wollte ich eigentlich in den Sommerferien mit ihm machen."
Und der Frank nur selig genickt.
„Braucht man nämlich vier Tage dafür", hat sie gesagt, „Chiemgaurunde, und auf dieser Rundwanderung hat einer mehrere Geocaches versteckt."
Die Barbara hat gar nicht glauben können, dass der Frank immer noch nickt und ihre letzte Karte ausgespielt:
„Das heißt natürlich Hüttenübernachtungen."
Der Frank hasst ja Hüttenübernachtungen, aber nicht wegen dem Schnarchkonzert oder den fehlenden Steckdosen fürs iPhone. Nein, wegen seinen Selbstgesprächen, die er vornehmlich im Schlaf führt, und das nicht leise.
Hat ja auch einiges aufzuarbeiten.

„Prima", hat der Frank aber jetzt ausgerufen, „das machen wir. Ich und der Gabi."
„Spinnst du?", hat sie gefragt, und das nicht, weil er „Gabi" statt „Gabriel" gesagt hat. Das findet sie nämlich immer furchtbar. Der Frank hätte ja lieber ein Mädchen gehabt.
Jetzt ist der Name ja auch in der Langfassung schon nicht ideal, also Gabriel mein ich, da wird er vielleicht in der Schule gehänselt, mit Erzengel und so, wobei, wahrscheinlich kennen den die Kinder heute gar nicht mehr. Hat's eh ein mancher nicht so leicht mit seinem Namen, ich auch nicht, im Übrigen: Ivo heiße ich. Fragst du dich vielleicht, wie man denn mit so einem Namen geärgert werden kann. Aber Jugendliche sind Sadisten, einfallsreiche Sadisten. Vor allem die Nadja, die hat der Thomas damals gefragt, ob ich ihr Freund sei, eh gschert von dem Thomas, weil er die Antwort ja schon gewusst hat. Die Nadja natürlich trotzdem gesagt: „I wo!"
Geh verreck, dass ich dir das jetzt so erzählen kann, ganz ohne Stottern, sind ja schließlich nicht die schönsten Erinnerungen. Liegt wohl auch am Sterben, da hättest du mich vorher hören sollen, ein Gestolper durch die Sätze, nicht mehr feierlich. Außer bei meiner Frau, da hab ich nie gestottert. Apropos Frauen, ob er spinnt, hat die Barbara ja vom Frank wissen wollen, und darauf er:
„Wieso?"
„Du willst mit unserem neunjährigen Sohn vier Tage lang von Hütte zu Hütte wandern?"
Sie hat gedacht, dass er vielleicht doch noch einknickt, wenn er das noch mal so zusammengefasst hört.
„Genau", hat er aber gesagt.
Jetzt hat die Barbara nur noch den Kopf geschüttelt und … ja genau. Natürlich voll beladen, dieses Kopfschütteln.
„Eigentlich hab ich das ja nicht ernst gemeint, aber, na gut", hat die Barbara gesagt und ihm die Hand hingehalten.

„Also, abgemacht?“, hat sie gefragt, und dabei wieder so schräg gegrinst. Mein ich.
Aber der Frank hat in ihre Hand eingeschlagen, ohne zu zögern. Ist wahr. Ein Regal haben sie später auch noch gekauft, eines, das keinem richtig gut gefallen hat.
Daheim ist der Frank übrigens doch noch eingeknickt. Wollte einknicken. Er hat vorgeschlagen, dass er mit dem Gabriel doch lieber daheimbleibt und sie in der Nähe einen Geocache suchen. Woraufhin ihn die Barbara nur gefragt hat, ob er jetzt sein Wort breche. Was der Frank natürlich heftig verneint hat, männlicher Stolz, wie gesagt, da versteh ich ihn sogar.

2

Der Frank ist aus dem Auto gestiegen, hat die Fahrertür zugemacht und die Stille genossen. Hat gehört, wie sich seine Trommelfelle mit einem leisen Knacken entspannen.
Gehört, wie sein Sohn Gabriel von innen gegen die Autoscheibe klopft. Egal, diese knappen zwei Sekunden kann dem Frank keiner mehr nehmen. Eine gute Stunde hat der Gabriel ihn jetzt zugetextet, die ganze Autofahrt von München bis hierher nach Hohenaschau. Fußball, Steinschleuder, Lichtschwerter und die Frage, ob man noch kurz etwas sieht, nachdem einem der Kopf abgeschlagen wurde. Tut man übrigens, aber so was weiß der Frank nicht.
„Ich brauch keine Babysicherung!“, hat der Gabriel geplärrt, nachdem Frank ihm die Autotür geöffnet hat.
„Kindersicherung.“
„Nein, die heißt Babysicherung.“
„Kannst du dann mal aussteigen, Gabriel?“
„Babysicherung heißt die.“
Der Frank hat jetzt kurz nach oben geschaut, um sich im weiß-blauen Schäfchenwolkenhimmel Kraft zu holen.
„Nein, als du noch ein Baby warst, brauchten wir die Sicherung nicht. Schnall dich doch wenigstens mal ab.“
„Fabian hat mich ausgelacht, weil wir noch eine Babysicherung drin haben.“
Frank hätte die Tür zulassen sollen.
„Fabian sagt, die heißt Babysicherung.“
Na, wenn sein neunjähriger Klassenkamerad das sagt.
„Steig jetzt bitte aus, Fabian, äh Gabriel.“
„Nur, wenn du die Babysicherung rausmachst.“
Jetzt sind dem Gabriel seine Augen feucht geworden. Und wenn bei einem Kind mit dunkelbraunen Naturlocken die hellbraunen Augen feucht werden, gleicht es halt sofort einem verwundeten Reh, sprich: Mitleidsfaktor erhöht. Der Frank

übrigens mit der gleichen Farbausstattung, was Haare und Augen betrifft, aber das war's dann auch schon mit den Gemeinsamkeiten.

„Ich versteh dich ja", hat der Frank gesagt, „wir hatten die Sicherung ja auch schon draußen. Aber dann hast du die Tür während der Fahrt aufgemacht, weißt du noch?"

„Da wollt ich nur was ausprobieren. Das mach ich nicht mehr. Bitte Papa, sag *na gut.*"

Gabriels feuchte Augen. Tausende von Schritten hoch bis zur Riesenhütte, von denen sie noch keinen Einzigen gemacht haben.

„Bitte, sag *na guuut.*"

Konsequenz ist so schwer.

„Na gut", hat der Frank gesagt, „aber es heißt Kindersicherung."

3

Ihy
Empfangen: 16. Mai, 22:57 Uhr

Was meint sie denn damit? Das ist doch selbst für eine SMS saukurz, oder? Der Frank hätte sein Handy halt nicht einschalten sollen. Aber zu spät, jetzt war sie schon zugestellt, die Kurznachricht, die die Michaela gestern Abend schon geschrieben hat.

Frank hat jetzt von diesem „Ihy“ auf seinem Handy zum Gabriel geschaut, der mit ihm bergauf durch ein verschlafenes Hohenaschau gelaufen ist. Links und rechts so wunderschöne Bauernhäuser, mit Balkonen, auf denen die Geranien unter einer fast schon indischen Bevölkerungsdichte leiden mussten. Mir persönlich haben diese Häuser ja nie so gefallen, dieses dunkle Holz und diese kleinen, viergeteilten Fenster mit Vorhang, dahinter alles dunkel, ja, schwarz, was da wohl alles so passiert, wenn es dunkel wird, unheimlich auf jeden Fall, mein ich.

Der Gabriel ist dem Frank bereits zehn Meter vorausgelaufen. Und das, obwohl er bei jedem dritten Schritt eine halbe Drehung gemacht hat oder sich weggeduckt oder beides. Falls du keine Kinder hast, fragst du dich wahrscheinlich, was denn der arme Bub hat.

Der Gabriel kämpft gegen einen imaginären Sith-Lord mit seinem imaginären Lichtschwert. Star Wars, weißt schon, und der Sith-Lord ist natürlich böse.

Ihy. Ich hasse ja diese Abkürzungen. Da bleibt mir wohl ein Rest-Grant, trotz Sterben. LG – wie lieb können die Grüße schon sein, wenn man nicht mal die Zeit findet, sie auszuschreiben. Btw – by the way, klar, warum nicht einfach „übrigens“ schreiben. Und jetzt „Ihy“. Der Frank hat die Suchmaschine auf seinem Handy angeworfen und „Ihy“ eingegeben.

Und in einem so genannten urban dictionary war dann Folgendes zu lesen:

"Ihy" – acronym for "I hate you". Example:
Lisa: "Laurie, why are you starting fights with me?"
Laurie: "Because IHY!!!"

Na ja, die Michaela hat wenigstens keine Ausrufezeichen an das „Ihy" dran gehängt. Obwohl, eigentlich noch schlimmer, ohne Ausrufezeichen hat das „I hate you" so einen bitteren Nachklang, mein ich. Und so blöd diese Abkürzung auch ist, so auf Englisch, „du Arsch" hätte der Frank ja auch verstanden, sogar schneller, also so deppert dieses „Ihy" auch ist, Recht hat sie schon, die Michaela. Andererseits. Selber schuld, wenn sie unbedingt außerhalb grasen muss. Aber ich reg mich ja nicht auf. Nicht mehr.
„Gabi, hör mit dem Rumgehampel auf!", hat der Frank jetzt nach vorne gebrüllt, weil auch der Gabriel das hasst, wenn der Frank ihn „Gabi" nennt. Und seinen Jedi-Kampf als „Rumgehampel" zu bezeichnen war auch nicht nett. Obwohl der Sohnemann ja momentan gar nicht Franks Problem war. Aber irgendwo muss es halt raus.
Der Gabriel hat ihn einfach ignoriert und ist weiter gehampelt, inzwischen bestimmt schon 20 Meter vor Frank.
Der Frank hat sein Handy gerade wieder wegstecken wollen, da ist noch eine SMS von der Michaela eingetrudelt. Oder eigentlich eingedudelt, das hat er nämlich am Klingelton erkannt, oder nennt man das dann SMS-Ton, wurscht, auf jeden Fall an den ersten paar Takten von „Girl on fire". Hat ihm natürlich die Michaela so eingestellt, als das mit den beiden noch frisch war, inzwischen hätte sie ihm vielleicht lieber „Frank on fire" aufs Handy geladen.

Diese neue Nachricht hat der Frank jetzt nicht gelesen, weil, erstens musste er zum Gabriel aufschließen und zweitens wollte er es gerade gar nicht ausführlicher als „Ihy".
Am Weglaufen erkennt man halt den Feigling.
Gelaufen ist er jetzt wirklich, na ja, mehr so ein Laufschritt, oder ein Schrittlauf, bei jedem Atemzug hat er so ein Ziehen gespürt, in seinem rechten Schlüsselbein, als ob die Luft durch diesen Knochen hindurch muss. Das ist jetzt *sein* Kampf gewesen.
Freilich, der Anfang ist beim Wandern ja immer am schlimmsten. Und sonst ist es ja umgekehrt, dass der Erwachsene das Kind antreiben muss, ein Bitteln und Betteln, und zigmal anlügen, dass es wirklich nimmer weit sei.
Zu allem Übel hat der Gabriel jetzt auch noch mit dem Rumgefuchtel aufgehört und Schritt um Schritt gesetzt, zügig und gleichmäßig. Hat seine Hände hinter dem Rücken verschränkt, unter seinem blauen Rucksack, der fast über seinen Kopf hinausgeragt hat, also von hinten ein braun gelockter, ein Meter fünfunddreißig großer Rucksack mit Beinen. Viel größer war dem Frank sein Rucksack auch nicht, und der Gabriel ja erst neun. Aber da hat wohl jeder eine andere Vorstellung, was man einem Kind so zumuten kann. Falls seine Eltern ihn dadurch ein wenig bremsen wollten, hat das zumindest nicht hingehauen. Obwohl der Abstand zu seinem Sohn gewachsen ist, hat der Frank natürlich nicht nach vorne gerufen, dass er warten soll. Oh nein, nicht der Frank, so weit tät es noch kommen, dass dieser Knirps …
Dieser Knirps, der urplötzlich um die Ecke gebogen und verschwunden ist.
„Gabriel! Warte!"
Also doch, das freut mich jetzt doch, irgendwie. Der Frank hat zu laufen angefangen, immer noch mit diesem Ziehen, jetzt in beiden Schlüsselbeinen. Vorbei am Kohlenbarrenhaus, Eisenindustrie in Hohenaschau bis 1879, vorbei an einer Pra-

xis für Hunde-Physiotherapie, stell dir vor, hat der Frank aber alles nicht gesehen, und sich auch nicht aufhalten lassen, freilich, dann endlich rechts der Wanderweg, mit Schild, Riesenhütte ca. 2 Stunden. Weg da, Schild da, aber dass der Gabriel auf seinen Vater warten tät? Da wär mein Sohn anders, mein ich. Plötzlich ist etwas am Frank seinem linken Ohr vorbei gesurrt und mit einem lauten Scheppern auf dem Wanderschild eingeschlagen. Und da ist er gehockt, der Gribbe, zehn Meter weiter auf einer Holzbank, mit einem Grinsen im Gesicht und einer Steinschleuder in der Hand. Als der Frank bei der Bank angekommen ist, hat er erst mal gar nichts sagen können, weil's dermaßen durch seine Schlüsselbeine gepfiffen hat, aber grimmig schauen, das bringt man immer hin, so grimmig, dass der Gabriel seine Steinschleuder in die Jacke gesteckt hat.

„Spinnst du?", hat der Frank gefragt.

Jetzt gibt's natürlich ein ganzes Sammelsurium an möglichen Tatbeständen, die den Frank zu der Vermutung gebracht haben können, dass sein Sohn spinnt. Es ist nicht der Stein, der, statt sein Ohr zu zerfetzen, eine kleine Delle auf dem Wanderschild hinterlassen hat, direkt auf dem R von „Riesenhütte". Es ist auch nicht das Vorauslaufen, denn gewartet hat er ja, der Gabi, jetzt nenn ich ihn auch schon so, Vorauslaufen *ohne* Warten wäre ein Tatbestand. Nein, was den Frank eigentlich fuchsig gemacht hat, ist der Umstand, dass der Bengel bereits so weit voraus war, dass er die Zeit gefunden hat, seinen Rucksack abzunehmen, seine Steinschleuder rauszuholen, einen passenden Stein zu suchen, nicht zu groß und auch nicht zu flach, und dann zu warten, bis sein Vater neben dem Schild auftaucht. Also mehr der demütigende Aspekt an dem Ganzen.

Der Frank hat sich neben den Gabriel auf die Bank gesetzt.

„Du hättest mich treffen können!"

Hätte er nicht, der Gabriel wollte das R von „Riesenhütte" treffen, und das weiß der Frank auch.
„Hätte ich nicht", hat der Gabriel drum auch folgerichtig gesagt.
Jetzt hat der Frank plötzlich ruckartig seine Hände Richtung Gabriel gestoßen und gerufen: „Buh!" Ohne ihn zu berühren, aber der Gabriel ist trotzdem nach hinten gezuckt und hat sich den Kopf an der Buche angeschlagen, die hinter der Bank gestanden hat.
„Spinnst du?", hat jetzt der Gabriel gefragt und sich den Hinterkopf gerieben.
„Nein, Gabriel. Aber genau *so* bin ich vorhin auch erschrocken."
Die pädagogische Hauruck-Methode.
„Ich bin nicht erschrocken."
„Du wolltest nur testen, wie hart der Baum ist."
„Neiiin!", hat der Gabriel da gekreischt, in einer so hohen Tonlage, die dem Frank seine verbliebenen Amalgam-Plomben gelockert hat.
„Deswegen musst du nicht so quietschen!"
„Ich hab nicht gequietscht."
Na ja, und so weiter und so fort, gequietscht hat er ja wirklich nicht, sondern gekreischt, Türen quietschen. Obwohl er sonst so genau ist, der Frank, mit dem was man sagt. Die beiden haben dann noch weiter gestritten, ohne auf den Punkt zu kommen, drum überspring ich das auch. Als Fazit kann man vielleicht sagen, dass man klärende Gespräche mit Neunjährigen überhaupt lassen sollte, da nehm ich meinen auch nicht aus. Irgendwann sind sie weitergewandert, der Weg durch bemooste Findlinge und Laubbäume hindurch, Buchen, durch deren Blätterdach es die Sonne nur vereinzelt bis auf den Boden geschafft hat. An diesen Stellen haben sich Lichtinseln auf dem Laub gebildet, wunderschön, aber genießen haben das die beiden nicht können. Der Frank nicht, weil

das Ziehen in seinen Schlüsselbeinen von einem schmerzenden Knie abgelöst worden ist. Der Gabriel nicht, seit er erfahren hat, dass es auf der Hütte wahrscheinlich keine Cola gibt und wenn doch, er keine kriegt. Als dann rechterhand die Bäume zurückgewichen sind, war die Aussicht doch so pfundig, dass der Gabriel gerufen hat:
„Der Bodensee!“
„Chiemsee.“
„Aber wo ist dann der Bodensee?“
„Nicht hier.“
Na ja, sicher jetzt kein Beitrag für die neue Auflage von „Ich erkläre meinem Kind die Welt“, der Frank war eh nicht so der Erklärbär. Außerdem war ihm so, als ob bei jedem Schritt jemand in sein rechtes Knie sticht.
„Gabriel, kannst du mir einen Wanderstecken suchen?“
„Der Bodensee ist in Baden-Württemberg.“
„Dann frag nicht, wenn du's weißt. Hast du eigentlich gehört, was ich gesagt habe?“
Der Gabriel ist jetzt stehen geblieben und hat dem Frank intensiv in die Augen geschaut, als ob er da die Frage noch mal nachlesen könnte.
„Mein Knie tut weh“, hat der Frank gesagt und sich auf einen großen, bemoosten Findling gesetzt, „ich brauch einen Wanderstecken.“
„Den such ich dir“, hat der Gabriel gesagt, „darf ich dein Messer mitnehmen?“
„Nein.“
„Aber wenn ich sägen muss?“
„Ich säge, du sollst den Stecken nur herbringen. Bitte jetzt.“
„Bitte“ hat der Frank ja nie zum Gabriel gesagt, wenn, dann „bitte jetzt“, als Kurzform für „Mach‘s halt einfach."
„Aber vielleicht hängt der Stecken noch am Baum.“
„Die Säge ist sauscharf, Gabi.“
„Ich pass wirklich auf. Bitte, sag *Na guuut.*“

„Nein, Gabriel, immer zieht dein *Na guuut* auch nicht.“
„Bei der Mama hab ich schon mal was sägen dürfen.“
Der geht schon konsequent die Hebelpunkte durch, der Gabriel.
„Das glaub ich. Die lässt dich ja auch mit der Steinschleuder schießen.“
„Nie darf ich was machen bei dir.“
„Das stimmt nicht.“
„Doch!“
Und wieder ein eindrucksvolles Beispiel für: Konsequenz ist so schwer. Meist scheitert sie an der elterlichen Erschöpfung. Aber der Frank hat jetzt auch plötzlich seine Frau im Kopf gehabt, so mit Selbständigkeit fördern und nicht in Watte packen und Pipapo, und so hat er sämtliche inneren Bilder mit blutenden Körperteilen aus dem Kopf verscheucht und sein Schweizer Taschenmesser aus dem Rucksack geholt. „Danke“, hat der Gabriel gerufen, mit den Umgangsformen war er dem Vater voraus, und ist den Hang hinuntergestürmt, zu zwei umgestürzten Bäumen. Jetzt hätte der Frank eigentlich Zeit gehabt, die heutige SMS von der Michaela zu lesen, meine ich, aber gut, zu diesem Zeitpunkt ist er halt richtig stolz auf sich gewesen, pädagogisch stolz, das wollte er sich nicht versauen. Auf seinen Sohn war er auch stolz, als der ihm zwanzig Minuten später einen Tipptop-Wanderstecken gebracht hat, nicht zu kurz, nicht zu dick, nicht morsch. Das Blut auf dem Stecken hat der Frank halt nicht gleich bemerkt. Erst als ihm der Gabriel mit dem angesägten Finger auf die Hose getropft hat, war klar, dass ein Erste-Hilfe-Set in den Rucksack gehört hätte.
„Nicht so schlimm“, hat der Gabriel gesagt, obwohl sein Gesicht farblich schon Richtung Schäfchenwolke changiert hat.
Der Gabriel hat den verletzten Zeigefinger mit der anderen Hand fest umklammert. Aber das Blut hat sich trotz dieser rudimentären Erstversorgung seinen Weg auf Franks Hose

gesucht. Ja und verreck, das sind keine einzelnen Tropfen gewesen, sondern eher ein kleines Bächlein, das dem Gabriel da durch die Finger gesprudelt ist. Seinen rechten Zeigefinger hat's erwischt, weil er mit der linken Hand gesägt hat. Jetzt sagt man ja, dass Linkshänder tendenziell geschickter sind als Rechtshänder, aber dieser genetische Vorteil ist am Gabriel glatt vorübergegangen.

In solchen Situationen weißt du ja als Vater oft gar nicht, was zuerst tun. Verbinden? Trösten? Hose retten? Der Frank hat sich fürs Verbinden entschieden und die Schere aus seinem blutverschmierten Taschenmesser herausgeklappt. Hat sein Hemd unten eingeschnitten, einen Stoffstreifen abgerissen und dem Gabriel locker um den Finger gewickelt. Warum er nicht wenigstens ein Hemd aus seinem Rucksack genommen hat, weiß ich nicht. Aber ein bisschen was Heroisches hat er eh manchmal. Apropos heroisch, beim Gabriel: keine Tränen, keine Einzige. Er hat sich neben seinen Papa auf den Findling gesetzt. Der Stoffstreifen war natürlich sofort blutdurchtränkt, drum hat der Frank einen zweiten Streifen abgeschnitten und diesmal fester rumgewickelt. Und - durchtränkt. Verreck ums Eck, hat das denn gar nicht mehr aufhören wollen. Der Frank hat sein Handy rausgeholt, um die Barbara anzurufen, die war nämlich Molekularmedizinerin im pathologischen Institut, daheim in München. Sprich, der ideale Telefonjoker. Aber leider nichts wert, ohne Handynetz. Da wäre jetzt ein mancher panisch geworden, da nehme ich dich gar nicht aus, aber der Frank hat einfach mit dem Streifenreißen und Rumwickeln weitergemacht, never change a running system. Obwohl ja eigentlich nur Gabriels Blut gelaufen ist. Und die Gedanken in Franks Kopf, aber nicht durcheinander, sondern ganz gezielt. Der Frank ist ja in der Versicherung, in der er arbeitet, für die Risikoanalyse zuständig. Und so hat sich in Franks Kopf im Laufe der Jahre eine Plus-Minus-Maschine entwickelt. Der Gedanke „Scheiße, kein Netz“ ist in seinem

Hirn natürlich schnurstracks nach links zum Minus gelaufen. Ebenso die Gedanken „Kein anderer Wanderer weit und breit zu sehen“ und „Wieso hat der Gabriel gerade jetzt den Versicherungsheini und nicht die Medizinerin an seiner Seite?“

„Und wenn das nie mehr aufhört?“, hat der Gabriel jetzt den Frank in seinen Gedankenläufen unterbrochen.

„Das hört auf, Spatz. Wegen der Blutgerinnung.“

Und das war jetzt endlich mal ein Gedanke, der in Franks Hirn nach rechts zum Plus laufen durfte.

„Papa, das ist doch dein Lieblingshemd.“

„Ist ja auch dein Lieblingsfinger.“

Und während der Frank einen weiteren Streifen abgerissen hat und dem Gabriel sein Gesicht langsam wieder farbiger geworden ist, haben sie gelacht. Und kurz darauf hat es tatsächlich aufgehört zu bluten. Wegen der Blutgerinnung. Und vor allem wegen der Gefäßverengung, die kommt nämlich vorher.

Aber so was weiß der Frank nicht.

4

N 47°45.345'
E 12°16.854'

Das waren die Koordinaten zum ersten Geocache. In einer Höhle, etwas abseits vom eigentlichen Wanderweg. Naja, eigentlich ziemlich abseits, aber da hat der Gabriel jetzt hinwollen, trotz Finger. Er ist mit seinem Vater vor einem Kuhgitter gestanden und hat auf sein Garmin geschaut.
„Wir müssen weiter zur Hütte, Gabriel. Sonst bekommen wir da keinen Schlafplatz mehr. Und mein Knie tut weh."
Natürlich nicht sehr geschickt vom Frank, dass er da gleich zwei Argumente auf einmal verbraten hat. Aber egal, wenn ein Neunjähriger etwas wirklich will, sausen Gegenargumente eh auf kürzestem Weg von Ohr zu Ohr, ohne mit dem dazwischen liegenden Hirn in Kontakt zu treten.
„Ich will aber zur Schlüssellochhöhle."
„Mein Knie tut weh."
Jetzt hat er's besser gemacht, der Frank, kurzer Satz und nur ein Argument.
„Du hast doch gesagt, dass dir das Knie nicht mehr weh tut. Wegen meinem tollen Wanderstecken."
Ja, hat er gesagt. Aber da möchte ich dich sehen, wenn dein Kurzer so umadum einen Liter Blut verloren hat.
„Gabriel, wir machen *morgen* einen Geocache. Versprochen."
„Den bei der Höhle?"
„Nein, das wäre ja ein Wahnsinnsumweg, wir wollen doch weiter zum Spitzsteinhaus."
„Ich brauch aber den bei der Höhle. Das ist der Erste von dem Multicache."
Multicache. Da hat es schon geklingelt beim Frank, weil das ja auch die Barbara gesagt hat, beim Ikea, aber richtig verstanden hat er es erst jetzt. Ein Multicache ist nämlich ein Cache,

bei dem man an der ersten Station die Koordinaten für die nächste findet, und so weiter, bis zum Final, der letzten Station.

„Man muss jeden einzelnen Cache finden?"

Ja, jetzt hat es geschnackelt beim Frank.

„Klar."

„Von wie vielen?"

„Sechs. Und der Erste ist in dieser Höhle."

„Sechs?" hat der Frank gesagt, und dabei die Augen aufgerissen.

„Wir haben nicht mal Taschenlampen dabei."

„Doch, hab ich. Zwei", hat der Gabriel gesagt.

Verreck ums Eck, jetzt ist er es gewesen, der den Frank mit Gegenargumenten beschossen hat, und alle ins Ziel, wie mit seiner Steinschleuder.

„Und wie weit ist das?", hat der Frank jetzt schon ein wenig geschwächelt.

„500 Meter."

„Weißt, Gabriel, ich mit meinem Knie und du mit deinem Finger …"

„Bitte, Papa, sag …"

„Nein! Nicht den Na-guuut-Scheiß. 500 Meter sagst du?"

„Ja."

„Dann geh zu", hat der Frank gesagt und den steinigen, kleinen Pfad hinabgezeigt, weg vom Hauptwanderweg, weg vom baldigen Bier auf der Riesenhütte, „da lang, oder?"

Der Gabriel hat heftig genickt, ist an seinem Vater vorbei gestolpert und vorausgelaufen. 500 Meter, das war schon richtig, aber was der Gabriel nicht dazu gesagt hat: Luftlinie.

Nach kurzer Zeit sind sie auf einen breiteren Weg getroffen und aufwärts gelaufen, Richtung Laubenstein. Kräftig bergauf, sein Knie hat er überraschenderweise nicht gespürt, der Frank, aber schnaufen hat er müssen, geh verreck. Seltsam eigentlich, ein kleines Bäuchlein hat er ja schon gehabt, der

Frank, aber das haben andere auch und müssen bei so einem Kinderwagerlweg trotzdem nicht derart schnaufen.
Zwei Dinge haben dem Frank jetzt besonders gestunken: dass sie das nachher alles wieder runtermussten. Und dass er dafür nicht mal seinen Sohn hat anmaulen können, weil der schon wieder außer Sichtweite war. Nur gehört hat er den Gabriel einmal, oder genauer gesagt ein blechernes Scheppern, trotz verletztem Finger hat der schon wieder mit seiner Steinschleuder auf ein Wegschild geschossen.
Geocaching. So ganz hat der Frank den Spaß daran nicht verstehen können. Die ganze Mühe, um eine versteckte Tupperdose voll mit Geraffel zu finden. Aber neuen Dingen gegenüber war der Frank eh nicht so aufgeschlossen, da war er weniger flexibel als ein zweiundachtzigjähriger CSU-Wähler. Mir macht das Geocachen schon immer Spaß, wenn ich da mit meinem Kurzen auf die Pirsch gehe. Gegangen bin, muss ich ja jetzt sagen. Tut schon weh.
Bei einer Wegzweigung hat der Gabriel auf den Frank gewartet. Vor einem Kuhgitter ist er im Schatten gesessen und hat aus seiner roten Blechflasche getrunken.
„Warum sitzt du denn im Dreck?"
Kaum Luft zum Überleben, der Frank, aber schon den ersten Vorwurf rausgepresst. Er ist vor dem Gabriel stehen geblieben, hat sich nach vorn gebeugt und mit den Händen auf die Knie gestützt. Um besser Luft zu bekommen.
„Immer, wenn ich auf dich warte, trinke ich was", hat der Gabriel gesagt.
„Wieso ...", hat der Frank noch mal angesetzt und seine Frage nach einem tiefen Zwischenschnaufer vollendet: „... du im Dreck sitzt?"
Und noch eine Frage nachgeschoben:
„Und warum nimmst du deinen Rucksack nicht runter", Zwischenschnaufer, „wenn du wartest?"

„In der Beschreibung steht, dass wir nach dem Kuhgitter links müssen“, hat der Gabriel gesagt und mit dem eingebundenen Zeigefinger auf sein Garmin gezeigt. Und obwohl sie das Blut auf seiner Hand mit dem Wasser aus Franks Trinkflasche abgewaschen hatten, waren da schon wieder zwei frische Blutrinnsale unterhalb vom Verband. Haben die beiden aber nicht gesehen.

„Sag mal, Gabriel“, Zwischenschnaufer, „hörst du eigentlich überhaupt mal“, Zwischenschnaufer, „was ich sag?“

„Ja, ja, ja! Ich soll meinen Rucksack runtertun.“

„Und aus dem Dreck aufstehen“, hat der Frank gesagt und auf einen Haufen bemooster Findlinge neben dem Kuhgitter gezeigt, „setz dich halt da hin.“

Auch nicht viel sauberer, wenn du mich fragst.

„Jetzt gehen wir eh weiter, oder?“, hat der Gabriel gefragt.

„Nein.“

„Brauchst du eine Pause?“

„Nein!“

„Dann gehen wir weiter?“

„Geh zu!“

Gespräch zu Ende. Der Frank hätte seine Luft gleich nur zum Atmen hernehmen sollen. Dann hätte er vielleicht auch gesehen, dass dem Gabriel sein Finger wieder geblutet hat. Aber im Nachhinein ist man wie gesagt immer schlauer.

Die beiden haben nach dem Kuhgitter den Weg nach links genommen, Richtung Breitenstein, und noch vor der ersten Rechtskurve sind sie geradeaus weitermarschiert. Das konnte man jetzt kaum mehr als Weg bezeichnen, drum ist der Gabriel auch stehen geblieben und hat nach links zu einem Stacheldraht geschaut. Diesen Moment hat der Frank genutzt und ist an dem Gabriel vorbeigerauscht, steil bergauf ist es kurz darauf gegangen, von einem Weg wirklich keine Spur mehr, aber der Frank hat nach hinten gerufen, dass man wohl kaum über den Stacheldraht steigen soll. Doch, soll man, hätte man sollen, aber ich versteh den Frank auch, endlich war er mal Erster, der hat das jetzt als Bergetappe gesehen, Tour de Chiemgau, da hat es kein Knie mehr gegeben und auch keinen kurzen Atem, der ist diesen Hang hochgestolpert, zwischen Kuhfladen hindurch, hat kein „Aber Papa ..." von hinten gelten lassen und auf kein „Da geht's nicht hoch!" reagiert, erst ganz oben ist er stehen geblieben, auf einer buckeligen, kleinen Weide. Hätte einen herrlichen Ausblick gehabt, auf saftig grüne Almwiesen, dunkle Fichtenwälder und das Kaisergebirge. Aber der Frank hat sich erst mal wieder nach vorne beugen und mit den Händen auf die Knie stützen müssen. Statt Aussicht genießen hieß es aufpassen, dass die Lungen nicht zwischen die Kuhfladen springen. Aber seine Lungen sind dringeblieben und so hat er sich aufrichten und zu seinem Sohn umdrehen können. Aber natürlich kein Gabriel hinter ihm, der läuft ja keinen Hügel umsonst hoch.

Der ist unten über den Stacheldraht gestiegen, stand zwar nicht in der Beschreibung, aber ein bisschen ein Näschen braucht man halt auch fürs Geocachen. Hinter dem Draht ist er einem schmalen Trampelpfad gefolgt und schließlich bei der Schlüssellochhöhle angekommen. Der dreieckige Eingang im Felsen war so klein, dass man gar keine Höhle dahinter vermutet hat, darüber ist es steil einen bewaldeten Hang hochgegangen.

Eine Viertelstunde später hat der Gabriel auch seinen Vater begrüßen dürfen. Dem Frank seine helle Wanderhose war inzwischen an vielen Stellen genauso dunkel wie sein Gemüt, unterhalb der Blutflecken von seinem Sohn gab es jetzt auch noch Dreckflecken. Weil er den Hügel in seinem Grant so schnell runtergelaufen ist, dass es ihn geschmissen hat.

„Super, Papa, dass du die Höhle auch gefunden hast."

Der Gabriel hat das nicht eine Spur ironisch gemeint. Er war dem Frank auch nie länger böse als eine Minute, höchstens mal zwei. Dagegen umgekehrt, frage nicht.

„Ja, ganz toll!"
Da hat man gleich herausgehört, dass der Frank dem Vorausgegangenen schon noch nachgehangen ist.
„Und wenn ich die Höhle nicht gefunden hätte?", hat der Frank gefragt.
„Aber ich hab doch gerufen, dass ich über den Stacheldraht steige."
„Ich hab nichts gehört, Gabriel. Echt nicht."
Ich auch nicht, aber mei, dann hat er's halt laut gedacht.
„Und 500 Meter waren das auch keine."
„Doch, Papa. Luftlinie."
Kein schlechter Wortschatz für so einen Stöpsel.
„Wir sind aber keine Vögel", hat der Frank gesagt und zur Illustration mit seinen Armen geschlagen.
Woraufhin der Gabriel so herzhaft hat lachen müssen, dass er es dem Frank mit seinem Grant wirklich nicht leicht gemacht hat.
„Ja, ja, jetzt hör mal wieder auf, Gabriel. Ich möchte jetzt von dir hören, wie du das beim nächsten Mal machst."
„Wenn du den falschen Weg läufst?"
„Nein! Wenn du auf mich warten sollst."
„Dann warte ich auf dich."
„Genau."
Und trotz dem grimmigen Blick vom Frank hat es den Gabriel schon wieder fast zerrissen vor Lachen.
„Was denn?"
„Sagst du das noch mal mit den Vögeln und machst so mit den Armen?"
„Nein, mach ich nicht."
„Bitte, bitte!"
„Nur wenn du noch mal sagst, was du in Zukunft immer machst."
„Immer warten", hat der Gabriel brav gesagt und ja: Das tut jetzt schon fast ein bisschen weh, aber der Frank hat halt auch

nie in der Elternzeitschrift „Erziehen & Leben“ geblättert. Nein, ich auch nicht, aber meine Frau musste die ja immer haben.

„Also: Flatter, flatter“, hat der Frank gesagt und seine Arme auf und ab bewegt.

„Nein, du musst das mit den Vögeln dazu sagen.“

„Wir sind aber keine Vögel“, hat jetzt der Frank brav gesagt und mit den Armen geschlagen. Der Gabriel ist wieder abgebrochen vor Lachen, Kinder lieben ja eine bestimmte Art von Situationskomik, welche, weiß man als Erwachsener immer erst hinterher. Der Frank hat ihn weiterlachen lassen und währenddessen die Taschenlampen in Gabriels Rucksack gesucht. Und schon wieder einen Grant aufgebaut, kaum dass der andere abgetragen war. Es gibt ja die Regel, dass nur das Wichtigste in einen Rucksack soll. Damit er nicht zu schwer wird. Fürs *Wandern* wichtig, aber wahrscheinlich weiß der Gabriel gar nichts von dieser Regel, die Barbara hat ihm ja den Rucksack gepackt und er hat anschließend noch alleine nachgepackt. Obwohl in der letzten „Erziehen & Leben“ stand, dass man mit dem Kind gemeinsam packen soll. Aber die gehen ja auch immer von elterlichen Laborbedingungen aus, und von einem Laborkind, wahrscheinlich muss man die Kleidung vor dem gemeinsamen Packen auch gemeinsam waschen und zusammenlegen. Nein, ich lese die wirklich nicht.

Auf das neben dem Höhleneingang wuchernde Unkraut sind jetzt auf jeden Fall einige Dinge geflogen, die definitiv nur für Gabriel wichtig waren: zwei Bücher von Star Wars, Hardcover, ein Laserschwert, kaputt, ein Fußballlehrbuch, ohne Fußball, immerhin. Und eine tragbare Spielkonsole. Die ist natürlich auch nicht beim gemeinsamen Packen in den Rucksack gewandert. Weil, total schädlich in den Augen von der Barbara, dieses Geschenk hat sie ihren Eltern auch immer noch nicht verziehen.

Der Frank hat dem Gabriel jetzt mitgeteilt, dass er wahnsinnig wird und gefragt, wo denn die Taschenlampen sind. So laut, dass sie im Tal unten bestimmt auch gleich gesucht haben. Obwohl ja in einer der letzten „Erziehen & Leben" stand, dass man lieber innerlich zählen solle, anstatt sein Kind so anzuschreien. Und das kaputte Laserschwert hat der Frank schon lange versprochen zu richten, vielleicht packt ihn ja auf der Riesenhütte die Lust. Aber Sarkasmus beiseite, ganz unten im Rucksack hat der Frank schließlich die Stirnlampen gefunden. Und dem Gabriel mitgeteilt, dass er als Erster in die Höhle geht. Krabbeln eigentlich, aber das hat der Frank noch nicht wissen können. Der Gabriel, sonst mit einem Widerwort schnell zur Stelle, hat zugestimmt. Er hat sich nämlich gefürchtet im Dunkeln, schon immer, nichts zu machen, dem hast du das „Traumfresserchen" tausendmal vorlesen können. So ist erst mal nur der Frank gebückt in die Höhle hineingegangen und hätte natürlich nie zugegeben, dass ihm auch ein wenig mulmig zumute gewesen ist. Der Eingang zur Schlüssellochhöhle ist aber auch verreckt, wenn du nach vorne schaust, meinst du, dass es nicht weitergeht, aber wenn du da bist, macht der Tunnel eine Biegung und es geht doch weiter. „Harmlose Engstelle" heißt es da laut Gabriel in der Cache-Beschreibung. Was den Frank schon ein wenig gewurmt hat, weil er fast seinen Hintern nicht rumbekommen hat. Und dann dieses unregelmäßige „Tock, Tock-Tock", was aber nur Wassertropfen sind, die da anklopfen, harmlose Wassertropfen. Schließlich ist der Frank in der Eingangshalle angekommen, ohne Schmarrn, so hat das geheißen in der Beschreibung, aber kein Marmor und kein Lüster, nur stehen hat er wieder können. Rechterhand der Tunnel, der der Höhle ihren Namen gegeben hat, oben ist er unter hohem Wasserdruck rund ausgespült und später von weniger Wasser nach unten erweitert worden, was jetzt ausschaut wie ein Schlüsselloch. Na ja, ein bisschen Phantasie braucht man schon dazu. Direkt vor dem Frank seiner Nase ist ein Messingschild an der braunen Felswand gehangen, Höhlenregeln, freilich, war ja eine deutsche Höhle. Fledermäuse nicht stören, drum die Höhle vom ersten Oktober bis 31. März nicht betreten. Gut, das war natürlich schon wichtig. Keine Fackeln benutzen, keine Farbmarkierungen anbringen, und so weiter. Hat der Frank eh alles nicht vorgehabt. Die eigentliche Höhle hat ja erst hinter dem Schlüsselloch begonnen, schon auch mit der einen oder anderen Attraktion, aber alles nur mit Seil und Klettererfahrung. Den Frank haben aber weder die Jahrtausende alten Tropfsteine interessiert, noch die kleinen Wasserfälle, noch die Bärenhalle, in der sie einen elftausend Jahre alten Bärenschädel gefunden haben. Der Frank wollte nur den Cache finden, und obwohl er erst so kurz unter den Dosensuchern war, hat er damit gleich mal eine wichtige Eigenschaft gezeigt. Der typische Geocacher würde auch im Louvre stundenlang nach einem Micro suchen, ohne einen einzigen Blick auf die Mona Lisa zu werfen. Ein Micro ist so ein superkleiner, magnetischer Cache und den Louvre kennst ja, oder? Blödes Beispiel natürlich, weil niemand einen Micro im Louvre verstecken würde, viel zu viele Muggel, also Menschen, die Geocachen nicht kennen.

Der Frank hat jetzt angefangen, den Cache zu suchen. Er ist mit den Händen über die bröselige Wand gefahren, rings um das Schild, über Licht und Schatten, den seine Stirnlampe geworfen hat.

Gibt ja für einen Geocacher kein größeres Glücksgefühl, als den Moment des Findens, da ist es dann auch völlig wurscht, ob du vorher zweieinhalb Stunden durchs Gebüsch gerobbt bist, dir die Hose ruiniert und das Gesicht zerkratzt hast.

Dem Frank ist dieses Hochgefühl erst mal verwehrt geblieben, der hat jetzt mit beiden Händen die gegenüberliegende Höhlenwand abgebröselt, als ob er blind wäre, viel gesehen hat er allerdings wirklich nicht mit seiner Discounter-Stirnlampe.

Irgendwann hat er aufgegeben, der Frank, und ist wieder zurück in den Eingangstunnel gekrabbelt. Recht früh für einen Geocacher, aber er war ja auch noch ein Anfänger.

Als er wieder beim Gabriel angekommen ist, hat ihn dieser erwartungsvoll angeschaut.

„Nix“, hat der Frank gesagt, „da ist kein Geocache.“

„Hast du auch gut gesucht?“, hat der Gabriel gefragt.

Der Frank hat grimmig genickt und seine dreckigen Hände gezeigt.

Der Gabriel ist zu seinem Rucksack gegangen und hat aus dem Seitenfach ein gefaltetes Stück Papier herausgeholt. Er hat es auseinandergefaltet und gelesen.

„Ah! Der Cache ist gar nicht in der Eingangshalle. Da hab ich was verwechselt.“

„Oh Mann, Gabriel!“

„Aber die Eingangshalle soll man sich eh anschauen. Hast du Fledermäuse gesehen?“

„Nein! Wo *ist* er denn nun versteckt?“

„Gleich nach ein paar Schritten rechts. Bevor es noch niedriger wird und der Tunnel eine Biegung macht.“

An diese harmlose Engstelle hat sich der Frank freilich noch erinnern können.

„Wer lesen kann, ist echt im Vorteil, Gabriel“, hat er laut gesagt.

„Was?“

Der Frank hat den Kopf geschüttelt und gefragt:

„Steht da noch was?“

„Ja. Da ist ein dunkler Stein vor der Dose.“

Der Frank hat sich umgedreht und ist in gebückter Haltung bis zu der beschriebenen Stelle gegangen.

Und einige Minuten später mit seiner ersten Geocache-Tupperdose herausgekommen.

5

N 47°4x.xxx'
E 12°1x.xxx'

Das waren die Koordinaten zum nächsten Cache. Na ja, nicht ganz natürlich, jedes x hat durch eine bestimmte Zahl ersetzt werden müssen.
Frank und Gabriel sind im Schneidersitz vor dem Höhleneingang gesessen, im Dreck, ja, auch der Frank. Zwischen ihnen die aufgeklappte Tupperdose, mit einer abgeschlossenen kleinen Holzschatulle, einem dünnen Lederband und zwei Reißnägeln drin. Die Koordinaten sind in Schwarz auf der Innenseite vom Plastikdeckel gestanden.
„Das hast du echt super gemacht, Papa."
„Danke."
„Dein erster Cache, und so schnell."
„Ja, äh, danke."
„Wirklich sehr gut, Papa. Ich hab für meinen ersten Cache länger gebraucht."
„Ja, ist gut jetzt, Gabriel."
Der Frank hat das Lederband aus der Dose geholt und sich vor die Nase gehalten. Ein halber Meter Buchstaben- und Zahlensalat, ganz oben ein W, darunter ein U, dann eine 4, und so weiter.
„Was soll man denn *damit* machen?", hat der Frank gefragt.
„Lesen, Papa."
„Tolle Idee, Gabi."
„Danke."
Ironie hat der Gabriel nicht immer verstanden.
„Dann lies", hat der Frank gesagt und das Band umgedreht.
Jetzt hat er gesehen, was der Gabriel gemeint hat. Auf der Rückseite war ein kurzer Text:

„Ich bin ein Skytale. Aber um den kleinen Finger lass ich mich nicht wickeln. Der ist mir nicht rot genug. Auf, auf, und suchen, der Pfarrer hockt bei seiner Predigt ja auch nicht auf dem Stuhl“, hat der Frank vorgelesen.
Die beiden haben sich ein paar Sekunden lang angeschaut, und plötzlich hat der Gabriel gerufen: „Rot!“ Der war dem Frank halt nicht nur beim Wandern einen Schritt voraus.
„Wir müssen was Rotes suchen, Papa.“
„Jaja, das ist schon klar“, hat der Frank gelogen, „aber was soll das mit dem Pfarrer?“
„Egal, Papa, erst mal was Rotes. Komm!“
Die beiden sind aufgestanden und haben zu suchen angefangen. Jetzt wäre der Frank natürlich auch gern mal schneller gewesen, aber nix da. Der Gabriel hat den rot angemalten Ast neben dem Höhleneingang ruckzuck entdeckt, so schnell schaust du gar nicht. Also zumindest der Frank nicht. Drei Zentimeter war der Ast dick, ungefähr, und ist fast waagrecht vom Baum weggewachsen. Der Gabriel hat das Lederband geholt und um den Ast gewickelt. Das hat natürlich nicht gehalten und jetzt ist dem Frank doch noch sein Auftritt vergönnt gewesen.
„Die Reißnägel! Ich hol sie.“
Er hat das eine Ende des Bandes mit einem Reißnagel in das Holz gedrückt und es dann schräg herumgewickelt. Den Reißnagel am Ende durfte der Gabriel rein drücken. Und plötzlich haben die vielen Buchstaben und Zahlen Sinn ergeben:

```
WINDFANG
UNWETTER
46226362
MICHAELA
VEILCHEN
77777777
TRIBUNAL
```

Von oben und von vorne hat man nur die ersten vier Wörter lesen können, und wenn man unter und hinter den Ast geschaut hat, den Rest.
„Papa, das hast du super gemacht mit den Reißnägeln."
Die Barbara hat ja eine Zeit lang das Loben mit dem Gabriel geübt, wahrscheinlich auch eine Empfehlung aus der „Erziehen & Leben". Wahrscheinlich hat sie's auch ein bisschen übertrieben, weil der Gabriel jetzt manchmal schon recht penetrant gelobt hat. Da hätte die Barbara lieber ein paar Übungsstunden für den Frank abknapsen sollen.
„46226362, das sind die fehlenden Koordinaten!", hat der Gabriel frohlockt, „weil, 77777777 kann's nicht sein."
Der Frank hat sich aber gerade nicht für die Koordinaten interessiert, sondern für den Frauennamen darunter: Michaela. Der ist ihm regelrecht ins Auge gestochen, und diesmal hat sich *seine* Gesichtsfarbe ein bisschen Richtung schäfchenwolkenweiß verändert. Ihy – I hate you.
Aber bevor jetzt seine Plus-Minus-Maschine hat anspringen können, hat sich ein ganz anderer Gedanke in sein Hirn geschlichen:
Was sind das eigentlich für rote Flecken auf dem Lederband?
„Zeig mal deinen Finger, Gabriel."
Der Gabriel hat seinen gesunden Zeigefinger vor Frank gehalten.
„Nein, den verletzten natürlich!"
Also hat der Gabriel den anderen Finger hochgestreckt, und der hatte fast schon Ähnlichkeit mit einem Fliegenpilz. Wobei der Verband oben auf dem Finger nur rot war, ohne weiße Pünktchen. Und der Stiel ist beim Fliegenpilz ja auch nicht rot, so wie der Finger vom Gabriel.
„Der blutet ja wieder", hat der Frank gesagt.
Der Gabriel hat nur genickt und auf seinen Finger gestarrt.
„Merkst du das denn nicht?"
Der Gabriel hat den Kopf geschüttelt.

„Wie kann man so was nicht merken?“, hat der Frank noch mal nachgesetzt und ist zu seinem Rucksack gegangen. Drum hat er auch nicht gesehen, dass dem Gabriel schon die Tränen gekommen sind. Das hat er erst gesehen, als er mit seinem Taschenmesser zurückgekommen ist. Der Frank hat den Gabriel jetzt fest in den Arm genommen, das ist bei Kindern ja immer die wichtigste Erstversorgung. Dann hat er die blutigen Stoffstreifen vom Finger gewickelt, einen nach dem anderen, da gibt's auch Angenehmeres. Dafür hat der Finger gar nicht so schlimm ausgeschaut, wie erwartet. Der Schnitt war natürlich schon tief, aber das wusste der Frank ja schon. Dafür ist das Blut momentan nicht rausgelaufen, sondern in einem großen Tropfen auf der Wunde gestanden.
„Jetzt hat's wieder aufgehört, gell?“, hat der Gabriel gefragt, aber mit einem ganz jämmerlichen Stimmchen, „wegen der Blutgewinnung.“
„Ja, mein Spatz, Blutgerinnung.“
Der Frank hat wieder einen Stoffstreifen von seinem Hemd gerissen, das war jetzt vorne schon so kurz, dass man darunter sein weißes Unterhemd gesehen hat.
„Auf der Riesenhütte gibt es bestimmt Verbandszeug“, hat der Frank gesagt, und weil das beim Gabriel noch nicht wie eine Bombe eingeschlagen hat: „Und Cola.“
„Echt? Vielen Dank, Papa!“
Aber der Gabriel eben gleich wieder nicht Laborkind:
„Wie viele Gläser darf ich trinken?“
„Ja, eins natürlich nur.“
„Und wie groß ist das?“
„Jetzt schauen wir erst mal, ob es da überhaupt Cola gibt.“
„Natürlich gibt's da Cola.“
Klar, da konnte der Gabriel ja auf eine jahrzehntelange Hüttenerfahrung zurückgreifen. Der Frank hat zwei weitere Streifen von seinem Hemd abgerissen und um Gabriels Finger gewickelt.

Dann hat er die Koordinaten in das Notizbuch von seinem Handy getippt:

N 47°44.621'

E 12°16.360'

Er hat das Lederband vom Ast heruntergewickelt, in die Dose gelegt und die Holzschatulle herausgeholt. Auf dem hellen Holz vom Deckel war eine Zunge drauf gemalt, mit einem Kreuz in der Mitte. Darunter ist gestanden: „Nimm mich mit zum Final." Das hat dem Frank irgendwie nicht gefallen, die Zunge hat ihn irgendwie an irgendwas erinnert.

„Komisch", hat der Gabriel gesagt, „ganz komisch."

„Die Zunge?"

„Nein, dass die Schachtel zum Final soll."

„Schatulle. Warum komisch?"

„Weil sie kein Trackable ist."

„Was?"

„Ein Trackable, der reist von Cache zu Cache."

„Warum?"

„Einfach so. Die wandern manchmal sogar in andere Länder. Oder Kontinente."

„Vielleicht macht sie das ja."

„Nein, Papa, dann müsste ein Metall-Schildchen an der Schachtel sein, mit einer Nummer."

„Schatulle."

„Ist vielleicht was Neues", hat der Gabriel gesagt, und die Schatullen-Schachtel in seinen Rucksack gestopft, „auf jeden Fall nehmen wir die mit. Im Final liegt bestimmt der Schlüssel."

Darauf hat sich der Frank aber nicht so recht freuen wollen. So sicher, wie das keine Schachtel war, hat ihn die Zunge an was erinnert. An nichts Gutes.

Und so sind sie zur Riesenhütte gelaufen, dem Gabriel seine Gedanken so süß wie Cola, und dem Frank seine ebenso dunkel.

Kapitel 2

1

Als Erstes siehst du eine schwarz-rot-goldene Kuh, wenn du bei der Riesenhütte ankommst. Klar, ist ja eine deutsche Hütte. Nein, die Kuh ist natürlich *nicht* echt!

Und an die hölzernen Querbalken, die die Terrasse der Hütte umzäunen, hat jemand ein Kinderfahrrad gezurrt. Mit Stacheldraht. Vielleicht eine pädagogische Maßnahme, muss ja nicht schlecht sein, wenn man auch mal klar Schiff macht mit den Rotzbengeln. Um auf die Terrasse zu kommen, muss man einen hölzernen Schlagbaum nach oben kippen.

„Schau mal, Papa, hier werden mal die Menschen eingezäunt", hat der Gabriel nach hinten gerufen, als er unter dem Schlagbaum hindurch ist.

Konnte man natürlich so sehen, aber der Gabriel musste es natürlich auch so plärren, dass jetzt sämtliche Gäste auf der Terrasse zu den beiden geschaut haben. Die mit Kindern haben gelacht. Wenn sie gerade die Kraft dazu hatten. Ist ja immer herrlich, wenn mal nicht der eigene Fratz aus der Reihe fällt. Kinderlose haben wahrscheinlich auch ein paar gelacht, weiß ich jetzt nicht, aber ein älterer Mann mit tiefen Wetterfurchen im Gesicht, der hat nicht gelacht. So viele Furchen, das war schon mehr Grand Canyon als Gesicht. Dazu passend hat er einen schwarzen Cowboyhut aufgehabt. Er ist mit dem Rücken zur Hütte gesessen und hat ein abgestandenes Bier vor sich stehen gehabt. In Teilen vom Canyon ist es jetzt schattig geworden, weil der Mann seinen Hut nach vorn geschoben hat. Wahrscheinlich geht das Kinderrad hinter dem Stacheldraht auch auf seine Kappe. Als der Frank unter dem Schlagbaum durch ist, hat Canyon-Man was gemurmelt, wovon der Frank nur noch verstanden hat: „… sein Kind nicht im Griff."

Die meisten wären jetzt vorbeigegangen, hätten sich vielleicht noch gedacht: alter Depp.
Aber nicht so der Frank, der hat schon gedacht: alter Depp. Aber gesagt hat er auch was.
„Bitte?"
Der alte Depp hat seinen Kopf gehoben, also jetzt wieder Sonne im ganzen Canyon, und den Frank angeschaut. Der Frank ist stehen geblieben und hat zurückgeschaut. High Noon - auch wenn es schon später Nachmittag war.
„Papa komm, wir müssen fragen, ob es hier Cola gibt", hat der Gabriel von vorn gerufen und noch mal ein paar Lacher eingefahren.
„Jetzt hören S' schon auf Ihren Pimpf", hat Canyon-Man gesagt, „der schreit."
Das Abschätzige in der Stimme hat den Frank sogar weniger gestört als der *Pimpf*. Das war für ihn ein Un-Wort, weil man das Deutsche Jungvolk im Nationalsozialismus auch Pimpfe genannt hat. Ja, da hat er aufgepasst in der Schule, der Frank. Aber hinter den Stirnfalten von Canyon-Man hat er da zu viel Geschichtswissen vermutet, mein ich.
„Stört Sie mein Kind?", hat der Frank gefragt.
„Ja", hat der Canyon-Man knapp geantwortet.
Hat der Frank mal wieder nicht so geschickt gemacht, von der Fragestellung her, mein ich.
„Da sind Sie aber der Einzige", hat der Frank gesagt.
Gewagte Vermutung, aber was Besseres wär mir auch grad nicht eingefallen.
„Der Einzige, der was sagt", hat der Canyon-Man gesagt.
„Was sagen Sie denn?"
„Dass Sie ihren Sohn nicht im Griff haben."
„Im Griff?"
Jetzt hat Canyon-Man bedächtig genickt und mit seiner rechten Hand eine Faust gemacht, als ob er jemanden packen würde. Oder einen Golfball zerquetschen.

„Na, vielleicht kommt ja bald seine Mama“, hat er dazu gesagt.
„Nein, die kommt nicht“, hat der Frank gesagt, „ich bin allein mit ihm unterwegs.“
Wieder ein bedächtiges Nicken von seinem Gegenüber.
„So einer.“
Jetzt hat sich der Frank mit den Handflächen auf den Tisch gestützt und nach vorne gebeugt und damit sein wetterfurchenfreies Gesicht dem vom Canyon-Man angenähert. Außenrum hat inzwischen keiner mehr was gesagt, egal ob kinderlos oder kindermit.
„Paaapa!“
Außer dem Gabriel natürlich.
„Ja, so einer“, hat der Frank jetzt geflüstert, „genau so einer bin ich.“
So ein rauchiges Flüstern hat er da aufgelegt, und zugegeben, das hat sogar ein wenig gefährlich geklungen.
„Haben S' jetzt Ihre Stimme verloren?“, hat Canyon-Man den Frank lässig gefragt. Lässig fragen wollen, denn in seinen Augen hat es kurz geflackert, und so ein nervöses Flackern nimmt dem Lässigen natürlich was.
„Pass auf, dass *du* nicht gleich was verlierst“, hat der Frank weitergeflüstert, und mit dem unaufgeforderten Duzen noch eine zweite Patrone in die Trommel geschoben.
Canyon-Man hat jetzt tatsächlich mal nichts gesagt. Aber er hat die Ellenbogen auf den Tisch gestützt und sein Canyon-Gesicht noch höher zu dem vom Frank gehoben.
„Und was sollte das sein?“, hat es Canyon-Man nun genau wissen wollen, die Krempe seines Cowboyhutes nur noch Zentimeter von Franks Nase entfernt.
Wie gesagt, High Noon pur, mucksmäuschenstill ist es inzwischen auf der Terrasse gewesen und alle haben auf die beiden Hitzköpfe geschaut.

Sind ja nicht wenige Männer so, dieses Aufmandeln, dieses Reviermarkieren, ich zähl mich da schon auch dazu, bis vor kurzem zumindest, weil, seit ich sterbe – ja, hast recht, das hab ich schon gesagt.

Aber dass sich das mit dem Sterben zieht, das hab ich noch nicht gesagt. Ist aber so, da fall ich und fall und müsste eigentlich längst Schmerzen spüren - aber nix. Mir soll's natürlich recht sein, Augen zu, zulassen, mein ich, und durch. Anscheinend bekommt man halt noch einmal extra Zeit, auf die normale Zeit drauf, da wird nicht gehudelt, in diesem letzten Moment. Im Gegenteil, so gut hab ich mich schon lang nicht mehr gefühlt, noch nie, doch, vielleicht, als meine Frau mir gesagt hat, wie sehr sie mich mag, wie wahnsinnig, und zwar nicht nachgeplappert, das hab *ich* nämlich dann, anschließend. Wenn es die eigene Seele schafft, sich vor dem selbstzerstörerischen Bombardement des Grants zurückzuziehen, auf einen unangreifbaren Felsen, dann verkörpert sie die königlich bayrische Ruhe. Sagt der Rosendorfer. Wenn ich mich recht erinnere. Und ich das richtig verstanden hab. Bin übrigens kein Literatur-Papst, nur weil ich jetzt schon wieder den Rosendorfer zitier, wahrlich nicht, nicht mal Literatur-Bischof. Ist auch das Einzige was ich von ihm gelesen hab, über den Grant, und das auch nur, weil es mir meine Frau unter die Nase gelegt, und gesagt hat: „Als ob er dich kennt."

Ja mei, was haben Lava und Liebe gemeinsam? Sie kühlen ab.

Also auf jeden Fall, der bin ich jetzt, dieser Felsen. Diese Ruhe, die fühl ich, die bin ich auch. Ich schau auf die Hitzköpfe, den Frank und den Canyon-Man, und ich versteh sie beide. Jeder in seinem eigenen, kleinen Kosmos, doch in Wirklichkeit: Eins. Ich versteh sie so sehr, dass ich sie drücken könnte, und das Gleiche sollten sie miteinander machen, weil, mehr ist es gar nicht, dieses große Ganze, so nah. Eigentlich.

Sie könnten sich gar nicht drücken, sagst du? Ja, stimmt, wegen dem Tisch. Aber die Hand geben könnten sie sich. Nur, diese königlich bayrische Ruhe - von der sind die beiden halt noch einige Gebirgszüge entfernt.

„Is ja gut, jetzt hör auf, Sepp", hat der Alex plötzlich vom anderen Ende der Terrasse dazwischengerufen. Seines Zeichens Hüttenwirt – oder in dem Moment rettende Kavallerie.

„Für den Sohnemann eine Cola, und für Sie?", hat der Alex jetzt auch noch den Frank angesprochen, weil sich die beiden immer noch nicht voneinander entfernt haben.

Schließlich hat sich der Sepp als Erster aus der Starre gelöst, indem er die Ellenbogen vom Tisch genommen und sich wieder nach hinten an die Wand gelehnt hat. Woraufhin der Frank seinen Kopf zum Alex gedreht und gesagt hat: „Helles."

Ohne Artikel und ohne Bitte, aber mei, in dieser Situation hätte das auch nicht gepasst. Nur, dann hätte sich der Frank gleich einen Whisky bestellen und dem Hüttenwirt ein Zwei-Euro-Stück zuschnippen sollen, quer über die Terrasse.

Canyon-Man wollte anscheinend nicht mehr wissen, was er gleich verlieren könnte, denn der hat seinen Kopf so nach hinten gekippt, dass es seinen Cowboyhut nach vorne geschoben hat. Schatten im Canyon, der Vorhang gefallen.

2

Als der Alex dem Frank und seinem Sohn das Matratzenlager im zweiten Stock gezeigt hat, hat er entschuldigend gesagt, dass der Sepp nicht immer so sei. Später hat er dann noch den Finger vom Gabriel ordentlich verbunden und ihn dabei kopfschüttelnd gefragt, wie er denn das geschafft hat. Dem Frank hat er gesagt, dass die Wunde ganz schön tief wär, ohne dass es der Gabriel mitbekommen hat. Was beim Gabriel aber eh nicht schwer war.
So ein mancher Vater hätte die Chiemgaurunde hier wohl abgebrochen und wäre am nächsten Tag wieder ins Tal gelaufen und nach Hause gefahren, um den Sohnemann gescheit zu verarzten. Nicht so der Frank. Aber da bin ich sogar d'accord mit ihm, die Kinder werden eh viel zu sehr in Watte gepackt, mit Mützchen hier und Fahrradhelm da und Kindersitz dort. Grad, dass man sie nicht noch dauernd ans Ausatmen erinnert, wenn sie eingeatmet haben.
Der Frank hatte aber auch noch einen anderen Grund zum Weitergehen. Dem ist der Geocache immer noch nicht aus dem Kopf gegangen, das Skytale, dieses Lederband hat sich weiter durch sein Hirn geschlängelt, mit dem Namen Michaela drauf. Der Frank wollte einfach sehen, was in dem nächsten Geocache drin ist, sich überzeugen, dass eben nichts Besonderes drin ist, dass er nur schon das Spinnen anfängt. Mit seinem schlechten Gewissen.
Und so soll's ja auch sein.
Später beim Abendessen hat er so laut aufgeschrien, dass es dem Canyon-Man zwei Tische daneben eine weitere Furche ins Gesicht gegraben hat. Wegen dem schlechten Gewissen hat er aber nicht geschrien, so weit treibt einen Frank das nicht. Nein, auf der Wanderkarte hat er die morgige Strecke zum Spitzsteinhaus studiert, und als er mit dem Finger über den Gipfel des Predigtstuhls gefahren ist, ist es passiert.

„Der Pfarrer hockt bei seiner Predigt auch nicht auf dem Stuhl“ hat es ja bei der letzten Cache-Station geheißen - Predigtstuhl. Als er dem Sohnemann stolz gezeigt hat, wo der nächste Geocache zu finden ist, hat sich wieder ein klassischer Frank-Gabriel-Dialog entwickelt:

Gabriel: „Was ist eine Predigt?“

Das hat man davon, wenn man die Schulkinder in Ethik schickt und die Kruzifixe von den Wänden schraubt.

Frank: „Du weißt nicht, was eine Predigt ist?“

Gabriel: „Nein.“

Frank: „Wie kann man denn das nicht wissen?

Eine P r e d i g t.“

Ich glaube ja nicht, dass es der Gabriel langsam ausgesprochen plötzlich kennt, aber die Wege des Frank sind unergründlich.

Frank: „Aber du weißt, was eine Kirche ist, oder?“

Gabriel: „Papa, ich bin nicht blöd!“

Frank: „Und ein Pfarrer?“

Gabriel: „Jaa?“

Also doch blöd.

Frank: „Der Pfarrer weiß viel über Gott und Jesus und so. Und das erzählt er den Leuten, die sonntags in die Kirche kommen.“

Na ja, als Fünfjähriger hätte es der Frank mit dieser Definition gerade noch so in die Dingsda-Show geschafft.

Und Jesus und so. Dann ist *so* wohl der Heilige Geist.

Frank: „Eine Predigt ist dann also …?“

Ah, jetzt über Lückensätze.

Gabriel: „Eine Geschichte vom Pfarrer.“

Frank: „Genau. Und jetzt: Du erinnerst dich doch an das Lederband im Geocache gestern.“

Gabriel: „Skytale.“

Frank: „Was?“

Gabriel: „S k y t a l e.“

Auge um Auge, Buchstabe um Buchstabe.
Frank: “Ach so, ja, das ist doch jetzt egal. Auf jeden Fall stand auf diesem Skytale, dass der Pfarrer bei seiner Predigt ja auch nicht auf dem Stuhl hockt.“
Zuerst hat der Gabriel noch wie ein Mähdrescher geschaut, aber als der Frank auf den Predigtstuhl in der Wanderkarte gezeigt hat, hat er laut gerufen:
„Supi, Papa!“
Jetzt hat der Canyon-Man beide Hände vors Gesicht geschlagen, wahrscheinlich, um seine Wetterfurchen nachzuzählen.
Und recht hat er: Bei „Supi“ dreht es mir auch den Magen um, das sind mindestens +8 GR.
Was GR sind, willst Du wissen?
Kommt schon noch.

3

Am nächsten Tag hat sich der Frank doch gefragt, ob sie nicht hätten umkehren sollen. Also so innerlich gefragt, nicht laut. Wegen dem Gabriel hätte der Frank sogar ruhig laut denken dürfen, denn sein Sohn war ihm schon wieder weit voraus. Auf dem Fahrweg, meine ich, der jetzt leicht bergauf zwischen sonnigen Almwiesen verlaufen ist. Während der Frank also seinen Sohn in der Ferne nur noch als Strichmännchen gesehen hat, als hin und wieder hüpfendes Strichsöhnchen, hat er an Umkehr gedacht. Aber nicht wegen dem Gabriel und seinem Finger, der ihn augenscheinlich eh nicht gebremst hat. Nein, auch an diesem Morgen des 18. Mai im Jahre 2013 hat der Frank zuerst mal an sich gedacht und an sein Knie. Kaum dass sie von der Hütte aufgebrochen waren, hat es bei jedem Schritt hallo gesagt. Jeder Tritt ein Stich, da hat ihm auch der Wanderstecken nicht viel geholfen. Und auch nicht der Zickzack-Lauf, den er eine Weile ausprobiert hat, damit die Steigung pro Schritt nicht so groß ist. Hätt ich ihm aber gleich sagen können. Einige Meter hat er's sogar mit Rückwärtslaufen probiert, ohne Erfolg, außer, dass das recht lustig ausgesehen hat. Eine Pause hätte sein Knie halt gebraucht, aber kein Ruf deswegen nach vorne zum Gabriel. Nicht wegen dem Ehrverlust, darüber war der Frank schon hinaus, sondern weil ihn sein Strichsöhnchen gar nicht gehört hätte.

Und so hat er sich weitergeschleppt, und bei jedem Stich im Knie an die Michaela gedacht, seinen Seitensprung, verheirateten Seitensprung, aber so was war dem Frank ja wurscht. Hauptsache, er hatte seinen Spaß, wobei, den hatte er gerade nicht, weil, jetzt hat er gerade an den Streit mit ihr gedacht, Stich, an ihre Wut, Stich, weil er lieber mit seinem Sohn in die Berge anstatt mit ihr nach Paris fährt, Stich, weil sie ihn überhaupt gern öfters sehen würde, Stich, und vor allem nicht immer nur horizontal, Stich, das hat sie ihm aber ein andermal gesagt, da hat er sogar gelacht, als sie das gesagt hat, horizontal, Stich, und dann ist sie richtig böse geworden, Stich. Bei manchen Frauen schaut das ja süß aus, aber nicht so bei der Michaela, obwohl blond und zierlich. Bei der Michaela schaut das immer gruselig aus, vielleicht, weil ihre Augen dann nicht blitzen, wie bei anderen Frauen, nein, matt werden die, ohne Schmarrn, matt und kalt, so alienmäßig.

Woher ich das weiß? Kommt schon noch.

An diesen Blick hat der Frank jetzt auf jeden Fall gedacht, und einen manchen hätte das vom Knie abgelenkt, aber nicht so den Frank, da hat es sich dazu addiert, also Schmerz unten und Schmerz oben, Stereoschmerzen. Geschieht ihm natürlich recht. Solche Fremdgeher wie er, solche Schweinehunde, die außerhalb grasen, solche also, die hätten sogar noch mehr Schmerzen verdient, Dolby-Surround-Schmerzen von mir aus, da bin ich wirklich Zahn um Zahn.

Jaja, ich weiß schon, das aus meinem Munde und grad noch so spirituell. Aber ich bin halt auch noch nicht überm Berg, oder genauer gesagt, herunter von Selbigem. Grant raus, Verstehen rein, das hab ich schon so gemeint. Aber halt noch in Maßen.

Dieser Grant, auf die Schweinehunde, Auge um Auge, das ist schon meiner, und, irgendwie auch nicht. Ich geb den ja gern mal mit meiner Maßeinheit an, den Grant, wie eine physikalische Größe. Beispielsweise entspricht -10 GR dann einem Sechser im Lotto (weil da natürlich überhaupt kein Grant aufkommt), und +10 GR einem Sechser im Lotto, bei dem man den Tippschein verloren hat. Oder eben +8 GR, wenn einer „supi“ sagt, +6 GR bei „lecker“, na ja, jetzt hast du's, glaube ich.

Wie man sich so einen Schmarrn ausdenken kann? Mei, da war's mal furchtbar fad im Urlaub, auf einer dieser Kanarischen Inseln, und außerdem ist Schmarrn ja immer relativ.

Seit ich nun aber sterbe, schau ich mir die GR nur noch an, wie ein Gemälde. Und auf diesem GR-Gemälde, nennen wir es mal „Frank geht fremd“, sehe ich einen Kater mit braun gelocktem Fell, der eine Maus mit blondem langem Fell lustlos zwischen seinen Pfoten hin und her schlägt. Zwischen einzelnen blonden Strähnen sieht man bei der Maus schon rot das Blut durchschimmern. Mindestens +7 GR. Hinter dem Kater ist eine Wand mit Mauseloch, weißt schon, wie bei Tom und Jerry, und aus diesem Loch schaut eine zweite Maus heraus. Die hat eine Glatze, also überall braunes Fell, außer oben auf dem Kopf.

Ja, sicher, über den künstlerischen Wert kann man sich beizeiten streiten, darum geht's ja auch nicht. Und außerdem, wenn dieser Marc ein blaues Pferd malt, sagt ja auch keiner was.

Kater und blutende Maus, das sind natürlich Frank und Michaela. Aussage auch klar, dem Frank ging es nur um die Jagd. Schaut ja auch gut aus, die Michaela-Maus, aber was sich reimt, ist in dem Fall gar nicht gut. Denn sobald der Frank seine Kralle in sie hineingehackt hatte, war sie ihm wurscht. Besonders groß ist die ja nicht, seine Kralle. Tut jetzt natürlich nichts zur Sache, aber ist trotzdem interessant, dass ich das weiß, da wird ja immer viel darüber geredet, auf die Größe komme es nicht an, sagen die einen, oh doch, denken die anderen. Auf jeden Fall entspricht die Länge ziemlich genau dem Abstand zwischen Handwurzel und Mittelfingerspitze. Bei jedem Mann. Oder war es der Zeigefinger? Na ja, sagen wir mal Mittelfinger, aber auch dann wird das keine Riesenkralle beim Frank. Ein paar Mal hat er seine Kralle natürlich schon reingehauen bei der Michaela, leider, aber inzwischen würde er sie sogar wieder laufen lassen. Zumindest mag er sie nicht mehr dauerhaft festhalten. Aber die Michaela will nicht, nein, sie kann natürlich nicht, ihr Herz blutet, aber so was ist dem Frank eben wurscht.

Wenn ich sie nur verstehen würde, die Michaela. Nicht jetzt wegen Franks Mini-Kralle, das wusste sie ja vorher nicht, aber auch so ist der Frank ja wahrlich kein Riese, ein Meter zweiundsiebzig, gut gemeint, und vorn mit Bauch. Andererseits halt braune Locken, braune Augen, das langt wohl schon.
So weit also meine Sicht der Dinge. Vorerst.
Wer die kahlköpfige Maus im Hintergrund ist, magst du wissen? Mei, vielleicht ein verängstigter Zuschauer, noch, aber selbst eine Maus kann es ja bekanntlich mit einem Löwen aufnehmen, wenn sie ihr Hirn einschaltet.
Keine Angst, diese Fabel drück ich dir jetzt nicht auch noch auf, hab sie eh nicht mehr genau im Kopf.
Du hast übrigens nichts versäumt auf der Etappe zum Spitzsteinhaus, Frank weiterhin auf Platz zwei und sein Sohn mit einem Zeitvorsprung von achtzehn Minuten in der alleinigen Spitzengruppe.
Der Gabriel war schon an den Riesenalmen vorbei und ist den Weg Nr. 26 hinunter zur Holzerhütte gelaufen. Das hat er noch richtig gemacht. Aber dann ist er statt nach rechts Richtung Spitzstein nach links Richtung Hochries gelaufen. Ist also relativ mit dem Achtzehn-Minuten-Vorsprung. Aber falls du jetzt gleich denkst, der Gabriel, der ist aber auf der Brennsuppe dahergeschwommen, muss ich ihn sogar in Schutz nehmen. Das hätte dir vielleicht auch passieren können, weil, der Pfeil auf dem Wanderschild hat zwar schon nach rechts gezeigt, war aber furchtbar dünn. Nur der Anfang vom Pfeil war dick und rot, schon verwirrend, und drum ist der Gabriel nach links gelaufen. Nicht ohne vorher noch den roten Teil vom Pfeil mit seiner Steinschleuder abzuschießen.
Der Frank ist achtzehn Minuten später an der Stelle natürlich ganz korrekt nach rechts Richtung Spitzstein gehatscht, so einen zweideutigen Pfeil, so was bemerkt der Frank erst gar nicht. Als es aber dann nach einer Bergwachthütte wieder bergauf gegangen wäre, über einen Wiesenhang, hat er mit

seinen Michaela-Knie-Stereoschmerzen erst mal seinen Rucksack abgenommen und sich auf eine Bank gesetzt. Mitten in die pralle Sonne, fernab elterlicher Fürsorgepflicht, aber das war allen voran Franks Knie total wurscht. Sogar geflucht hat er, dass der Saubub doch gleich allein wandern solle, weil er den Gabriel immer noch nicht gesehen hat. Den ganzen Hang hoch zum Kamm keine Spur vom Saubub. Aber da wusste der Frank halt auch nicht, was wir beide wissen. Noch nicht.

Kaum dass der Frank gesessen ist, war das Stechen im Knie verschwunden, jetzt also nur noch Michaela-mono-Schmerzen. Er hat sein Handy rausgeholt, kein Netz hier, steil unterm Kamm, hat er aber auch nicht gebraucht, weil, die SMS von der Michaela hat er ja gestern schon bekommen.

4

Bei den nächsten Wegschildern hat sich der Gabriel noch nicht aus der Ruhe bringen lassen, auch wenn da nichts mehr vom Spitzstein gestanden hat. Das riecht jetzt natürlich schon ein bisserl nach Brennsuppe, aber erstens war er erst neun und zweitens hat er ja im Prinzip Recht, auf dem eingeschlagenen Weg zu bleiben, solange nichts anderes angegeben ist. Warten hätte er natürlich können, auf den Frank, aber manche warten halt nicht gern. Da ist er nicht der Einzige, meine Frau zum Beispiel, wenn der der Bus vor der Nase wegfährt, dann wartet sie auch nicht, da läuft sie lieber, auch wenn dann der nächste Bus nach drei Viertel der Wegstrecke an ihr vorbei brettert. Zum Aus-der-Haut-Fahren. Das hab ich aber nur einmal mitgemacht, beim nächsten Mal hab ich sie laufen lassen und alleine auf den nächsten Bus gewartet. Hab ihr dann im Vorbeifahren sogar noch zugewunken.

Dass auf den Wanderschildern nichts vom Spitzstein gestanden hat, hat den Gabriel im Übrigen weit weniger gestört, als dass der Predigtstuhl noch nicht angegeben war. Drum hat er sein Garmin rausgeholt, in das er gestern Abend noch die Koordinaten eingespeichert hat. Aber nicht, dass du dich jetzt zurücklehnst, und denkst, alles wird gut, die Technik wird's schon richten.

Oft scheiterst du ja gerade dann, wenn du es besonders gut meinst. Du stehst im Baumarkt vor einem Regal mit zehn unterschiedlichen Grillanzündern, entscheidest dich nach einer halben Stunde, und nachdem du jeden mindestens zweimal in der Hand hattest, für den Anzünder, der im Querschnitt aus Brennwert, Preis-Leistungs-Verhältnis und Umweltverträglichkeit vorn liegt und – vergisst die Grillkohle zu kaufen. Oder du drehst vor dem Glühbirnenwechsel die Hauptsicherung raus und fällst anschließend in der stockdunklen Wohnung vom Stuhl.

Oder du wechselst die Batterien bei deinem Garmin, obwohl die alten noch zu einem Drittel voll sind, vergisst aber anschließend, den Kompass neu zu eichen (weil das bisher immer deine Mutter gemacht hat, die trotzdem von sich behauptet, ihr Kind zu 97 Prozent zur eigenen Selbständigkeit zu erziehen). Am nächsten Tag läufst du dann frohen Mutes weiter Richtung Hochries, weil dir das dein Navigationsgerät sagt. Und verreck, die Technik in der Hand gibt dir sogar Sicherheit, auch wenn auf keinem Wanderschild mehr Spitzstein steht. Na ja, gut, nicht dir, aber dem Gabriel hat sie Sicherheit gegeben. Aber auch nicht so richtig, mehr so die Sicherheit, die du an einem TÜV-geprüftem Kletterseil tausend Meter über dem Abgrund verspürst – sicher, ja, aber da geht schon auch mehr. Denn eigentlich ist der digitale Kompasspfeil auf seinem Navigationsgerät alle paar Minuten in eine andere Richtung gesprungen. Eigentlich hat er nicht einmal überwiegend in die richtige Richtung gezeigt.
Nur leider sind die Meter, die das Garmin bis zum Ziel angegeben hat, weniger geworden. Weil der Wanderweg zum Hochries inzwischen nahezu in die gleiche Himmelsrichtung gezeigt hat, wie der zum Predigtstuhl. Wie bei einem Parallelogramm. Und das war dem Gabriel am wichtigsten: dass die Meter weniger geworden sind.
Liegt jetzt nicht an mir, wenn du dir das mit dem Parallelogramm nicht vorstellen kannst. Wahrscheinlich hat dich deine Banknachbarin gerade bei Geometrie immer mit ihren kleinen Briefchen abgelenkt. Oder du bist die Banknachbarin und hast deswegen genauso wenig aufgepasst. Probleme, mit denen ich nie zu kämpfen hatte, leider, dafür hab ich es jetzt halt in Mathe drauf. Hatte.

Bei den heutigen Handys siehst du ja immer den gesamten SMS-Verkehr, den du mit jemandem hattest. Muss nicht immer ein Segen sein, wenn du mich fragst. Oder den Frank. Weil sein Knie nicht mehr wehgetan hat, war jetzt Leidenskapazität übrig, und die hat er voll in die Michaela-mono-Schmerzen gesteckt. Der hat sich nicht nur ihre letzte SMS von gestern durchgelesen, obwohl die auch schon gehaltvoll genug war, nicht von der Länge her, eher inhaltlich. Nein, der Frank hat sich noch zusätzlich die letzten zwei Tage rein gezogen:

Hi Frank, morgen wieder Bowling? :-)
Empfangen: 15. Mai, 12:04 Uhr

Guten Morgen, Frank. Du hast mir noch nicht geantwortet:
Mit welchen Kugeln willst Du heute Abend spielen? ;-)
Empfangen: 16. Mai, 06:13 Uhr

Mahlzeit! Was ist denn nun mit heute Abend?!
Empfangen: 16. Mai, 12:03 Uhr

Jetzt stinkt es mir aber langsam!
Empfangen: 16. Mai, 16.35 Uhr

Dein Handy ist doch an, hab ich gerade probiert!
Und richte Dir mal ne Mailbox ein!
Empfangen: 16. Mai, 16:37 Uhr

hi michaela, entschuldige. handy im auto vergessen.
heute abend leider nicht.
Gesendet: 16. Mai, 18:02 Uhr

Du hast Dein Handy seit gestern Mittag im Auto vergessen??
Wieso kannst Du denn heute nicht?!
Empfangen: 16. Mai, 18:04 Uhr

gehe heut abend wirklich bowlen. haben ein turnier.
Gesendet: 16. Mai, 18:14 Uhr

Und das schreibst Du mir ganz gemütlich Donnerstagabend?!
Sag Mal, spinnst Du??! Sitz ich hier auf Abruf?!
Empfangen: 16. Mai, 18:16 Uhr

tut mir leid, käferchen, hab's dir aber gesagt. ist wirklich wichtig heute.
aufgehoben ist nicht aufgeschoben, ok?
drücker vom frank
Gesendet: 16. Mai, 18:25 Uhr

Einen Scheiß hast Du mir gesagt!
Und Deine angegammelten Sprüche kannst Du für Dich behalten!
Empfangen: 16. Mai, 18:26 Uhr

Dann geh doch zu Deinem Altmänner-Kegeln!
Empfangen: 16. Mai, 18:27 Uhr

Und das Käferchen kannst Du Dir so was von sparen!!!
Empfangen: 16. Mai, 18:28 Uhr

OK, tut mir leid, Frank. Friedensangebot:
Lass uns doch nach dem Bowlen treffen.
Wann seid ihr denn fertig?
Empfangen: 16. Mai, 18:59 Uhr

geht nicht, fahr doch morgen früh mit gabriel ins chiemgau.
da muss ich fit sein.
wünsch dir trotzdem einen schönen abend!
Gesendet: 16. Mai, 19:12 Uhr

Wie fit muss man denn bitte sein für einen Neunjährigen?!
Erst kein Paris, und jetzt nicht mal ein gemeinsamer Abend …
Empfangen: 16. Mai, 19:15 Uhr

Du hast Dein Handy ausgemacht.
Empfangen: 16. Mai, 19:31 Uhr

Immer noch aus. Ich fühle mich so klein.
Empfangen: 16. Mai, 19:58 Uhr

Ihy
Empfangen: 16. Mai, 22:57 Uhr

Das wirst Du büßen.
Empfangen: 17. Mai, 09:00 Uhr

Das war sie also, die letzte Nachricht von der Michaela, wieder ohne Interpunktion, wie schon beim „Ihy“. Dafür das *Du* großgeschrieben, aber so was merkt der Frank eh nicht, hat ja selbst noch nicht die Groß- und Kleinschreibung entdeckt.

Aber kein Grund zur Hoffnung, nur weil die Michaela die Umgangsformen wahrt. Drum ist auch gleich dem Frank seine Plus-Minus-Maschine angesprungen, aber Achtung - diesmal mit einer Fragestellung. Achtung deshalb, weil du jetzt umdenken musst. *Plus* heißt jetzt einfach nur *ja*, also schon positiv, aber nicht im Sinne von *günstig*. Für den Frank. Eher so, wie wenn du einen positiven Befund beim Arzt bekommst.

Frage: Hat die Michaela das Skytale in den Cache gelegt?

Plus: Außer der Barbara weiß nur sie, dass ich diesen Geocache mit dem Gabriel mache.

Minus: Nein, das hätte sie zeitlich kaum geschafft. Außerdem: So lässt sie mich nicht büßen, mit einem Geocache in den Alpen. Aber vor allem: Käferchen, die bellen, beißen nicht.

Also 3:1 für die Minus-Seite, da war er gleich ein wenig beruhigter, der Frank.

Käferchen, geh verreck. Wie ist er denn auf *den* Kosenamen gekommen? Der würde doch besser zu ihm passen.

Apropos Kosenamen, wo war eigentlich der Gabi? Jetzt ist dem Frank doch wieder eingefallen, dass er nicht allein in den Bergen unterwegs war.

Er hat sich jetzt auf seinen Stock gestützt und ist von der Bank aufgestanden, wie ein Rentner nach dem Taubenfüttern im Park. Nur langsamer halt. Dann hat er sich seinen Rucksack aufgesetzt und die ersten Schritte hoch zum Kamm gemacht, Richtung Saubub, wie er da noch dachte. Und verreck: keine Knieschmerzen mehr.

6

Als bei der nächsten Weggabelung wieder nichts vom Spitzstein stand, hat der Gabriel beschlossen, auf seinen Vater zu warten. Er hat seinen Rucksack abgenommen und sich an den Wegrand auf einen Baumstumpf gesetzt. Auch in die Sonne, wie sein Vater, aber mei. Er hat sein Star-Wars-Buch herausgeholt - Geschichten der Jedi und Sith - und die Geschichte gelesen, in der Darth Vader seinen Sohn sucht. Da war der Vader also dem Frank schon einen Schritt voraus. Als ein Schatten auf die Buchseiten gefallen ist, hat der Gabriel hochgeschaut und den Sepp vor sich stehen sehen.

Jetzt gibt es ja Menschen, meistens wieder Männer, die wollen dir was sagen oder dich was fragen, aber statt zu reden - schauen sie dich nur an. Und zwar immer dann, wenn sie überrascht sind oder verärgert oder sonst irgendwie emotional aus dem Gleichgewicht. Also nicht, wenn sie die Uhrzeit oder den Weg wissen wollen, du verstehst. Vielleicht brauchen sie einfach Zeit, bis ihr Hirn die richtigen Wörter ausgesucht und aneinandergesetzt hat, wahrscheinlich macht es ihnen aber auch Spaß, den anderen nervös zu machen. Das kann man nämlich als Gegenüber schon werden, je nachdem, was man selbst für ein Typ ist, fragt man sich sogar, ob man etwas falsch gemacht hat. Und man fängt zu sprechen an, obwohl man das gar nicht wollte, man fragt den stummen Fisch, ob man helfen könne oder ob etwas nicht in Ordnung sei.

So ein Mann war der Sepp, aber so ein Gegenüber war nicht der Gabriel. Der hat einfach einige Augenblicke stumm zurückgeschaut und, als der Sepp nichts gesagt hat, weitergelesen. Der Bub gefällt mir, muss ich sagen. Der Sepp hat dem Gabriel auf die braunen Locken geschaut und natürlich weiter nichts gesagt. Freilich, wenn du über so viele Jahre das stumme Schauen praktiziert hast, lässt du dich von so einem Zwerg doch nicht so schnell aus dem Schweigen bringen.

Das hat jetzt von außen (oder von oben wie in meinem Fall) ausgesehen, als ob die beiden darauf warten, dass der Regisseur „Action!“ ruft.
Der Kampf zwischen Sepp und Gabriel endete, als der Sepp schließlich doch zu reden angefangen hat.
„Wo ist denn dein Vater?“
Der Gabriel hat von seinem Buch hochgeschaut:
„Was?“
Das hat er oft gefragt, wenn ihn Fremde angesprochen haben. Eigentlich überhaupt.
„Wo dein Vater ist?“, hat der Sepp wiederholt.
„Mein Papa? Der wandert mit mir.“
„Und wo ist er *jetzt*?“
„Ich warte hier auf meinen Papa.“
Der Sepp hat bedächtig genickt und wahrscheinlich innerlich sein Bild vom Frank vervollständigt.
„Wo wollt ihr denn hin?“
„Was?“, hat der Gabriel wieder gefragt.
„Wo ihr heute hinwollt, auf welche Hütte?“, hat der Sepp etwas lauter gefragt, aber an der Lautstärke hat das beim Gabriel nicht gelegen.
„Mein Papa und ich wandern zum Spitzsteinhaus“, hat der Gabriel gesagt, förmlich war er Fremden gegenüber nämlich auch meist.
„Hier geht's aber nicht zum Spitzstein“, hat der Sepp gesagt und in Richtung Hochries gezeigt. Da wollte er selbst nämlich hin.
„Ich warte jetzt auf meinen Papa“, hat der Gabriel leise gesagt, „Sie können auch weitergehen.“
Aber so ein Sepp geht natürlich weiter, wann *er* will. Und nicht auf Aufforderung von einem Neunjährigen aus der Stadt.
„Da kannst lang warten“, hat der Sepp gesagt.

„Was?“, hat der Gabriel wieder gesagt, aber diesmal hat er das breite Bayrisch vom Sepp nicht verstanden.
„Da unten“, hat der Sepp laut gesagt und in die Richtung gezeigt, aus der der Gabriel gekommen ist, „bist du falsch gelaufen.“
Der Gabriel hat dem Sepp tief in die grauen Augen geschaut.
„Oh nein!“, hat er plötzlich gerufen und ist aufgesprungen. Jetzt hat es doch noch geschnackelt bei ihm.
„Drum kommt mein Papa nicht.“
Er hat sein Buch in den Rucksack gestopft und ihn so schnell geschultert, dass er fast umgefallen wäre.
„Vielen Dank“, hat er zum Sepp gesagt und ist losgelaufen.
Der Sepp hat ihm eine Weile hinterhergeschaut. Dann hat er seinen Hut vom Kopf genommen und bedächtig hin und her geschüttelt. Den Kopf, meine ich natürlich. Mit der Hand ist er sich von oben nach unten über das furchige Gesicht gefahren.
Und dann – ist er dem Gabriel hinterhergelaufen.

Der Ochse brüllt
nach Ochsenbrauch,
ich weiß es wohl,
Du kannst es auch!
Verbirg jedoch die
Tierverwandtschaft
in diesem Punkte
in der Landschaft.

Dieses Schild ist an einem Baum gehangen, knapp unter dem Gipfel des Predigtstuhls. Neben die Schrift haben die Schildermacher noch einen richtig grantigen Ochsen platziert, und beim Blick auf diesen Ochsen hat der Frank jetzt an seinen Sohn denken müssen. Und sich schuldig gefühlt. Weil eben kein Gabriel da war, der sich wie ein Ochse hätte aufführen können. Weil der Frank auf den Gabriel nicht Obacht gegeben hatte.

Ach wär er doch nur hier,
würd brüllen wie ein Stier.

Solche Gedanken hat der Ochse beim Frank ausgelöst.
Der Wirkungsgrad von so einem Schild ist aber überhaupt gering, mein ich. Wenn du als Erwachsener in den Bergen rumplärrst, ist eh Hopfen und Malz verloren, da änderst du dich auch durch so ein Schild nicht mehr. Und wenn die Schildermacher die Eltern von herumplärrenden Kindern ansprechen wollten, dann haben sie keine Ahnung. Ja verreck, als Erziehungsgebrechlicher sagst du deinem Fratz doch eh im Minutentakt, dass er leiser sein soll. Dass du weder taub bist noch hundert Meter entfernt stehst. Ob in den Bergen

oder im Restaurant, wo der Bengel lautstark bemerkt, wie teuer hier doch alles sei.

Nur mein Bub, der ist da anders, gottlob.

Als der Frank am Predigtstuhl angekommen war, hat er das Gipfelkreuz in kleinen und größeren Kreisen umrundet. Wie ein Falter das Hoflicht. Aber: kein Gabriel. Dann hat er beschlossen, den Geocache zu suchen, vielleicht war der Sohnemann ja dort. Weil der Gabriel das Garmin hatte, war der Frank jetzt doch froh um das Programm, das ihm die Barbara auf sein Handy geladen hatte. Das Programm, oder die App von mir aus, hat C:Geo geheißen. In diese hat die Barbara ihrem Mann noch daheim eine Offline-Wanderkarte geladen, mit der man dann vor Ort kein Handynetz gebraucht hat.

Hätte der Frank eh wieder nicht gehabt. Er hat jetzt das Programm gestartet und die Koordinaten eingegeben, die sie gestern durch das Skytale herausgefunden haben. Der digitale Kompasspfeil von dem Programm hat ihn dann vom Ochsenschild hoch zum Gipfelkreuz geführt, und rechts dran vorbei, auf ein dichtes Gebüsch zu. Das hat den Frank gewundert, drum hat er noch mal auf sein Handy geschaut, ist aber währenddessen weitergelaufen. Auch so ein Anfängerfehler beim Geocachen, in einem von drei Fällen stolperst du dann, oder reißt dir die Wadeln an irgendeinem Dornengestrüpp blutig. Genauso, wie du beim rückwärts Einparken entweder lenken oder fahren sollst, heißt es beim Geocachen: entweder peilen oder laufen, aber nicht beides zugleich. Vor allem, wenn du im Gelände unterwegs bist. In der Stadt sind es keine Dornen, dafür rennst du mit jemandem zusammen, der auch gerade auf sein Was-weiß-ich-Phone starrt und dabei hektisch mit dem Daumen darüberwischt. Heutzutage siehst du ja nur noch selten jemanden ohne so ein Teil in den Griffeln – außer der Akku ist leer.

Der Frank hat übrigens den Stolper-Fall erwischt, über was, weiß ich jetzt nicht, auf jeden Fall ist das Handy dabei in ei-

nem wunderschönen Bogen aus seiner Hand Richtung steinigen Boden geflogen. War auch eins in Übergröße, wo du kaum die Finger drumrumbekommst, typisch Frank halt. Wobei, halten sich ja mittlerweile fast alle so ein brotzeitbrettgroßes Ding ans Ohr. Seniorenhandy.
Franks Handy war inzwischen bei den Steinen angekommen, natürlich mit der Butterseite nach unten, sprich, das Display hat zwei tiefe Kratzer dazubekommen. Der Frank hat sich jetzt nicht um das Ochsenschild geschert und „Verschissen!“ gerufen, weil, „Scheiße“ kann ja jeder sagen. Dann hat er sein Handy aufgehoben und auf den Kompasspfeil geschaut, der weiterhin Richtung Gebüsch gezeigt hat, außerdem: Nur noch sieben Meter bis zum Geocache. Jetzt hat er’s besser gemacht, der Frank, erst gepeilt und sich dann durchs Gebüsch gezwängt. Dahinter hat eine Bank gestanden, ein wahrer Geheimtipp von einer Bank, weil: Total versteckt, aber 1A-Ausblick, bis ins Tal runter. So eine Bank findest du nur als Geocacher, oder wenn du mal pinkeln musst. Alle anderen Bänke mit solch einem Ausblick sind in den Bergen ja durchgehend von älteren Ehepaaren besetzt. Die hocken sich da noch vor Morgengrauen drauf und bleiben in der Regel bis zur Dämmerung. Der Ausblick hat den Frank aber gerade gar nicht interessiert, der hat mit zuckenden Kopfbewegungen einen moosigen Felsbrocken angeschaut und dabei immer wieder mit dem Fuß auf den Boden gestampft. Warum? Weil sein C:Geo nur noch einen Meter bis zum Geocache angezeigt hat, darum hat er den Felsen abgesucht. Ach so, warum er so unrhythmisch mit dem Fuß aufgestampft hat? Weil es da vor Ameisen nur so gewimmelt hat, und zwar keine von der schüchternen Sorte, nein verreck, sondern so riesige, schwarze, die dir in Nullkommanix durch die krauseligen Haare deiner Wadeln krabbeln. Oder halt über deine knackigen, epilierten Waden, das ist denen wurscht, den Viechern.

Nach etwa zwei Minuten Sucherei hat der Frank diesmal schon Erfolg gehabt und etwas Gelbes hinter einem Brocken hervorspitzeln sehen. Ja, unter Druck ist er gut, der Frank. Er hat eine butterbrotgroße Tupperdose aus ihrer kleinen Höhle herausgezogen und ist damit zur Bank gesprungen. Dort hat er die Dose draufgeworfen und erst mal seinen Ameisen-Schuhplattler mit einigen kräftigen Schlägen auf die Beine beendet.

Dann hat er Rucksack und Wanderstecken an die Bank gelehnt und sich neben die Dose gesetzt. Und über die Baumwipfel ins Tal runtergeschaut. Aber seine Augen haben trotz fantastischem Ausblick nicht geglänzt, die waren matt, jetzt nicht alienmäßig matt, wie bei der Michaela manchmal, nein, gedankenverloren matt. In dem Moment hätte sich auch Godzilla durch die Baumwipfel den Berg rauf arbeiten können, der Frank hätte das nicht bemerkt.

Er hat an dieses Lederband vom gestrigen Cache gedacht, Skytale, mit dem Namen von seiner Freundin darauf. Und hat sich gefragt, was wohl das heutige Doserl für ihn bereithalten würde. Natürlich hilft es da nichts, die Dose zuzulassen, aber der Frank war halt auch nur ein Mensch, ja, wahrlich nicht mehr als das. Kennt man ja: Man sollte eigentlich ein unangenehmes Telefonat führen, öffnet die Kommode, auf der das Telefon steht, um das Telefonbüchlein herauszuholen, und dann: räumt man statt zu telefonieren die Kommode auf.

Nur irgendwann hat man die Kommode aufgeräumt, und so hat auch der Frank irgendwann sein leeres Geschau beendet und sich die Dose auf die Oberschenkel gestellt.

Aber immer noch nicht aufgemacht. Kennt man auch, du hast das Telefon schon in der Hand, wählst aber nicht. Stattdessen ist der Blick vom Frank auf seinen Wanderstecken gefallen. Auf die Stelle, an der noch ein wenig dunkles, getrocknetes Blut vom Gabriel zu sehen war. Gabriel, der eigentliche Geocacher von den beiden, der jetzt nicht da war, um beim Öffnen mit dabei zu sein, ungerecht, wobei, vielleicht war ja der ganze Cache eh für den Frank gedacht, nicht nur wegen der Michaela auf dem Skytale, auch wegen der Zunge auf dem Deckel von der Schatulle, die Zunge mit dem Kreuz darauf, die hat bei Frank an irgendeiner Erinnerung gekratzt, geleckt, irgendetwas mit Rache, aber was genau, da ist der Frank nicht darauf gekommen.

Der hat sich jetzt stattdessen geärgert, über sich und seine Bedenken, sein In-die-Hosen-Scheißen, weil er das doch vorhin eigentlich alles schon durchanalysiert hat, mit seinem inneren Analyse-Modul, der Plus-Minus-Maschine: 3:1 dagegen, dass die Michaela etwas mit dem Geocache zu tun hat – und der Cache mit ihm. Und wenn der Frank etwas fertig analysiert hat, verlässt er sich auch drauf, beruflich wie privat, wo käme er sonst auch hin.

So gesehen hätte er jetzt eigentlich mit dem Öffnen auf den Gabriel warten können, da der Inhalt ja mit einer Wahrscheinlichkeit von 3:1 frankfrei war. Oder besser noch, der Frank hätte den Gabriel suchen können, den Weg zurücklaufen, sich sorgen, andere Wanderer nach ihm fragen, aber, überbehütend war der Frank halt nicht, und den Berg wieder runterstiefeln, jetzt, wo sein Knie gerade einmal Ruhe gegeben hat, geh verreck.

Und so hat der Frank die Dose schließlich aufgemacht.

Nein, aufmachen wollen. Diesmal hat ihn ein Schrei davon abgehalten, der vom Fuße des Wiesenhangs hinauf, am Ochsenschild vorbei, direkt in sein Ohr geschallt ist.

8

Der Sepp hat den Gabriel einfach nicht verstanden. Jetzt nicht akustisch, sondern vom Verhalten her. Ist aber auch der falsche Ansatz, das verstehen zu wollen. Wenn du das Verhalten von einem Neunjährigen mit einem Gemälde vergleichst, ist das halt kein Monet, mit Brücke hier und Seerose da. Sondern eher eines von diesen jungen Wilden, die nach dem Malen noch auf ihrem Bild rumlaufen. Also besser anschauen, wundern, weitergehen. Geht natürlich nicht, wenn du ein oder zwei solcher Gemälde dein eigen nennst. Der Sepp ist jetzt auch nicht weitergegangen, obwohl das nicht mal sein eigenes Gemälde war, das jetzt unbedingt vom Weg abweichen wollte, um irgendeinen Schmarrn zu suchen.

Aber der Reihe nach. Der Sepp war dem Gabriel ja hinterhergegangen, als dieser umgekehrt ist. Und das nicht, weil er Kinder besonders in Herz geschlossen hätte, nein. Er hätte es dem Gabriel sogar zugetraut, den Weg diesmal zu finden. Der Sepp ist umgekehrt, weil er vom Frank nicht viel gehalten hat. Oder sogar wenig. Einem Vater, der seinen eigenen Sohn in den Bergen verliert, traust du halt nicht unbedingt zu, dass er ihn auch wiederfindet. Und diesem speziellen Vater hat der Sepp sogar zugetraut, dass er auf der Suche nach dem Gabriel an ihm vorbeiläuft. Oder, dass er ihn gar nicht sucht, zumindest nicht gleich, weil er gar nicht schnallt, dass der Sohnemann weg ist. Und, sind wir ehrlich, mit dieser Tauglichkeitseinstufung ist der Sepp ja auch gar nicht so verkehrt gelegen.

Der Sepp hat es mit dem Einholen vom Gabriel aber nicht übertrieben, der hat sich immer ein gutes Stück hinter ihm gehalten und beobachtet, ob er richtig läuft. Und das, obwohl der Sepp ja eigentlich in die andere Richtung wollte, zum Hochries. Jetzt fragst du dich vielleicht: Ja, mag der Sepp jetzt Kinder, oder nicht? Hü oder hott? Aber der Sepp trägt ja

nicht nur seinen Rucksack auf dem Buckel, sondern auch seine eigene Geschichte.
Bei einem Wanderschild zum Spitzstein hat der Gabriel Halt gemacht. Das zweideutige Wanderschild, das er eine dreiviertel Stunde zuvor mit seiner Steinschleuder abgeschossen hat, um anschließend falsch zu laufen, du erinnerst dich. Diesmal aber kein Schuss aufs Schild, nein, der Gabriel hat sein Garmin rausgeholt und im Hauptmenü auf ‚Kompass eichen' gedrückt. Worauf ihm Folgendes angezeigt worden ist:
„Drücken Sie auf Start und drehen sich zwei Mal langsam im Kreis."
Gar nicht blöd, der Gabriel, nur: Das mit dem *langsam* hat er überlesen, oder nicht so wichtig genommen und zwei Umdrehungen hat er auch nicht ganz geschafft, da ist ihm der Sepp dazwischengekommen. Der hat den Gabriel schließlich doch eingeholt. Als der Sepp gesehen hat, wie sich der Gabriel im Kreis dreht und dabei auf ein Gerät in seiner Hand starrt, hat er sich wieder mal seinen Teil gedacht. Und dabei ist es natürlich nicht geblieben:
„Sag mal, ganz sauber bist du aber auch nicht."
Das *auch* hat sich wahrscheinlich auf den Frank bezogen.
„Was?", hat der Gabriel gefragt und den Sepp angeschaut.
„Wie bitte!", hat ihn der Sepp verbessert, wobei ich nicht weiß, welchen Ausbund an Höflichkeit er nach so einem kernigen Spruch erwartet hat. Der Gabriel hat den Sepp jetzt nur angeschaut, manchmal hörst du ja bei Kindern die kleinen Rädchen im Hirn förmlich klackern.
„Suchen Sie auch den Weg?", hat der Gabriel gefragt, worauf sich der Falten-Canyon in Sepps Gesicht wieder deutlicher gezeigt hat. Obwohl der Gabriel sogar „Sie" gesagt hat, macht heute ja kaum mehr einer von den Fratzen, von einem „Grüß Gott" ganz zu schweigen.
„Nein, *dich* suche ich", hat der Sepp gesagt und seinen Canyon wieder auf normale Schluchttiefe gebracht.

„Warum schaust du denn auf dieses Kastl? Da geht's lang", hat der Sepp gesagt und auf das Schild Richtung Spitzstein gezeigt.
„Ich muss erst zum Predigtstuhl", hat der Gabriel gesagt.
„Warum? Wartet da dein alter Herr?"
„Was?"
„Wie bitte!", hat der Sepp gesagt und sich den Hut vom Kopf genommen. Mit der anderen Hand ist er sich durchs kurze schneeweiße Haar gefahren. Na ja, schneeweiß - so weiß halt wie Schnee, der schon eine Zeit lang liegt.
„Wer wartet da?", hat der Gabriel gefragt.
„Dein Vater. Oder?"
„Echt? Oh schön!"
Der Sepp hat seinen Mund auf- und wieder zugemacht, und dem Gabriel in dem Moment dazwischen in die unschuldigen Augen geschaut.
„Pack ma's!", hat er dann gesagt und mit dem Hut eine scheuchende Bewegung Richtung Gabriel gemacht.
„Zum Predigtstuhl?", hat der Gabriel gefragt.
Darauf hat der Sepp nur noch erschöpft genickt. So viel, wie mit dem Gabriel, redet der sonst das ganze Jahr nicht.
Und so ist der Gabriel also mit einem Fremden mitgelaufen. Aber erstens war der Sepp nicht mehr richtig fremd, weil er sich ja am gestrigen Tag schon so nett mit Gabriels Vater unterhalten hat. Und zweitens ist eher der Sepp mit dem Gabriel mitgelaufen. Fast eine halbe Stunde lang sind sie schweigend nebeneinanderher gelaufen, der Gabriel immer wieder mit einem Blick auf sein Garmin.
„Was ist denn das für ein Kastl?", hat der Sepp ihn schließlich gefragt und auf das Garmin gezeigt. Der Sepp war jetzt keiner, der die technischen Errungenschaften des 21. Jahrhunderts voll ausgeschöpft hat.
„Das ist mein Navigationsgerät."

„Unnötiger Schmarrn", hat der Sepp gesagt und den Kopf geschüttelt.
„Was?"
„Ein richtiger Wanderer braucht so was nicht", hat der Sepp gesagt. Und das unhöfliche „was" vom Gabriel diesmal gelten lassen. Hilft ja nichts.
Jetzt kannst du Neunjährige ja normalerweise schon an der Ehre packen, den Gabriel aber nur schwer. Dem hat die Barbara zu oft eingebläut, dass er genau so, wie er ist, goldrichtig ist. Drum hat der Sepp noch mal nachhaken müssen, obwohl er ja sonst wirklich nicht viel redet:
„Findest du denn ohne das Ding nicht den Weg?"
„Wohin?"
„Wohin?", hat der Sepp zurückgefragt, „ja, zum Predigtstuhl willst du doch, oder?"
Die beiden waren inzwischen schon an der Bergwachthütte vorbei und sind den Wiesenhang hochgewandert.
„Ja, in die Nähe", hat der Gabriel gesagt.
„In die Nähe?", hat der Sepp gefragt und ist stehen geblieben, „sag mal, du willst doch deinen Vater finden, oder?"
„Ja", hat der Gabriel geantwortet, ohne stehen zu bleiben, weshalb der Sepp auch wieder loslaufen hat müssen, „auch."
„Auch? Wen musst du denn noch finden?"
„Den Geocache."
„Wen? Sag mal, ganz sauber seid ihr aber alle nicht."
Weil das der Gabriel wohl nicht als Beleidigung verstanden hat, ist er weitergelaufen und hat dabei immer häufiger auf sein Garmin geschaut. Selbst der Sepp als alter Bergfex hat aufpassen müssen, dass er bergauf mit dem Gabriel Tritt hält.
„Und wer ist dieser Geocache?", hat er gefragt, als er den Gabriel bei einem Stacheldrahtzaun eingeholt hat.
„Wer?"
„Der Geocache - ist das ein Freund?", hat der Sepp ein bisserl keuchend gefragt, „oder ein Verwandter?"

Der Gabriel hat dem Sepp jetzt in die Augen geschaut. Das hat ihm seine Mutter beigebracht. „Wenn du dir nicht sicher bist, Gabriel, ob jemand einen Witz macht oder es ernst meint, schau ihm in die Augen." Gar nicht blöd, die Barbara, denn so hat der Gabriel jetzt schnell erkennen können, dass der Sepp seine Frage ernst gemeint hat. Und obwohl dem so war, oder eigentlich gerade *weil* das kein Witz vom Sepp gewesen ist, musste der Gabriel jetzt einmal belustigt glucksen.

„Gibst du mir mal eine Antwort, Bengel?", hat der Sepp gefragt, und es kann sein, dass sich hier sein faltenreiches Gesicht schon ein bisserl ins Rötliche verändert hat.

Der Gabriel hat es jetzt nicht leicht gehabt. Kennt man ja, wenn man nicht lachen soll, nicht lachen darf. Wenn der Pfarrer vorne sagt, „Lasset fahren, was euch bedrücket", und man sich auf der Kirchenbank windet. Meist ist es ein Wort, das den Ausschlag gibt, oder ein kurzer Satz, und der kommt einem dann immer und immer wieder in den Kopf. Und noch eine Runde:

Ob der Geocache ein Verwandter sei.

Jetzt hat der Gabriel schon zweimal glucksen müssen, und lauter als zuvor. Das klang wie bei einer Seerobbe vor dem Stimmbruch. Aber dann hat er tapfer versucht, dem Sepp zu antworten:

„Nein, kein Verwandter", hat er gesagt, nur drei Wörter, aber blöderweise ist bei *Verwandter* seine Stimme verräterisch in die Höhe gekiekt. Und dem Sepp sein Gesicht noch ein wenig röter geworden.

„Bekommst du schlecht Luft?", hat er den Gabriel gefragt und sich dabei selber kaum Luft gegönnt.

Der Gabriel hat zu Boden geschaut und den Kopf geschüttelt.

„Jetzt hör mir mal zu, du Pimpf", hat der Sepp gesagt, sein Gesicht inzwischen so rot, als ob durch die tiefen Furchen Lava fließen würde, „ich verdien da nichts daran, wenn ich dich zu deinem Alten zurückbringe."

Hat ja auch keiner behauptet.
„Und euer Dritter im Bunde, dieser Geodings, der interessiert mich überhaupt nicht. Kapiert?"
Der Gabriel hat genickt. Zum Glück immer noch mit dem Gesicht nach unten, so dass man sein Grinsen nicht gesehen hat.
„Wir beide gehen jetzt zum Predigtstuhl hoch, zu deinem Vater. Haben wir uns verstanden?"
Der Gabriel hat immer noch zu Boden geschaut, aber den Kopf geschüttelt.
„Wie bitte?", hat der Sepp mit erhobener Stimme gefragt.
„Ich muss da hinten erst was suchen", hat der Gabriel gesagt und dabei über den Stacheldraht gezeigt. Ohne glucksende Seerobben-Stimme, weil er sämtliche Wörter, die mit Geo- beginnen, vermieden hat.
„Verdammt noch mal, du musst jetzt deinen Vater suchen. Und sonst gar nichts!", hat der Sepp noch lauter als zuvor gesagt. Ja verreck, der Sepp - Gabriel macht's möglich. Sein Gesicht immer noch rot, auch wenn die Lava langsam wieder abgeflossen ist.
Jetzt sind wir an dem Punkt angelangt, wo der Sepp den Gabriel nicht mehr verstanden hat. Dass der Gabriel gar nicht auf schnellstem Wege seinen Vater finden *wollte*. Finden natürlich schon, aber das hat auf seiner Liste nicht ganz oben gestanden. Sondern: Wo ist der nächste Geocache? Blöderweise hat der Kompasspfeil auf seinem Garmin immer noch gesponnen, oder wieder. Und blöderweise ist das Geocache-Doserl bereits auf dem Frank seinem Schoß gelegen, und nicht hinter irgendeinem Stacheldraht.
Weil der Gabriel sich nicht in Trab gesetzt, sondern weiterhin geduldig auf den Boden geschaut hat, war beim Sepp jetzt Ende Gelände.
„Gut, dann kannst mich jetzt auch am Arsch lecken", hat er nicht ganz jugendfrei gesagt. Das hätte der Barbara nicht so

gefallen, mein ich. Und mir auch nicht, muss ich sagen. Andererseits versteh ich den Sepp: dieses bayrische Mannsbild, das immer mit einem Pfund Stolz unterm Cowboyhut herumläuft. Der weiß, wo's langgeht und dem du nichts zu erzählen brauchst, schon gar nicht, wenn du noch so ein Pimpf bist. Und doch ist da etwas im Sepp, eine heimliche Stimme, die aber zu leise ist, als dass er sie hört: „Hut ab vor dem Buben, der hat genau so einen Dickschädel wie du."

Von ebendiesem Dickschädel hat der Sepp jetzt seinen Cowboyhut kurz angehoben, wieder aufgesetzt, und ist den Wiesenhang runtergestapft.

Jetzt hat der Gabriel endlich wieder hochgeschaut. Aber nicht dem Sepp hinterher, im Abschiednehmen sind Kinder ja allgemein unsentimental. Nein, er hat auf das hohe Gras hinter den Stacheldraht geschaut, und dann wieder auf sein Garmin. Der Draht ist leider auf einer ganz blöden Höhe verlaufen. Drunter durchzukriechen wäre für den Gabriel im Nachhinein besser gewesen, aber dazu war ihm der Draht zu niedrig. Und ihm ist nicht in den Sinn gekommen, dass man den Rucksack ja vorher abnehmen könnte. Da war der Gabriel schon noch ein wenig batschert. Oder hatte halt, um es mit den Worten von der Barbara zu sagen, bei seiner Handlungsplanung noch Förderbedarf. Darum ist er beherzt *über* den Stacheldraht gestiegen, denn wer zögert, verliert.

Leider verliert aber manchmal auch der mit den zu kurzen Beinen.

Wenn du genau in dem Moment, wo du die Geocache-Dose aufmachen willst, einen Schrei hörst, der noch dazu stimmlich stark Richtung Gabriel tendiert, setzt du sogar als Frank deine Prioritäten richtig.
So was hörst du ja als Vater raus, da brauchst du weniger als eine Sekunde Höreindruck, und du weißt, warum der Bengel schreit: Trotz, Schreck, Playstation kaputt oder, wie in diesem Fall: Schmerz – und eine Prise Wut vielleicht.
Drum ist der Frank auch sofort aufgesprungen und hat seinen Rucksack aufgesetzt. Er hat sich durch das Gebüsch gezwängt und ist den Wanderweg hinuntergaloppiert. Beim zweiten Schrei vom Gabriel ist der Frank schon am Ochsenschild vorbeigeflogen.
Der Gabriel spürt ja Schmerzen nicht so stark, wie er eigentlich sollte. Neurologisch bedingt, sagt seine besorgte Mutter, und dass das gefährlich sei. Schmarrn, sagt wiederum sein stolzer Vater, der Gabriel sei halt ein harter Hund.
Auf jeden Fall ist Alarmstufe dunkelrot angesagt, wenn der Gabriel so schreit, und Gliedmaßen zählen. Letzteres konnte der Frank aber nicht, weil der Schreiende noch außer Sicht war. Und so ist der Frank weitergelaufen, und die Gedanken in seiner Plus-Minus-Maschine haben das gleiche getan. Allesamt zum Minus, zum Beispiel: „Was wird die Barbara sagen?“ Ein einziger Gedanke ist erst mal zum Plus gelaufen: „Zum Glück hat der Gabriel kein eigenes Messer dabei.“ Aber auch dieser Gedanke ist umgewandelt worden: „Wer weiß?!“ Und zum Minus rübergeschickt. Der Frank ist den holprigen Wiesenhang übrigens ohne Knieschmerzen runtergelaufen. In seinem Hirn ist aber deswegen kein Gedanke zum Plus gelaufen, kennt man ja, die vielen roten Ampeln bemerkt man grantig, aber die grünen sieht man nicht. Rechts vom Frank war ein Stacheldraht gespannt, und so hundert

Meter dahinter hat es hellgraue, majestätische Felsen gehabt. Auf diesen schroffen Felsen sind riesige Fichten gewachsen. Ungewöhnlich, so als ob sie gegen die Fichten am Fuße der Felsen eine Wette verloren hätten. Als der Frank zu diesen Felsen rübergeschaut hat, ist ihm ein Puzzle aus Kindheitstagen in den Sinn gekommen. 20 Teile, mit Playmobil-Figuren auf den Felsen. So was macht das Hirn ja manchmal, du bist in Sorge, durchläufst gerade die Zeitspanne zwischen zweitem und drittem Schrei von deinem Sohn und merkst plötzlich, wie herrlich doch die Umgebung ist. Vielleicht ein Schutz in psychisch belastenden Situationen, vielleicht ist das Hirn aber auch ein kleiner Sadist: Wetter schön, Knie schmerzfrei, Landschaft herrlich, aber freuen kannst du dich daran nicht.

Gleichzeitig mit dem dritten Schrei hat der Frank den Gabriel auch gesehen, weiter unten am Hang. Sohn, Sepp und dazwischen der Stacheldraht. Dieser dritte Schrei hat jetzt übrigens schon mehr nach Wut geklungen als nach Schmerz.

„Arsch-Stechdraht!“, hat der Gabriel geschrien, ja verreck, aber dazu muss man wissen, dass er mit seinem Wortschatz ab und an ein wenig danebenliegt. Da platzt dann schon mal die Narbe von seiner Jacke auf, was im ersten Moment brutal klingt, bis sich die Narbe als Naht entpuppt, die aufgegangen ist. Ja mei, und Stechdraht, da kommst jetzt selber drauf.

Der Frank war noch nicht ganz bei den beiden angekommen, da hat er bereits gesehen, dass der Gabriel mit beiden Händen seinen rechten Oberschenkel umklammert. Und dass seine kurze, graue Wanderhose darüber blutig war. Also jetzt rechter Zeigefinger und rechter Oberschenkel verletzt, so weit die Reihenfolge. Dann müsste als Nächstes der linke Oberschenkel drankommen.

„Was haben Sie mit meinem Sohn gemacht?“, hat der Frank jetzt arg theatralisch gekeucht, als er sie erreicht hat.

„Vom Hochries runtergeholt“, hat der Sepp gesagt, kurz und trocken.

Nach dem ersten Schrei war er wieder zum Gabriel hochgelaufen. Er hatte sich aber zuvor eh schon recht zögerlich von ihm entfernt, am Arsch lecken hin oder her. Jetzt ist er in die Hocke gegangen, um seinen Rucksack aufzumachen, der vor ihm auf dem Boden gestanden hat.
„Vom Hochries?“
Der Sepp hat nur genickt und in die Richtung gezeigt, aus der er und Gabriel gekommen sind. Mit der anderen Hand hat er in seinen Rucksack gegriffen.
„Wo läufst du denn hin?“, hat der Frank jetzt den Gabriel über den Stacheldraht hinweg gefragt und, „wieso steigst du denn da drüber?“
Wieder mal zwei Fragen auf einmal. Dafür hat er den Gabriel mit beiden Händen an den Hüften gepackt und über den Stacheldraht gehoben – samt dem sauschweren Rucksack vom Sohnemann. Anschließend hat der Frank mit schmerzverzerrter Miene geplärrt: „Scheißdreck!“ Weil er nicht richtig gehoben hat. Immer mit geradem Rücken heben, nicht mit gebeugtem. Weiß man eigentlich. Der Schmerz ist ihm allerdings gar nicht in sein Kreuz geschossen, sondern ins Knie.
„Ich wollte zum Geocache“, hat der Gabriel jetzt auf Franks zweite Frage geantwortet und zu den Playmobilpuzzle-Felsen gezeigt. Mit dem bandagierten Zeigefinger, der Verband rot, entweder durchgeblutet, oder weil er damit seinen Oberschenkel gehalten hat. Der fleißig weitergeblutet hat, drei dünne, rote Bächlein sind dem Gabriel bis zu den Wandersocken hinuntergelaufen.
„Nein, Gabriel“, hat der Frank gesagt und den Wiesenhang hinaufgezeigt, „da oben ist der Geocache, ich hab ihn schon gefunden.“
Immerhin hat jeder von den Dreien mal irgendwohin gezeigt. Der Sepp hatte inzwischen ein rotes Erste-Hilfe-Täschchen aus seinem Rucksack gezogen. Tipptopp ausgerüstet, der Sepp, ein richtiger Bergfex halt. Das hätte der Barbara be-

stimmt gefallen, mein ich. Er hat das Täschchen dem Frank gereicht.

„Oder soll er weiterbluten?"

Zusätzlich hat der Gabriel den Frank gefragt:

„Du hast den Cache *ohne mich* aufgemacht?"

Also wieder mal zwei Fragen auf einmal.

„Nein", hat der Frank gesagt und damit beide Fragen mit einer Klappe geschlagen. Dann hat er dem Gabriel den Rucksack abgenommen und anschließend seinen eigenen.

„Soll *ich* ihn verbinden?", hat er gefragt und den Reißverschluss vom roten Täschchen aufgezogen.

„Freilich", hat der Sepp geantwortet, während er eine Trinkflasche und ein Stofftaschentuch aus seinem Rucksack geholt hat. Er hat das Taschentuch mit Wasser getränkt und dem Frank gereicht.

„Zum Saubermachen."

Der Gabriel ist zwischen ihnen gestanden und hat seinen Oberschenkel weiterhin fest umklammert.

„Setz dich, Spatz", hat der Frank zu ihm gesagt, sich auf den grasigen Untergrund gesetzt und seinen Vogel zu sich auf den Schoß gezogen.

„Jetzt zeig mal."

Der Gabriel hat seine blutverschmierten Hände vom verletzten Bein genommen und auf die hellbraune Wanderhose vom Frank gelegt. Franks zweite und letzte, abermals frische Hose. Der Stacheldraht hatte auf der Innenseite von Gabriels Oberschenkel einen gezackten Riss hinterlassen. Also zuvor kein unbegründeter Ochsenschrei, sondern durchaus berechtigt, dass er da geschrien hat, der Gabriel. Der Frank hat das Bein mit dem nassen Taschentuch saubergemacht und Selbiges schnell auf die immer noch blutende Wunde gepresst. Dann hat er mit der anderen Hand aus dem Erste-Hilfe-Set einen Verband geholt, den der Sepp zu einer Kugel aufgerollt hatte. Also nicht mehr original verpackt, andererseits hätte sich der

Frank mit nur einer Hand eh schwergetan, eine Verpackung aufzureißen. Drum sag ich oder hab ich oft gesagt: Immer erst anrichten, egal was man macht. Beim Reifenwechsel nicht gleich das Auto mit dem Wagenheber anheben, um erst danach festzustellen, dass man den Ratschenschlüssel dem Schwager geliehen hat.
Der Frank hat mit dem Verband in der Hand fragend zum Sepp hochgeschaut, worauf dieser bedächtig genickt und seine Augen für einen Moment geschlossen hat.
„Aber vorher desinfizieren", hat der Sepp hinzugefügt, „mit dem Sprühverband", und sich anschließend eine Schnupftabakdose aus der Jackentasche geholt. Der war wieder ganz in der Spur.
Von außen betrachtet hatte das jetzt was von einer Mehrgenerations-Idylle, der Vater mit dem Sohn auf dem Schoß und darüber der Großvater, der sich Schnupftabak auf den Handrücken klopft.
„Das Blut hat noch nicht gewonnen, oder?", hat der Gabriel gefragt.
Der Frank hat dem Gabriel einen Moment lang ins blasse Gesicht geschaut, bis es geschnackelt hat.
„Geronnen, Gabriel" hat er lachend geantwortet, „nicht gewonnen. Nein, das Blut ist noch nicht geronnen. Aber toll, dass du dir das gemerkt hast."
Aber nicht so toll, dass es immer noch geblutet hat. Trotzdem nicht schlecht vom Frank. Wenn, dann gezielt loben, sagt die Barbara oft. Und Franks Chef.
Der Frank hat einen Sprühverband aus dem Notfall-Päckchen geholt, während er mit der Hand weiterhin das Taschentuch auf Gabriels Oberschenkel gepresst hat. Dann hat er das Tuch angehoben und schnell auf die Wunde gesprüht. Der Gabriel hat ohne Mucks die Zähne zusammengebissen. Und das, obwohl das einer von den fiesen Sprühverbänden war, die kenne ich noch aus meiner eigenen Kindheit, da hat das

Sprühen mehr wehgetan als zuvor der Sturz vom Fahrrad. Aber dafür wird die Wunde zugepappt und blutet nicht mehr. Der Frank hat den Verband um Gabriels Oberschenkel gewickelt, das Ende untergeschoben und mit etwas Leukoplast an der Haut fixiert.
„Jetzt schauen wir uns noch deinen Finger an", hat er gesagt und einen zweiten Verband aus Sepps Täschchen geholt. Ist ja auch wunderbar, wenn man plötzlich an der Quelle hockt. Da kennt der Frank nichts.
„Nein, vielen Dank, Papa", hat der Gabriel gerufen und ist aufgesprungen, „dem Finger geht's gut."
Da kennt wiederum der Gabriel nichts. Der hat seinen Rucksack aufgesetzt und ist den Wiesenhang hochgestapft. Er hatte ja auch ein Ziel: den Geocache. Da brauchst du dich nicht ewig trösten lassen wegen so einem bisserl Fleischwunde.
„Oh mei", hat der Sepp resigniert gesagt und dabei seinen Cowboyhut vom Kopf genommen.
Der Frank hat zornig zum Sepp geschaut, nach oben, weil er ja immer noch gesessen ist, und dann zum Gabriel.
„Warte, Gabriel!"
Der Gabriel hat im Gehen nach hinten geschaut und gesagt: „Ich geh ganz langsam, Papa, okay?"
„Nein, du wartest jetzt!" hat der Frank gebrüllt.
Richtig brüllen lernt man ja erst mit den eigenen Kindern. Außer du hast Mädels, da weiß ich es jetzt nicht. Während der Gabriel tatsächlich stehen geblieben ist, hat der Frank versucht aufzustehen. Da hat aber sein Knie etwas dagegen gehabt, das rechte, schmerzende, das wollte lieber unten bleiben. Darum hat der Frank einen lang gezogenen Schrei ausgestoßen. Und sich wieder hingesetzt. Der Sepp hat seinen Cowboyhut wieder aufgesetzt und dem Frank eine Hand heruntergereicht.

„Geht schon“, hat der Frank herausgepresst und die Hand mit einem Kopfschütteln ausgeschlagen.
Seinen Wanderstecken hat er ja blöderweise an der Bank oben beim Predigtstuhl gelassen. Er hat sich zur Seite gedreht, auf den Boden gekniet und den linken Fuß auf die Erde gestellt. Die Superzeitlupe aus der Sportschau kennst du ja, oder? Anschließend hat er das linke Bein durchgedrückt und ist so tatsächlich zum Stehen gekommen. Inzwischen hat der Gabriel wieder langsam zu gehen angefangen, mit betont kleinen Hühnertappern. Was der Sepp natürlich hat kommentieren müssen:
„Der Pimpf macht mit Ihnen, was er will.“
„Ach, und mit Ihnen? Wollten Sie, dass er über den Stacheldraht steigt?“
Darauf hat der Sepp den Frank nur ernst angeschaut.
„Von *Ihnen* will ich jetzt erst mal etwas anderes hören“, hat der Sepp gesagt.
Oh weh, der hat jetzt die gleiche Hauruck-Pädagogik wie der Frank angewandt.
„Ja“, hat der Frank gesagt.
Ja verreck, das ist aber auch blöd, dass ihm gerade der Sepp den Gabriel wiedergebracht hat. Der dem Frank gleich bei ihrer ersten Begegnung bescheinigt hat, dass er seinen Sohnemann nicht im Griff hat. Das Schicksal braucht halt manchmal auch ein bisserl Spaß. Der Sepp und der Frank haben sich angeschaut. Aber jetzt kein High Noon, wie am Vortag, sondern eher Lehrer und Schüler. Oder Jedimeister und Padavan-Schüler.
„Danke“, hat der Frank gesagt, und dabei dem Sepp weiterhin in die Augen geschaut. Immerhin.
Der Sepp hat genickt und bedächtig mit den Augen gezwinkert. Dazu hätte er eigentlich nur noch „brav“ sagen müssen.
„So“, hat er aber gesagt und sich seinen Rucksack auf den Rücken gesetzt, „jetzt geht's auf den Hochries.“

„Sie wollten eigentlich auf den Hochries?“
Wieder ein bedächtiges Nicken und Augenzwinkern seitens des Sepps.
„Wirklich vielen Dank, Herr …“, hat der Frank gesagt.
„Sepp, einfach nur Sepp.“
Na ja, aber Herr Sepp, ich weiß nicht.
Die beiden haben sich die Hände geschüttelt. Nur kurz und freilich ohne sich dabei gegenseitig auf den Rücken zu klopfen, wie das so unbeholfene Mannsbilder ja manchmal machen. Aber immerhin. Schon eine saubere Steigerung im Vergleich zu gestern.
Der Sepp hat zum Abschied seinen Cowboyhut kurz angehoben und sich umgedreht. Dann ist er in den Sonnenuntergang geritten, äh, marschiert.
Und der Frank hat sich den Wiesenhang ohne Wanderstecken hochgemüht, seine Knieschmerzen waren ja wieder da.
Aber der Gabriel auch. Immerhin.

10

Wenn der Gabriel etwas Wichtiges zu sagen hat, hebt er dabei seinen Zeigefinger schräg nach oben. Er und sein Vater sind auf der Bank beim Predigtstuhl gesessen, die Geocache-Dose zwischen ihnen.
„Du darfst die Dose aufmachen, Papa", hat der Gabriel also mit solch einem Fingerzeig gesagt, „weil, du hast sie auch gefunden."
Dem Frank war aber eher nach einem glasigen Blick ins Tal, als nach dem Öffnen der Pandora-Büchse.
„Los, mach auf, Popsi!"
Das hasst ja der Frank, wenn ihn der Gabriel so nennt, aber er hat nichts darauf erwidert, nicht mal ein „Gabi" als Revanchefoul.
Stattdessen hat er die Tupperdose mit dem Verschluss zu sich gedreht und geöffnet.
Das Erste, was dem Frank ins Auge gefallen ist, war ein Packen von Kino-Eintrittskarten, die mit einer Büroklammer zusammengehalten worden sind. Der Frank hat die Klammer heruntergenommen und die Karten durchgeblättert. „V wie Vendetta", „96 hours", und bei der nächsten Karte hat er plötzlich innegehalten. Aus dem Cinemaxx-Kino in München, das Datum darunter abgerissen.
„Was ist denn das?", hat der Gabriel gefragt.
Der Frank hat keine Antwort gegeben und weiterhin auf die Kinokarte geschaut: „THE RIVER MURDERS – Blutige Rache".
Kenne ich, den Film. Fliegen da nicht einem Cop sämtliche ehemalige Affären als Leichen um die Ohren?
„Papa! Was hast du da?"
„Eintrittskarten."
„Fürs Kino?"
„Ja."

„Super!", hat der Gabriel gesagt und in Franks blechernes Gesicht geschaut, „oder, Papa?"
„Nein, nicht super. Die sind schon alt."
„Ach so", hat der Gabriel gelangweilt gesagt und die Tupperdose zu sich gedreht. Um etwas ähnlich Langweiliges herauszuholen. Nun ja, für seine Altersstufe zumindest, in der Mädchen, und was so dazugehört, noch bäh sind. Was genau? Kommt gleich, erst mal zurück zum Frank. Wir werfen mal einen Blick auf die Plus-Minus-Maschine in seinem Hirnkastl:
Plus: Da hat nur einer seine Sammlung reingetan.
Minus: aber dass gerade *dieser* Film mit dabei ist.
Plus: Zufall, den haben sicher viele gesehen.
Minus: ja, zum Beispiel ich, zusammen mit der Michaela, im Februar.
Plus: Die Kinokarte war, wenn überhaupt, ein Fingerzeig. Michaela sitzt aber im gleichen Boot wie ich – und lässt ihre Finger lieber schön unten.
Minus: also ein Fingerzeig. Barbara? Hat sie die Karte gefunden?
Plus: Ich glaube nicht, dass ich die Kinokarte aufgehoben oder gar daheim herumliegen habe lassen. Weil ich weder nostalgisch noch blöd bin.
Minus: tatsächlich?
Gefallen hat der Film dem Frank eh nicht. Das ist, wie wenn du dir „Die Verurteilten" anschaust, während du im Knast sitzt. Die Michaela hat den „River Murders" auch nicht gemocht, aber weniger aus moralischen Gründen. Ihr war er zu brutal.
Der Serienmörder hat nämlich jedem Opfer ein Kreuz in die Zunge geschlitzt.
„Schau mal, Papa", hat der Gabriel gesagt und ihm eine Karte aus dem Geocache gezeigt, „da ist ein ganz komischer Weihnachtsbaum drauf."

Sein Alter aber hat gar nicht zugehört und wirklich recht alt ausgesehen in diesem Moment. Er hat an die Barbara gedacht. War sie tatsächlich hinter seine Affäre gekommen?
Aber deswegen gleich einen ganzen Multi-Cache in den Bergen anlegen? Wann hätte sie das machen sollen? Und konnte sie überhaupt so fies sein? Ja! Wenn sie richtig grantig war, schon. Aber da musste ihr Grantometer schon +9 oder +10 GR anzeigen. Und einiges zusammenkommen. Wenn zum Beispiel der Frank auf einer Party eine Ärztin anbaggert. Und wenn er so tief baggert, dass er bald auf Grundwasser stößt. Und wenn das eine Arbeitskollegin von der Barbara ist. Und wenn die Barbara auch auf der Party ist. Und sich keine drei Meter entfernt mit einer anderen Kollegin unterhält. Dann kann es schon einmal passieren, dass die Barbara rübergeht, und den Frank fragt: „Und, kann sie dir mit deinem Problem helfen?" Und dabei auf seinen Hosenstall zeigt.
Apropos Arbeitsgerät. Weil der Frank nicht hergeschaut hat, hat der Gabriel ihm etwas von der Karte vorgetragen:
„Christbaum der Liebe", hat er vorgelesen, „Xaver Sex unterm Durex-Christbaum."
„Das versteh ich nicht, Papa."
Xaver war ein Klassenkamerad vom Gabriel, drum hat er das wohl gelesen, aber auf der Karte hat natürlich was anderes gestanden. Englisch hat der Gabriel erst seit einem knappen Jahr gehabt, und da lernst du ja am Anfang eher „My name is Gabriel" und „This is a pencil".
„Das verstehe ich auch nicht, Gabriel" hat der Frank gesagt, „leg es wieder zurück."
Was der Gabriel natürlich nicht gemacht hat.
„An diesem Weihnachtsfest stoßen die Liebenden an ihre Grenzen", hat er weitergelesen, „leise vibrieren die schön verpackten Vibratoren am Durex Christbaum der Liebe."
Während der Frank dem Gabriel die Karte aus der Hand gerissen hat, hat der Gabriel gefragt:

„Was ist vibrieren, Papa?"
„Wackeln", hat der Frank geantwortet, obwohl er das dem Gabriel doch anhand des Vibrator-Beispiels besser hätte erklären können.
Auf der Werbekarte war ein Christbaum zu sehen, der mit Kondompackungen und anderen Produkten aus dem Hause Durex behängt war. Vom Ausdauerkondom bis zum Vibrations-Penisring war laut Text darunter alles mit am Start. Obwohl der Frank für Ersteres vielleicht Verwendung gehabt hätte, hat er nicht weitergelesen, sondern die Karte umgedreht:

„O, du fröhliche, o du selige, gnadenbringende Weihnachtszeit."
Aber Weihnachten ist vorbei.
Jetzt geht es über den Kreuzweg zur nächsten Station:
Du drehst Dich um das erste Kreuz, gehst am zweiten vorbei und erkennst beim dritten, dass der Weg das Ziel ist.
Steinern.

N 47°db.bh0'
E 12°ad.e0g'

„Das kann ich", hat der Gabriel gerufen, und damit wohl die verschlüsselten Koordinaten gemeint, „gib mir mal."
„Nein", hat der Frank gesagt, „ich hab keine Lust mehr auf den Scheißdreck."
Er hat die Karte in die Tupperdose gelegt und schnell den Deckel zugeklappt. Aber nicht so schnell, dass der Gabriel nicht noch die Finger dazwischenbekommen hätte.
„Aua!", hat der Bub geplärrt, „spinnst du?"
Ohne die Antwort abzuwarten, hat er die Dose wieder aufgeklappt und die Karte rausgenommen.

„Es ist Schluss, Gabriel“, hat der Frank laut gesagt, „ich möchte mit dir wandern und keinen Müll suchen, den irgendeiner versteckt hat.“
Oder irgendeine.
„Beim nächsten Cache ist bestimmt wieder was Gutes drin, Papa.“
Ja, ganz bestimmt. Wenn die Zunge mit dem Kreuz und die Kinokarte Fingerzeige gewesen waren, dann war es der Weihnachtsbaum vielleicht auch. Der Frank musste an die letzte Weihnachtsfeier in seiner Firma denken, bei der er und die Michaela sich nähergekommen waren.
„Bitte jetzt, tu die Karte wieder rein“, hat der Frank etwas leiser gesagt.
Der Gabriel hat den Frank auf eine Weise angeschaut, dass dieser schon vorher wusste, was gleich kommen würde.
„Sag *na guuut*!“
Ja verreck, der Gabriel mit seiner ultimativen Waffe. Und der Frank erneut im Analyse-Modus:
Plus: Vielleicht werden beim nächsten Cache die Restzweifel ausgeräumt.
Minus: Oder erhärtet.
Plus: Dann ruf ich die Barbara an.
Minus: Tanze aber bis dahin weiter nach ihrer Pfeife.
Plus: Sie jetzt anzurufen wäre noch zu früh.
Minus: warum?
Plus: schlafende Hunde.
Die rechte Hirnseite hat also knapp mit vier zu drei gewonnen.
„Na gut“, hat der Frank seufzend gesagt.
„Oh danke, Papa“, hat der Gabriel gesagt und die Christbaum-Karte neben sich auf die Bank gelegt. „Kannst du mir mal einen Stift?“
Der Frank hat tatsächlich sofort in seinem Rucksack zu suchen angefangen. Obwohl er normalerweise dem Gabriel so

eine Frage ohne Verb immer zurückgegeben hat, mit gehässigem Ton in der Stimme: „Kaufen? Backen?“ Mein Bub lässt übrigens schon auch mal das Verb weg, aber mei, solang man ihn versteht.

„Und ein Papier brauch ich“, hat der Gabriel gesagt.

Verb da, ein finales „Bitte“ nicht. Trotzdem hat der Frank weitergesucht, er wusste, dass er einen kleinen, karierten Block und einen Kugelschreiber eingepackt hatte. Der Gabriel hat währenddessen ein gelbes Büchlein aus der Tupperdose geholt.

„Ein Logbuch. Heute ist eins drin.“

Aber gestern nicht. Obwohl so ein Logbuch zu einem offiziellen Geocache dazugehört, da wird eingetragen, wer den Cache gefunden hat, und wann. Blöd. Schön blöd, wer auch immer diesen Geocache versteckt und das vergessen hat. Natürlich konnte so ein Logbuch auch verloren gehen. Oder von einem batscherten Anfänger mitgenommen werden. Hätte der Frank bestimmt alles analysiert. Wenn er es denn mitbekommen hätte. Den Stift hat er zuerst gefunden und dem Gabriel gegeben. Und nachdem sich der mit *Gab_2004* ins Logbuch eingetragen hatte, war der Frank auch endlich mit dem Block fündig geworden.

Der Gabriel hat bei den Koordinaten ja gleich erkannt, dass sie über eine Buchstaben-Zahlen-Chiffre verschlüsselt sind. A=1, B=2, C=3, und so weiter. Drum hat es auch keine zwei Minuten gedauert, bis er die entschlüsselten Koordinaten auf den Block geschrieben hat:

N 47°42.280’
E 12°14.507’

„Hast du das mit den Kreuzen verstanden, Papa?“

„Nein.“

„Das finde ich raus, wenn wir da sind.“

Hat ein gesundes Selbstvertrauen, der Bub.
„Ist doch spannend, das Geocachen“, hat der Gabriel gesagt und seinen Vater angeschaut, „findest du nicht auch?“
„Spannend“, hat sein Alter leise geantwortet, „ja.“
Und die Weihnachtskarte klammheimlich wieder in die Tupperdose wandern lassen, ohne dass es sein Sohn mitbekommen hat.

Kapitel 3

1

„Schau mal, Papa, die Kuh ist gerade auf die andere draufgesprungen. Lustig!“

„Achte lieber auf den Weg.“

Da hat er einerseits schon Recht, der Frank, in den Bergen sollte jeder Tritt sitzen. Andererseits hat es dort, wo der Gabriel gerade gelaufen ist, keinen Abgrund gegeben. Rechts von ihm ein wucherndes Farnfeld, mächtige Wedel in zig Grünschattierungen. Links von ihm ein abschüssiger Wiesenhang, auf dem eben gerade eine Kuh und ein Bulle ihr Bestes gegeben haben. Und hinter dem Gabriel der Frank, versteht sich.

„Kämpfen die miteinander?“, hat der Gabriel gefragt und ist auf dem grasigen Trampelpfad stehen geblieben.

„Nein, die spielen. Jetzt geh zu.“

Der eigentliche Abgrund hat im Thema gelegen, wenn du mich fragst.

„Sind das Mann und Frau?“, hat der Gabriel gefragt.

„Was? Wieso fragst du denn *so* was?“

Wieso nicht?

„Weil die unterschiedlich ausschauen.“

„Das weiß ich nicht, Gabriel. Bitte jetzt, geh weiter.“

Aufgeklärt haben sie den Gabriel ja nur halbherzig. Ist aber auch nicht einfach, das einem Menschen mit noch einstelligem Lebensalter näher zu bringen. Die Barbara hat das Franks Aufgabenbereich zugeordnet, so von Mann zu Mann. Trotzdem hat sie es vor zwei Jahren selbst versucht, und jetzt war der Gabriel der Meinung, dass es in der Hauptsache um ein Wettrennen von Samenzellen geht, welches im Bauch der Frau stattfindet. Die erste Samenzelle gewinnt und wird zum

Kind, die restlichen werden Antikörper. Hat die Frau also auch noch was von.

Der Frank wiederum hätte dem Gabriel sicherlich einiges von den Bienchen und Blümchen erzählen können. Aber wollen hat er nicht. Nicht mal jetzt, wo sich das tierische Beispiel als Einstieg angeboten hätte.

„Wann ändert sich das noch mal in meinem Kopf?", hat der Gabriel gefragt und ist weitergegangen, weil Bulle und Kuh fertig gespielt hatten.

„Was?"

„Dass ich Mädchen plötzlich nicht mehr blöd finde."

„In der Pubertät, wenn du 13 bist."

Die beiden sind jetzt einem schmalen Pfad durch ein Wäldchen von Berglatschen gefolgt.

„Aber, eigentlich bringt es doch gar nichts, wenn man schon in der Schule eine Freundin hat."

Oder, wenn man verheiratet ist!

„Oder, Papa? Bringt doch nichts."

Frank hat geschwiegen, weil ihm das Gesamtthema nicht geschmeckt hat.

„Weißt du warum, Papa?"

„Was, warum?"

„Warum das nichts bringt."

„Nein, Gabriel, das weiß ich nicht."

„Weil es ist doch sehr, sehr, sehr unwahrscheinlich, dass das so lange hält, bis man heiratet."

Eigentlich genau die Mischung aus Rationalität und Ökonomie, die dem Frank liegt.

„Ja, Gabriel, stimmt. Bringt nichts."

„Hattest du eine Freundin in der Schule?"

„Ja."

Eine?

„Die Mama?"

„Nein, Gabriel, das weißt du doch."

Der Frank hat jetzt versucht, den Gabriel zu überholen, trotz schmerzendem Knie und Steigung. Ja mei, wie gesagt, am Weglaufen erkennt man so einiges.

„Wie hat denn deine Freundin geheißen?"

Der Frank hat jetzt versucht, sich zwischen einer besonders buschigen Kiefer und seinem Sohn durchzuquetschen.

„Das hab ich vergessen."

Traurig, aber wahr. Der Gabriel hat seinen Vater nicht überholen lassen, indem er einen Schritt zugelegt hat.

„Die hat dann einen anderen geheiratet, oder?"

„Was weiß denn ich, Gabriel", hat der Frank gebellt und sich wieder brav hinter seinem Sohn eingereiht.

„Aber deine nächste Freundin war dann die Mama, oder?"

„Nein, Gabriel", hat sein Alter keuchend geantwortet, „können wir jetzt einfach mal die Natur genießen und nicht so viel reden?"

Nach Genuss hat das wirklich nicht ausgeschaut, wenn man dem Frank so ins verschwitzte, rote Gesicht geschaut hat.

„Okay, Papa."

Die beiden haben gerade die letzten Latschen passiert und sind wieder auf freies Gelände gekommen.

„Wie viele Freundinnen hast du denn vor der Mama gehabt?"

Oder während. Der Frank hat jetzt angestrengt zum Horizont geschaut.

„Schau mal, Gabriel, das da hinten ist der Wilde Kaiser."

„Was?"

„Der Berg da, ganz hinten, mit den vielen Zacken", hat der Frank gesagt und auf die mächtige Bergkette gezeigt, „der heißt Wilder Kaiser."

„Warum wild?"

Kinder sind so leicht abzulenken. Da genügt ein Rabe, der auf dem Fensterbrett vor dem Klassenzimmer landet, und 32 Köpfe wenden sich dorthin.

„Wegen des wechselhaften Wetters. Da hat es viele Gewitter und Steinlawinen.“
„Müssen wir da heute noch hin?“
„Nein, nur bis zum Spitzsteinhaus.“
Die beiden haben jetzt den Klausenberg erreicht, ihre Rucksäcke abgenommen und sich jeder auf einen Felsbrocken links und rechts vom Gipfelkreuz gehockt. Eine Bank hätte es auch gegeben, nur ein paar Meter weiter, aber da hatte sich, du ahnst es bereits, ein älteres Ehepaar häuslich niedergelassen. Na ja, alt ist natürlich relativ, 50 plus wahrscheinlich, schwer zu sagen, weil die beiden mit dem Rücken zu Frank und Gabriel gesessen sind. Zwischen den beiden hat eine geöffnete Tupperdose gestanden, Farbe egal, aber riesig war die, eher schon ein Tupper-Container.
Der Frank hat seine Trinkflasche herausgeholt und einen großen Schluck genommen. Während das Wasser wie ein kühler Gebirgsbach durch seine Kehle geflossen ist, hat er den Ausblick auf das Kaisergebirge genossen. Hat weder an den Geocache, noch an die Michaela, noch an die Barbara gedacht. Ganz im Hier und Jetzt.
„Weißt du jetzt wieder, wie viele?“ hat der Gabriel diesen meditativen Moment zerstört.
„Wie viele was?“
„Freundinnen du vor der Mama gehabt hast.“
Ha! Geschieht ihm nur recht, dem Frank. Wenn du mich fragst: Der gefällt mir, der Bub.
„Nein, das weiß ich nicht mehr“, hat der Frank gesagt und noch einen Schluck aus seiner Flasche genommen.
„Zwei?“, hat der Gabriel gefragt.
Der Frank hat den Kopf geschüttelt.
„Drei?“
Die 50-plus-Frau hat jetzt den Kopf nach hinten gedreht und den Frank genauso gespannt angeschaut wie der Gabriel.
„Ja, genau, drei waren es“, hat der Frank leise geantwortet.

„Papa!“, hat der Gabriel ärgerlich gerufen, „das sagst du jetzt nur so.“
Während der 50-plus-Mann ein geschältes Ei aus dem Tupper-Container geholt und sich ganz in den Mund geschoben hat, hat die 50-plus-Frau weiter unverblümt nach hinten geschaut. Und dem Frank einen nicht zu deutenden Blick zugeworfen.
„Nein, ich erinnere mich plötzlich wieder“, hat der Frank noch leiser gesagt, „drei Freundinnen waren es, aller guten Dinge sind drei.“
Das sind so die Sprüche, wo einem alle Barbaras, Michaelas und anderen Frauen nur noch leid tun können.
„Warum hast du nicht eine von denen geheiratet?“
Der 50-plus-Mann hat seiner 50-plus-Frau jetzt die Hand in die Hüfte gedrückt und gesagt: „Emma!“ Worauf diese den Kopf wieder nach vorn gedreht hat.
„Gabriel, du hast doch auch mal eine Freundin gehabt“, hat der Frank gedämpft zum Gabriel gesagt, „dieses Chinesenmädchen?“
Die Emma hat ihren Kopf jetzt nur nach rechts gedreht, vielleicht wegen dem Bergpanorama, wahrscheinlicher aber, um ihr Ohr besser auf das Vater-Sohn-Gespräch auszurichten.
„Chinesenmädchen?“, hat der Gabriel diesen politisch kaum korrekten Begriff laut zurückgegeben, „ach ja, die Gina.“
„Die hast du auch heiraten wollen, ganz sicher warst du dir da. Und furchtbar sauer, als wir dich damit aufgezogen haben.“
„Aber da war ich ja noch im Kindergarten.“
„Trotzdem. Willst du die Gina immer noch heiraten?“
„Die ist weggezogen, Papa.“
„Meine Freundinnen sind damals auch alle weggezogen, Gabriel“, hat der Frank im gleichen genervten Tonfall gesagt.

Die Emma hat jetzt den Kopf leicht hin und her gewiegt. Wohl nicht, weil sie den Wilden Kaiser anders in Erinnerung hatte.
„Sind sie nicht!“ hat der Gabriel gerufen.
„Doch! Alle drei.“
„Du lügst, Papa!“
Jetzt hat sich der 50-plus-Mann umgedreht, und den Gabriel grimmig angeschaut.
„Horst!“, hat seine Frau mit gedämpfter Stimme gesagt und seine Schulter berührt.
„Ist doch wahr“, hat der Horst gesagt und sich wieder nach vorne gedreht.
Die meisten Menschen hätten sich jetzt gedacht: alter Depp. Aber nicht so der Frank, kennst ihn ja. Der hat schon gedacht: alter Depp. Aber gesagt hat er freilich auch was.
„Sie haben wohl keine Kinder?“
Keine Reaktion, außer dass sich der Horst ein Stück Gurke aus dem Tupper-Container geholt hat.
Jetzt muss ich aber zwischendurch auch mal eine Lanze für die älteren Leute brechen: Beim Frühstück auf der Riesenhütte zum Beispiel hat eine Dame mit so ganz engen dunkelgrauen Löckchen auf dem Kopf zum Gabriel gesagt: „Mensch pfundig. Allein in den Bergen, ganz ohne Mama. Da kannst du aber froh sein, dass du so einen Papa hast.“ Und so weiter und so fort und so viel, dass dem Frank das Gelobe dann auch schnell wieder gelangt hat. Gibt also durchaus Leute, und freilich auch ältere, die freundlich sind zum Frank. Nur, die Unfreundlichen zieht er halt eher an. Umgekehrt, sagst du? Stimmt, ja, der Sepp und der Horst, die waren ja jeweils schon vor ihm da, sind dagesessen mit einer gewissen Grundaggression.
Dann zieht halt der Ärger den Frank an.

„Die Leute sind mir am liebsten“, hat der Frank weiter nach vorne Richtung Horst gestochen, „keine eigenen Kinder, aber mitreden wollen.“
Und jetzt hat er Erfolg gehabt, der Frank. Der Horst hat sich umgedreht.
„Wir *haben* einen erwachsenen Sohn. Aber so einen Ton“, hat der Horst gesagt und mit dem angebissenen Gurkenstück auf den Gabriel gezeigt, „hätten wir uns nicht bieten lassen.“
„Mein Sohn und ich diskutieren halt auch mal was aus“, hat der Frank gesagt, während ihm die Emma weiter den Rücken zugedreht hat. Das war wohl jetzt die Schicht von ihrem Mann.
„Mir ist es lieber, wenn er sagt, was er denkt“, hat der Frank mit enger Stimme gesagt, „und nicht so introvertiert ist.“
Gelogen. Mein ich.
„Was heißt intoventiert, Papa?“
„Und es stört sie nicht, wenn er …“, hat der Horst gesagt und wieder mit der Gurke auf den Gabriel gezeigt, „… Sie einen Lügner nennt?“
„Nein!“, hat der Frank laut nach vorne geschleudert, „überhaupt nicht.“
Und wieder gelogen.
„Dann kann ich Ihnen auch nicht helfen“, hat der Horst gesagt und den Kopf geschüttelt.
„Da bin ich aber froh!“
„Papa! Was heißt das?“
„Was heißt was?“, hat der Frank genervt gefragt und zum Gabriel rübergeschaut.
„Dieses Wort. Das, was ich nicht bin.“
„Was?“, hat der Frank gefragt und gesehen, dass ihm der Horst schon wieder den Rücken zugedreht hat. Emma und Horst also wieder in Ausgangsstellung jetzt. Die meisten Menschen hätten sich jetzt gedacht: Ach, rutscht mir doch den Buckel runter.

Und so auch der Frank. Hilft ja nichts.
„Pack deine Trinkflasche ein, Gabriel. Wir gehen."
„Du hast gesagt, dass es gut ist, wenn ich viel sage", hat der Gabriel gesagt, während er seine Trinkflasche nicht eingepackt hat, „weil ich dann irgendwas nicht bin."
„Ja, Gabriel. Keine Ahnung, was ich gesagt habe. Bitte jetzt, pack deine Flasche ein."
„Ich mag noch was essen."
„Nein", hat der Frank gesagt und ist aufgestanden.
Ja verreck, da hätte ich auch nicht sitzen bleiben wollen.
„Ich hab aber Hunger!"
„Wir essen später was", hat der Frank gesagt, „nächstes Mal musst du halt gescheit frühstücken."
Keine Regung vorne, immerhin.
„Dann machen wir einen Kompromiss" hat der Gabriel gesagt, „vier Ripperl."
„Na gut", hat der Frank gesagt, seinen Rucksack wieder abgenommen und die Schokolade herausgeholt.
So was hat es bei Horst und Emma damals auch nicht gegeben. Mein ich.

2

Wunderschön, der Weg vom Klausenberg weiter zum Spitzsteinhaus. Bei so einem guten Wetter, wie es der Frank und der Gabriel gehabt haben, siehst du da Bergkette hinter Bergkette. Aber gerade, als der Frank zum Gabriel hat vorrufen wollen, dass man links bis zum Chiemsee hinunterschauen kann, hat sein Handy geklingelt.

Die meisten professionellen Fremdgeher haben ja ein Zweit-Handy. Das bleibt dann immer in der Arbeit und wird nie nach Hause mitgenommen. Da fühlen sie sich dann gleich noch ein wenig als Geheimagenten. Armselig, aber mei.

Der Frank hatte kein zweites Handy, er war auch kein Profi beim Außerhalbgrasen. Wenn ihm halt eine auf den Schoß gerutscht ist, hat er sie nicht runtergeschubst.

Außerdem war der Frank schon mit einem einzigen Handy überfordert. Ja, klar, das C:Geo vorher hat er astrein bedienen können, zwischendurch hat er das Handy halt mal auf die Steine geschmissen. SMS schreiben hat er auch einigermaßen hinbekommen, trotz Wurstfinger und einer Tippgeschwindigkeit von fünf Wörtern pro Minute. Aber den furchtbaren Klingelton, den er sich vor Monaten aus Versehen heruntergeladen hat, den hat er nie wieder weg bekommen. Darum hat man jetzt so ein nerviges E-Gitarren-Stück gehört, über Berg und Tal, bis der Frank endlich das Handy aus dem oberen Rucksackfach herausgewurschtelt hatte. Auf dem Display ist das Foto der Anruferin zu sehen gewesen, eine Frau, die dem Frank noch vor einer Minute durch die Gehirnwindungen ist. Gibt es ja, so was, Gedankenübertragung, gerade wenn du die Anruferin so gut kennst wie der Frank jetzt. Trotzdem hat er nicht freudig erregt abgenommen. Sagt man das eigentlich noch beim Handy – abnehmen?

„Das ist ja nett, an dich habe ich auch gerade denken müssen“, hat er also nicht gesagt, sondern:

„Hallo Barbara."
„Hallo Frank, feurige Begrüßung."
„Ja, grüß dich. Wie geht es dir?"
„Sehr gut. Eine super Tagung ist das hier. Wie geht es denn meinen zwei Männern?"
Nun, der Gabriel hat zwei tiefe Schnittwunden und der Frank wäre heilfroh, wenn das seine einzigen Probleme wären.
„Gut."
„Wie war es denn auf der ersten Hütte? Habt ihr einigermaßen geschlafen?"
„Ja."
Die kurzen Antworten sind daher gekommen, weil dem Frank seine Plus-Minus-Maschine jetzt alle Kapazität gebraucht hat. Vor allem zu der Frage: „Wie spreche ich die Barbara auf den Geocache an?"
„Hat der Gabriel abends einen Salat gegessen?", hat die Barbara gefragt. Bei ihr hat der Sohnemann ja täglich einen Eimer davon essen müssen. Und nicht aufhören dürfen, bevor er nicht gemuht hat.
„Oh. Nein."
„Ach Frank! Hat er wenigstens einen Apfel gegessen?"
„Einen Apfel?"
„Ja, einen Apfel. Aus deinem Rucksack. Sag nicht, dass du die noch gar nicht entdeckt hast."
„Woher soll ich wissen, was du mir da noch alles in den Rucksack gestopft hast. Irgendwohin."
Ein bisserl hat er jetzt aus der Defensive kommen wollen.
„Im Seitenfach. Das habe ich dir aber gesagt, bevor ihr losgefahren seid."
Nicht zugehört. Ein uraltes Mann-Frau-Thema. Genauso wie das mit dem Obst. „Wenigstens einen Apfel?", hat ja auch schon die Eva den Adam gefragt.
„Drum ist mein Rucksack so scheißschwer", hat der Frank gesagt.

„Frank, der Gabriel braucht Energie beim Wandern."
Geh verreck, mit noch mehr Energie sieht ihn der Frank ja *nur* noch mit dem Fernglas.
„Bei unserer nächsten Pause bekommt er einen Apfel."
Brav. Der Gabriel vor ihm ist jetzt über eine grasige Kuppe gelaufen und aus Franks Sichtfeld verschwunden.
„Und der Geocache?", hat die Barbara gefragt.
Einfach so.
„Ja?", hat der Frank gedehnt zurückgefragt.
„Habt ihr ihn gefunden?"
„Wieso fragst du?"
„Was?"
„Wieso du nach dem Geocache fragst?"
Weil Angriff die beste Verteidigung ist?
„Wieso? Sucht ihr den denn gar nicht?"
Hier hat das Frank'sche Analysemodul eine Lautstärkenerhöhung registriert. Und sein rechter Zeh Schmerz, weil er beim Gehen gegen einen Felsbrocken gestoßen ist.
„Doch, doch, suchen wir."
Mögliche Gründe für Barbaras erhöhte Lautstärke: A: Verärgerung, weil ihre ganze Arbeit am Rache-Cache umsonst war. B: Verärgerung, weil der Frank dem Sohnemann nicht nur die gesunde Ernährung vorenthält.
„Aber ihr habt den Cache nicht gefunden?", hat sie gefragt.
„Doch", hat der Frank geantwortet, „das sind ja mehrere."
„Ja, Frank. Auch das habe ich dir gesagt, ein Multicache."
Hätte sie ihm besser alles aufschreiben sollen. Für in die Hausaufgabenmappe: Salat, Äpfel, Multicache.
„Und?", hat die Barbara gefragt, „macht ihm Spaß, dem Gabriel, oder?"
„Dem Gabriel?"
„Ja, Frank. Gabriel heißt er."
„Der Geocache macht sogar mir Spaß, Barbara."
„Aha?"

Mit einem Haufen Überraschung in der Stimme, wenn du mich fragst.
„Freilich“, hat der Frank gesagt, „wundert dich das?“
Jetzt hat der Frank die grasige Kuppe erklommen.
„Barbara?“
„Ein bisschen. Weil du Geocaching nie gemocht hast.“
Hinter der Kuppe hat der Frank jetzt den Wanderweg wieder ein weites Stück voraus einsehen können. Aber vom Saubub wieder mal keine Spur.
„Gabriel!“, hat der Frank geschrien.
„Wieso brüllst du denn so?“
„Damit er mich hört.“
„Wieso? Ist der Gabriel nicht bei dir? Hast du ihn etwa abgehängt?“
Ha! Der war gut.
„Nein. *Er* ist vorausgelaufen.“
„Aber du siehst ihn noch, oder?“
„Ja. Natürlich.“ Das kann er einfach, der Frank.
„Gut. Du, hier ist die Pause vorbei, ich muss wieder in den Vortragssaal. Gib dem Gabriel ein dickes Bussi, ja?“
„Mach ich“, hat der Frank gesagt.
„Und Frank …?“
„Ja?“
Jetzt ist dem Frank aber die Pumpe gegangen.
„Ach nichts, passt schon. Wir sehen uns ja bald. Servus.“
„Ciao“, hat der Frank noch gesagt, aber da hatte sie schon aufgelegt.
Na Servus! Jetzt hat sie nicht mal mehr nach dem Wetter gefragt. Und der Frank nicht nach dem Geocache. Ritual-Verabschieder waren die beiden aber eh noch nie gewesen, bei manchen zieht sich das ja noch einige Minuten mit „Also, pfiadi“, „Ja, pfiadi, servus“, „Ja, servus“, und so weiter.
Während der Frank weitergewandert ist, hat seine Plus-Minus-Maschine noch ein wenig analysiert.

3

Das Spitzsteinhaus ist wirklich mehr Ferienhaus wie Alpenhütte, auch wenn davor die große grüne Fahne vom DAV weht. Für das Hütten-Flair haben nur die beiden hölzernen Stockbetten gesorgt, vor denen Frank und Gabriel jetzt gestanden haben. Und die groben dunkelgrauen und braunen Wolldecken im Regal dazwischen. Warum Stockbetten und warum nur zwei, willst du wissen? Weil die beiden diesmal nicht im Schlafsaal, sondern im Vierbettzimmer genächtigt haben. Während die meisten Gleichaltrigen gleich mal das obere Bett in Beschlag genommen hätten, hat sich der Gabriel für das untere entschieden. Aus Angst vor einem Absturz bei einem möglichen Monster-Alptraum. Er hat seinen Rucksack, von dessen Unterseite eine getrocknete Erdkruste halb heruntergehangen ist, vom Rücken genommen und auf die weiße Bettdecke geworfen. Und sich mit dem Garmin in der Hand danebengelegt. Auf die berechtigte Frage von seinem Vater, ob er denn spinne, hat er den Rucksack mit den Füßen aus dem Bett geschoben und ihn dabei von seiner Erdkruste befreit.

„Der nächste Cache ist ganz, ganz nah, Papa", hat er mit einem Blick auf das Navigationsgerät gesagt.

„Ja. Und der nächste Mülleimer auch", hat der Frank gesagt und mit gerunzelter Stirn auf die Erde im Bett gezeigt.

Gar nicht wahr, im Zimmer hat es zumindest keinen gegeben.

„Wir müssen hinter die Hütte", hat der Gabriel gesagt.

„Du musst erst mal die Erde aus deinem Bett tun."

„Ja, gleich."

„Nein, sofort!"

„Ich mache es, wenn ich wieder vom Bett aufstehe."

„Genau, und du stehst *jetzt* auf!"

„Warum bist du denn jetzt so, Papa? So kenn ich dich ja gar nicht."

Über die Betroffenheitsschiene ist da aber nichts gegangen beim Frank.
„Dann lernst du mich jetzt so kennen. Hopp, hopp jetzt, Dreck weg."
Etwas suchen und saubermachen, das sind wohl die beiden Tätigkeiten, die Buben am wenigsten können. Das machst du als Vater am besten selbst, also, nachdem du deinen männlichen Stolz heruntergeschluckt hast.
Du kannst es natürlich auch pädagogisch wertvoll machen, zusammen mit dem Kind, so à la Barbara. Dauert dann halt dreimal so lang und kostet ein ganzes Bündel Nerven.
Der Frank hat den Dreck nicht alleine weggemacht, weil er zuvor an seinem männlichen Stolz erstickt wäre. Mit dem Gabriel zusammen hat er es auch nicht gemacht, weil, das wäre ihm viel zu blöd gewesen.
Also hat er dem Gabriel zugeschaut, wie dieser schon mal über die Hälfte der Erde auf den Holzboden geschoben hat, als er aufgestanden ist. Den Rest hat er mit zwei Fäusten von der Decke genommen und zum Mülleimer neben der Tür getragen. Ja, da war doch einer, alles seh ich halt auch nicht. Auf dem Weg zum Eimer hat der Gabriel natürlich eine schöne Spur auf den Boden gelegt.
„Oh, nein. Jetzt habe ich es aber verschlimmbessert", hat der Gabriel mit einem Blick auf den Boden festgestellt.
Deswegen allein hätte der Frank nicht gebrüllt. Aber der Gabriel hat außerdem noch versucht, nicht zu lachen. Vergeblich. Geh verreck, der Bub liebt halt einfach Slapstick.

4

Eine Strafe hat ja eigentlich den Zweck, dem Bestraften etwas beizubringen. Durch sie soll er sich in Zukunft daran erinnern, etwas Bestimmtes nicht wieder zu tun. Weil er sonst sein Leben gefährdet. Oder den Lack des BMWs vom Nachbarn.

Haut aber selten hin. Weil die Strafe meistens nicht aus rein pädagogischen Gründen erteilt wird. Da schwingt beim Bestrafer immer etwas mit: Wut, Lust, Unentschlossenheit. Oft ist die Strafe auch zu hoch, zu gering oder erfolgt zum falschen Zeitpunkt.

Der Frank hat die Strafe für Gabriels Erdspiele mit etwas Nützlichem verbinden wollen. Strafe: Frank sucht den Geocache hinterm Spitzsteinhaus allein, Gabriel darf nicht mit. Pädagogischer Zweck: Gabriel wird dadurch lernen, in Zukunft keine Erde mehr in Vierbettzimmern des DAV zu verteilen. Hintergedanke: Frank will den nächsten Cache lieber ohne den Gabriel öffnen.

Wieder mal hatte der Frank die Rechnung ohne den Gabriel gemacht.

„Ich komm mit."

Nach der Frank'schen Straferteilung hatte er sich schnell auf den Boden geworfen und mit dem Rücken an die geschlossene Zimmertür gelehnt.

„Nein, das verbiete ich dir", hat der Frank gesagt, der sich auf das nur noch minimal erdige Bett gesetzt hatte.

„Ich hole Schaufel und Pinsel vom Wirt und mache den Dreck weg."

„Schaufel und Besen. Ja, aber das machst du sowieso."

Frank schaute auf das Garmin, das er dem Gabriel wutentbrannt aus der Hand gerissen hatte.

„Wenn ich nicht mitdarf, hole ich keine Schaufel und Pinsel."

„Und Besen. Da sieht man, wie wenig du im Haushalt mithilfst."
„Na gut, dann bleibt der Dreck."
„Scheiß drauf, Gabriel! Aber mit kommst du nicht."
„Das ist so arschig!"
„Sag mal, spinnst du?", hat der Frank gefragt und ist vom Bett aufgesprungen, „sagst Arsch zu mir?",
Na ja, passt doch auf das „Scheiß drauf" vom Frank.
„Nein, das habe ich nicht. Aber du *benimmst* dich arschig."
Hat die Grundschullehrerin von meinem Bub doch Recht, die behauptet, dass sich die heutigen Kinder viel besser ausdrücken können als noch vor 20 Jahren. Weil die Eltern mehr reden mit ihnen. Während du damals als Kind schnell mal wortlos eine gefangen hast, hört der Gabriel von einer Barbara heutzutage: „Ich mag dich. Aber das, was du gerade gemacht hast, mag ich nicht."
Der Frank ist mit erhobener Hand auf den Gabriel zugegangen, hat jetzt also eher nach der damaligen Krisenbewältigung ausgesehen.
„Ich bin dein Vater", hat er dabei gesagt, aber natürlich bei weitem nicht so luftarm wie Darth Vader, „und du entschuldigst dich jetzt."
„Gut, aber nur, wenn ich mitdarf."
„Nein, das ist Erpressung. Dann scheiße ich auf deine Entschuldigung!"
Ja, ja, der Ton macht die Musik.
„Wir machen einen Kompromiss, Papa."
Und ob du es glaubst, oder nicht: Letztendlich hat sich der Frank darauf eingelassen. Hat vorher noch ein- oder zweimal versucht, seinen Willen durchzusetzen, aber dann.
Weil die Kinder heutzutage einfach besser argumentieren.
Und weil Konsequenz oft an der elterlichen Erschöpfung scheitert.

5

Als Kompromiss hat der Gabriel nach Schaufel und Besen beim Hüttenwirt gefragt, und dabei tatsächlich ein drittes Mal Pinsel statt Besen gesagt. Während er den Boden gekehrt hat, hat der Frank die dreckige Decke genommen und aus dem Fenster geschüttelt. Warum der Frank? Weil sein Sohn dazu noch zu klein sei, so die Argumentation vom Gabriel. Vor dem Fenster ist nämlich ein Tisch gestanden, und so musste sich selbst der Frank ganz schön nach vorne beugen. Sieht dir noch nicht nach einem Kompromiss aus? Stimmt. Zusätzlich hat der Gabriel dem Frank versprochen, am heutigen und morgigen Abend schon um acht Uhr ins Bett zu gehen. Und nicht erst um neun, wie er es in den Ferien immer durfte. Außerdem durfte der Frank einfach „schlaf gut" sagen, das Licht ausmachen und in die Stube runtergehen. Also kein halbstündiges Gutenachtritual wie sonst, mit Vorlesen, den Tag Revue passieren lassen und miteinander kuscheln. Die Barbara war ja der Meinung, dass man das genießen müsse, solange der Gabriel das noch wolle. Wenn er erst mal in der Pubertät sei, werde man sich danach zurücksehnen. In diesem Punkt hat sich der Frank jetzt schon nach der Pubertät gesehnt, aber sämtliche Gegenargumente, wie Feierabend-Killer oder dass der Gabriel doch kein Kleinkind mehr sei, sind bei der Barbara nur so abgeperlt. Darum hat dieser Teil des Kompromisses beim Frank so richtig gezogen.

Jetzt sind die beiden zum Grashügel hinter dem Spitzsteinhaus gelaufen, der Gabriel mit dem Garmin in der Hand. Der Hügel war gesprenkelt mit hellgrauen Winnetou-Felsbrocken, von maushoch bis mannshoch alles dabei. Davor ist ein Stacheldrahtzaun gespannt gewesen, an einer Stelle unterbrochen von einem Drehkreuz aus Stahlrohren.

„Schau doch, Papa", hat der Gabriel gesagt, während er vor dem Frank das Drehkreuz passiert hat, „ich dreh mich um das erste Kreuz!"
„Ja, toll Gabriel."
„Nein, so hat es doch in der Cachebeschreibung geheißen", hat der Gabriel gesagt, „Du drehst dich um das erste Kreuz, gehst am zweiten vorbei, und dann noch irgendwas mit dem dritten."
„Ich weiß, Gabriel", hat der Frank gesagt, „hier sind wir richtig."
Nichts weiß er, aber der Frank war halt in Gedanken bei einer anderen Stelle in der Cachebeschreibung. An der gesagt wird, dass die Weihnachtszeit vorbei ist, die gnadenbringende.
Am Buffet hatte der Frank die Michaela angequatscht, auf der Weihnachtsfeier in ihrer Firma. Dass er das nicht möge, diese Qual der Wahl und das Anstehenmüssen.
„Da oben sehe ich schon das zweite Kreuz", hat der Gabriel zum Frank nach hinten gerufen.
„Ja Gabriel, toll" hat der Frank gesagt.
Allein schon die Auswahl bei den Soßen zu den verschiedenen Fleischgerichten. Das hat die Michaela damals zum Frank gesagt. Und dass sie das lange Stehen auch nicht möge.
Ja mei, und so hat dann eins das andere gegeben.
Der Gabriel ist bei dem metallenen Kreuz stehen geblieben und hat auf den Frank gewartet. Um den mittigen Teil des Kreuzes ist ein Metallring verlaufen, was ihm etwas Mittelalterliches verliehen hat. Während der Gabriel das Schild unter dem Kreuz gelesen hat, hat der Frank erst mal verschnauft. Ja, selbst ohne Wanderrucksack ist der nicht die Hügel hochgeflogen. Wenn sich die beiden umgedreht hätten, hätten sie das Spitzsteinhaus im Licht der untergehenden Sonne gesehen. Dahinter den Wanderweg, auf dem sie gekommen waren. In der Form eines Fragezeichens ist er an einem Waldstück vorbei auf eine diesige Bergkette zugelaufen. Die Sonne ist inzwi-

schen so tief gestanden, dass Kreuz, Frank und Gabriel lange Schatten auf das Gras des Hügels geworfen haben.
Abenddämmerung. Einfach nur schauen und sein.
Noch immer falle ich. Noch immer kein Ende. Feuchte Luft auf meiner Haut.

6

Frank und Gabriel haben sich beim Kreuz nicht umgedreht, sondern sind nach einer kurzen Pause weiter den Hügel hochgelaufen. Nebeneinander.

„Weißt du noch, was es beim dritten Kreuz geheißen hat, Papa?"

„Ja, dass der Weg das Ziel ist."

„Aber das ist doch ein Schmarrn."

„Nein, ist es nicht."

„Der Weg ist das Ziel", hat der Gabriel gesagt und den Kopf beim Gehen schräg gehalten, „das verstehe ich nicht."

„Ja, das verstehen die wenigsten."

Der Gabriel ist stehen geblieben und hat zu seinem Vater geschaut.

„Verstehst *du* es?"

„Schon, ja."

Klar. Zum buddhistischen Mönch ist dem Frank eigentlich nur die Lust am Schnackseln im Weg gestanden.

„Erklärst du es mir?"

Der Frank hat den Gabriel angeschaut und die Stirn gerunzelt.

„Dein Sammelalbum vom Rewe, das hast du doch jetzt voll. Das mit den Disney-Figuren."

„Habe ich nicht. Disney ist doch Kindergarten."

„Aber irgendeins hast du doch jetzt voll gehabt."

„Ja, *Wunderbare Welt*."

„Genau. Was hat dir am meisten Spaß gemacht? Das Sammeln oder dass es jetzt voll ist?"

„Dass es jetzt voll ist."

Tja, blöd.

„Aber was hat das mit dem Geocache zu tun, Papa?"

„Sag ich dir gleich. Hat dir nicht das Sammeln mehr Spaß gemacht?"

„Was?"
„Ob dir das Sammeln Spaß gemacht hat?", hat der Frank ein wenig lauter gesagt.
„Nicht so."
„Echt? Mir hat das immer total Spaß gemacht früher, mit den Fußball-Bildchen."
„Mir nicht."
Der Frank hat zum Gabriel und anschließend den Hügel hinaufgeschaut. Wahrscheinlich hat er überlegt, wie er bei seinem Beispiel noch die Kurve kriegen kann. Der Weg ist das Ziel.
„Du hast das mit dem dritten Kreuz auch nicht ganz verstanden, oder Papa?"
Ja verreck, und damit hat der Gabriel die philosophische Lehrstunde beendet.
„Doch, Gabriel, habe ich. Beim dritten Kreuz ist der Weg das Ziel. Und wie ist der Weg hier bitte?"
Der Gabriel hat den Hügel hinaufgeschaut.
„Steil."
„Ja, aber was gibt es hier viel?"
„Steine …", hat der Gabriel gesagt und seinen weisen Vater angesehen, „das Kreuz ist aus Stein!"
„Ja, genau."
„Komisch, dass das viele nicht verstehen. Da kann man doch leicht drauf kommen."
Ganz der Papa.
Frank und Gabriel waren so weit den Hügel hochgelaufen, dass sie schon den Stacheldraht sehen konnten, der die Wiese nach hinten abgegrenzt hat. Und dahinter, am Horizont, schroff und gezackt: das Kaisergebirge. Ein steinernes Kreuz war nirgends zu sehen. Aber warum sollten die vom DAV auch zwei Kreuze auf dieses Hügelchen stellen. Der Gabriel war jetzt beim Stacheldraht angekommen und hat seine Hände daraufgelegt. Hat es also schon wieder ein bisserl darauf

angelegt, kaum dass seine beiden Verbände nicht mehr durchgeblutet waren.
„Hier ist kein Kreuz!“, hat er nach unten zu seinem Vater gerufen.
„Gabriel! Tu die Hände da weg!“
Hat er nicht gemacht. Der Gabriel hat sogar ein wenig die Finger um den Draht gekrümmt, links und rechts an den Stacheln vorbei.
„Hast du mich gehört, Papa?“
„Nein. Du hörst ja auch nicht, was ich sag“, hat der Frank gesagt, als er beim Gabriel angekommen ist, „willst du noch eine Wunde?“
„Da passiert doch nichts“, hat der Gabriel gesagt und den Draht mit seinen Fingern ganz umfasst, „schau.“
Nur der bandagierte Zeigefinger ist gestreckt nach vorne abgestanden.
„Es ist dein Körper“, hat der Frank gesagt.
Wohl wissend, dass das vor Gericht nicht zählen würde, sprich, vor der Barbara.
„Nirgendwo ein Kreuz aus Stein“, hat der Gabriel gesagt.
„Dann hast du wohl doch nicht Recht gehabt“, hat der Frank gesagt.
Schon ein bisserl gemein, der Frank hatte ja auch an ein steinernes Kreuz geglaubt. Aber das machst du als Elternteil manchmal. Wenn schon der Stacheldraht nicht sticht, und dem Buben zeigt, dass er was falsch macht, übernimmst das halt du.
„Aber du hast auch nicht Recht gehabt“, hat der Gabriel gesagt.
„Doch.“
„Nein!“, hat der Gabriel gesagt und sich dabei ruckartig zu seinem Vater nach links gedreht, „aua!“
Jetzt haben Stacheldraht und Frank also doch ihr Ziel erreicht, gemeinsam. Der Gabriel hat die Hände vom Draht

genommen und seine Handinnenflächen angeschaut. Kratzer, aber kein Blut.

„Mei, Gabriel, wie blöd kann man denn sein?"

„Und du bist fies. Nur deswegen hab ich mich an dem Stechdraht gestochen."

„Stacheldraht."

Das ist jetzt natürlich schon entscheidend.

„Ich habe nur gesagt, dass es ein steinernes Kreuz sein *könnte*", hat der Frank gesagt.

„Du lügst. Schon wieder. Früher hast du nicht gelogen, Papa."

Tja mei.

„Und jetzt auch nicht", hat der Frank überraschend ruhig gesagt und dabei auf das Garmin in Gabriels Hand gezeigt, „wie viele Meter zeigt es denn noch an?"

Der Gabriel hat auf den Boden geschaut und nichts gesagt.

„Wie viele?", hat der Frank noch mal gefragt.

„Fünf."

„Das gibt's doch nicht. Funktioniert dein Gerät?"

„Klar funktioniert das. Ich hab sogar den Kompass geeicht, bevor wir los sind."

Und sich bei den zwei langsamen Umdrehungen nicht ablenken lassen. Jetzt ist er ganz langsam auf einen quaderförmigen Felsen zugelaufen, der ein wenig größer war wie er. Und der Frank ihm nachgedackelt.

„Vier. Drei. Zwei! Der Fels muss es sein, Papa!"

Stimmt. Wenn man vom DAV-Kreuz aus kommend gerade darauf zuläuft, sieht er auch wie ein Kreuz aus. Zumindest obenrum. Wenn du dir aber erst mal mit deinem Buben ein Machtspielchen am Stacheldraht liefern musst, läufst du halt seitlich darauf zu. Alles kannst du aber als Geocache-Leger auch nicht berücksichtigen.

Der Gabriel hat das Garmin ins Gras gelegt und sich vor den Felsen gekniet. Ganz unten hat es eine ausgehöhlte Stelle

gegeben, mit kleinen Felsbrocken davor, die er aus dem Weg geräumt hat. Oder besser gesagt geworfen, zu beiden Seiten.
„Keine Dose."
Er ist aufgestanden und um den Fels herumgeschlichen. Hat in Ritzen gespäht und in Spalten gegriffen. Wenn er die Textaufgaben in der Schule auch so systematisch und von allen Seiten betrachten würde: glatte Eins.
Dann hat er seinen Fuß auf ein vorstehendes Felsstück gesetzt und ist auf den Fels geklettert, so schnell schaust du nicht. Er hat sich hingekniet und die Oberfläche eine Zeit lang mit den Augen abgesucht. Dann hat er seine unverletzte Hand um einen Brocken gelegt, der im Felsen gesteckt ist. Und daran gezogen. Hat sich aber nicht gelöst, der Brocken. Auch nicht, als er mit beiden Händen daran gezogen und genackelt hat. Klappt halt nur in der Artussage, so was.
„Hilf mir mal, Papa."
„Bitte!"
Da redet der Richtige.
„Ich krieg den nicht raus. Bitte jetzt, Papa!"
Bitte jetzt. Gefällt mir schon wieder. Hören sich ja meistens die falschen Dinge ab, die kleinen Gribben.
Also ist auch der Frank auf den Felsen geklettert. So langsam schaust du gar nicht. Er hat zuerst einen kleineren Stein entfernt, der den größeren festgeklemmt hat, und diesen anschließend auch herausgezogen.
„Gut, Papa. Da ist eine Dose drin!", hat der Gabriel gesagt.
Dunkelrot hat sie aus dem Felsspalt herausgeschimmert. Weihnachtskugelrot trifft es vielleicht noch besser.
Der Gabriel hat sie aus dem Spalt herausgefingert und zwischen sich und seinen Vater gelegt. Die Dose war übrigens nur am rechten Ende rot. In der Mitte war sie weiß, links blau. Blau, Weiß, Rot – na? Genau, die Farben der französischen Flagge.

„Du darfst sie aufmachen", hat der Gabriel gesagt, und dabei seinen Bescherungsblick aufgesetzt.
Der Frank hat seinen Beerdigungsblick aufgesetzt und die Plastikverschlüsse der Tupperdose aufschnappen lassen. Einen nach dem anderen. Ja, ich weiß schon, sind nur zwei Verschlüsse, aber er hat dafür so lange gebraucht, dass es sich eben nach mehr angefühlt hat. Beim Blick auf die französische Trikolore hat er an die Michaela denken müssen. Und an Paris. Gut, an Paris hätte manch anderer auch gedacht, an Paris *und* Michaela aber nur einer.
Im Frühjahr waren sie dort gewesen, Michaela, Frank und noch ein paar Gschaftlhuber aus ihrer Arbeit. Um bei der Übernahme einer französischen Versicherung den Sack zuzumachen. Apropos Sack, der Frank hat diese Gelegenheit natürlich nicht verstreichen lassen. Stadt der Triebe.
Jetzt hat er wirklich alle Verschlüsse von der Tupperdose aufgehabt und den Deckel nach oben geklappt, so langsam, dass man die nicht vorhandenen Scharniere hat quietschen hören.
„Ui schön, ein Turm!", hat der Gabriel gerufen und in die Dose gegrapscht, „endlich ist mal was zum Tauschen drin."
Wirklich schön, nicht wie der übliche Krimskrams, den man sonst in den Geocaches findet. Der Gabriel hat eine Miniatur vom Eiffelturm, die auf einem dünnen Marmorsockel gestanden hat, aus der Dose geholt.
„Der ist aber schwer", hat der Gabriel gesagt und den Turm dem Frank hingehalten, „heb mal, Papa."
Weil der Frank mit seiner Aufmerksamkeit mal wieder woanders war, hat er den Turm nicht entgegengenommen. Und auch nicht den Aufkleber auf der Unterseite vom Sockel gesehen. Er hat auf ein Foto gestarrt, das in der Tupperdose gelegen ist. Der Gabriel hat den Turm einige Sekunden über Franks Schoß gehalten, und dann fallen lassen.
„Au!"

Na ja, schwer war der Turm schon für seine Größe, war ja auch aus Metall. Aber auch nicht so schwer wie ein Gullydeckel.
„Sag mal, spinnst du, Gabriel?“
„Entschuldige, Papa, jetzt haben wir beide nicht aufgepasst.“
Immer wunderbar, wenn man beim Gabriel die Barbara heraushört.
„Nein, Gabriel, *du* hast nicht aufgepasst“, hat der Frank gesagt und statt dem Foto jetzt den Eiffelturm auf seinem Schoß angestarrt.
„Tauschen tu *ich* ihn. Aber du darfst ihn gern mal nehmen, Papa.“
„Oh, vielen Dank.“
„Gerne.“
Dem Gabriel war Ironie eben genauso fremd wie der Eiffelturm. Er hat sich auf den Felsen gekniet und mit seiner unverletzten Hand in der linken Hosentasche gekramt. Und weil er darin nur ein Hustenbonbon gefunden hat, hat er mit der linken Hand auch noch in der rechten Tasche gesucht, was ziemlich ungelenk ausgesehen hat. Aber dort hat er einen dicken Schusser herausgeholt. Oder halt eine Murmel, wenn dir das lieber ist.
„Da willst du jetzt nur so einen Schusser reinlegen?“, hat der Frank gefragt, „der Turm ist doch mehr wert.“
„Das ist mein Lieblingsschusser“, hat der Gabriel gesagt und ihn gegen das Sonnenlicht gehalten, „schau mal, die Farben.“
Wirklich schön, im Schusser hat man einen gebogenen Schweif in den Farben Gelb, Blau und Braun gesehen. Da habe ich mich ja als Kind immer gefragt, wie die Schusserhersteller den rein bekommen. Jetzt frage ich mich, warum ihn der Gabriel hergibt, wenn es sein Lieblingsschusser ist.
„Wie viel glaubst du, dass der Eiffelturm da gekostet hat?“, hat der Frank gefragt.

Während der Gabriel auf den Turm geschaut hat, ist der Blick vom Frank wieder auf das Foto in der Tupperdose gewandert. Aber rausgeholt hat er es nicht, da war ihm jetzt das „Was kostet die Welt?“ mit dem Gabriel lieber.
„Einen Euro?“, hat der Gabriel gefragt.
„Nein. Da darfst du ruhig noch eine Null dranhängen.“
„Zehn Euro? Die spinnen ja!“
Die spinnen, die Franzosen. Oder wahrscheinlich eher die Taiwaner.
„Also darf ich den Turm nicht nehmen?“
Der Frank hat nicht geantwortet, sondern stattdessen das Foto aus der Dose geholt.
„Papa! Darf ich den Turm nehmen?“
Der Frank hat sich das Foto ganz nahe an die Augen gehalten.
„Na gut, wenn du nichts sagst, dann tausche ich jetzt den Turm mit dem Schusser“, hat der Gabriel gesagt, den Turm aber weiter auf Franks Schoß liegen lassen.
„Gegen den Schusser“, hat der Frank gemurmelt.
Auf dem Foto ist ein Christbaum zu sehen gewesen. Mit elektrischen Kerzen und nur einer Sorte Kugeln, roten, insgesamt nicht überladen. Und vor dem Baum ein runder Tisch, mit zwei Frauen, die dem Fotografen den Rücken zugekehrt haben. Am rechten Bildrand hat man einen Teil von einem weiteren Tisch gesehen, mit einem halbvollen Weinglas darauf. Und einer Männerhand, die gerade nach dem Glas gegriffen hat.
Diese Stelle hat der Frank jetzt aus der Nähe betrachtet, vor allem den dunkelblauen Anzugsärmel, in dem die Hand gesteckt hat.
„So, jetzt nehme ich den Turm und lege den Schusser dafür rein“, hat der Gabriel gesagt und den Eiffelturm von Franks Schoß genommen, „und dazu noch das Hustenbonbon.“

Schusser plus Hustenbonbon macht das Kraut natürlich auch nicht fett. Der Frank hat immer noch in die Dose gestarrt, wie das Reh ins Scheinwerferlicht. Ja verreck, ist verständlich, wenn du daheim auch so einen blauen Anzug hast. Und wenn die dunkelmetallenen Tische dich an die Kantine in deiner Arbeit erinnern. Und die beiden Frauen davor Kolleginnen sein könnten, brünett und dunkelblond, Iris und Jeanette?
Da sind beim Frank natürlich wieder die Analysen durchs Hirnkastl gerattert. Nicht eindeutig, das Foto, wieder kein sicherer Beweis dafür, dass der Geocache einzig und allein für den Frank angelegt worden ist.
Klar, könnte auch auf der Weihnachtsfeier einer Chiemgauer Rehaklinik aufgenommen worden sein, mit den Assistenzärztinnen Helga und Britta vor dem Baum und Chefarzt Prof. Dr. Redlich im dunkelblauen Zweireiher, der sich trotz seiner Stellung Mut antrinkt.
Nur, wieso sollte so ein Scheiß in einem offiziellen Geocache landen? Wobei man da andererseits manchen Scheiß findet, vom abgelutschten Eisstiel bis zum selbst gestrickten USB-Stick-Wärmer.
„Schau mal, Papa, ist das da weniger wert?“
Ob du es glaubst oder nicht: Der Gabriel hat dem Frank ein orangefarbenes Mini-Jojo vor die Augen gehalten, das er aus der Tupperdose geholt hat. Aber ohne Werbeaufdruck. Ihm war also doch nicht wohl bei dem Schusser-Turm-Tausch, selbst mit dem Hustenbonbon als Dreingabe.
„Wenn du es mir so nahe hinhältst, kann ich nichts sehen, Gabriel.“
Daraufhin hat der Gabriel das Jojo einige Millimeter weiter weggehalten.
„Ja, das ist ungefähr so viel wert wie dein Schusser. Wenn es funktioniert.“
Während sich der Gabriel auf den Felsen gestellt und das Jojo ausprobiert hat, hat der Frank das Foto umgedreht.

Rechts vom Kreuz musst Du Dich richten.
Doch gar so einfach ist es mitnichten:
N 47°42.116'
E 12°18.616'
Jnf rva Fpuerpx,
orvz Pnpurirefgrpx! (ROT13)

ROT13. Der Frank hat das Foto wieder umgedreht und auf einen Blick gesehen, dass da mehr als 13 rote Kugeln an dem Christbaum gehangen sind.

„Das Jojo ist kaputt", hat der Gabriel gesagt, während er das ausgerollte Jojo mit ausgestrecktem Arm mehrmals nach oben gerissen hat.

„Mhm."

Bringt dem Gabriel natürlich nicht viel, so eine zustimmende Lautäußerung.

„Papa, schau. Das ist kaputt."

„Aha."

Der Frank hat den Appell vom Gabriel immer noch nicht mitbekommen. Eigentlich hat er gar nicht zugehört, sondern wieder auf das Foto gestarrt. Das machst du ja als Elternteil manchmal, wenn dein Kind in einer Tour redet, dann schaltest du mit deinen Antworten auf Autopilot. Mit Variationen, natürlich, ein *mhm* kannst du ja unterschiedlich lang dehnen und am Ende mit der Stimme rauf oder runter gehen.

„Papa, bitte. Kannst du mir helfen?"

„Gleich."

Der Frank hat sich das Foto jetzt wieder ganz nah vor die Augen gehalten. Hat vergeblich versucht, sich an Christbaum auf der Weihnachtsfeier zu erinnern, an die Kugeln. Klar, da haben ihn ja die Kugeln von der Michaela viel mehr interessiert.

„Gleich heißt bei dir immer nie."

„Nein, Gabriel, gleich heißt gleich", hat der Frank gesagt und sich mit seinem Blick vom Foto losgerissen.
„So kann es auch nicht gehen. Gib mal her", hat der Frank gesagt.
„Papa! Ich kann Jojo spielen."
„Das muss man mit Gefühl machen. Jetzt gib her."
„Ich hab es im Gefühl gemacht."
„Mit Gefühl. Bitte jetzt, gib her."
Der Gabriel hat das Jojo aufgewickelt und den Kopf geschüttelt.
„Ich helfe dir mit dem Jojo, und du hilfst mir damit", hat der Frank gesagt und dem Gabriel die Rückseite des Fotos gezeigt, „da ist glaube ich wieder so ein Code drauf. Okay?"
Darauf ist der Gabriel eingegangen. Weil der Ton die Musik macht. Der Frank hat sich hingestellt und die Schlaufe der Jojoschnur über seinen Zeigefinger gestreift, während sich der Gabriel wieder hingesetzt und auf die Fotorückseite geschaut hat.
„Was heißt *mitnichten*?"
„Was?"
Der Frank hatte gerade den Jojoarm ausgestreckt, und in dieser Konzentrationsphase hat ihn der Gabriel gestört.
„Da steht: *Doch gar so einfach ist es mitnichten.*"
„Du sollst das darunter entschlüsseln, Gabriel. Das mit ROT13."
„Weiß ich. Aber was heißt denn *mitnichten*?"
„Das kannst du dir doch selber herleiten. Was steckt denn da für ein Wörtchen drin?"
Das hätte die Barbara jetzt auch nicht besser gemacht. Na ja, vielleicht nicht ganz so genervt.
„Nicht."
„Genau."
„Und warum schreibt der dann nicht *nicht*?"
„Damit es sich auf *richten* reimt."

„Ja, das habe ich mir auch gerade gedacht."
Nachdem der Frank ausgiebig den Kopf geschüttelt hat, hat er das Jojo nach unten schnellen lassen. Wo es auch gleich mal geblieben ist. Währenddessen hat sich der Gabriel den Buchstabensalat angeschaut. Wenn du weißt, dass bei der ROT13-Verschlüsselung jeder Buchstabe um 13 Stellen im Alphabet verschoben werden muss, hast du es natürlich viel einfacher als mit einem Jojo, das viel zu leicht und tausendfach für den Mülleimer produziert worden ist. Der Gabriel hat den zum Logbuch gehörigen Kugelschreiber aus dem Geocache geholt, mit den Fingern bis 13 gezählt und einen Buchstaben auf die Handinnenfläche geschrieben.

Während er Buchstabe für Buchstabe den Hinweis entschlüsselt hat, ist der Frank mit dem Jojo gescheitert. Mit viel Gefühl.

Danach hat er sich das Logbuch genauer angesehen, mit analytischem Blick: offizieller Geocache oder nicht?

Das gelbe Büchlein hat auf jeden Fall schon mal offiziell ausgesehen, in vorgegebenen Spalten hat man Namen, Datum und Uhrzeit eintragen können. Die Logbücher von Geocaches sind ja in Deutschland oft in einem schlimmen Zustand. Weil es so viel regnet, haben sich viele in den matschigen Zustand zum Zeitpunkt ihrer Herstellung zurückverwandelt. Solche Probleme kennt der kalifornische Geocacher natürlich nicht, wenn er einen Tupperware-Container mit einem „Yee-haw!" aus einer staubigen Felsspalte herauszieht.

Das Logbuch, das der Frank in der Hand gehalten hat, war in einem kalifornischen Zustand. Aber jetzt nicht, weil du das Chiemgau niederschlagstechnisch mit dem Death Valley vergleichen kannst, sondern, weil es noch ziemlich neu war und sich erst acht Cacher eingetragen hatten. In diesem Monat sogar erst drei, BongoBoy72, Dordi2013 und funny69, am fünften, elften und zwölften. Also an den beiden vergangenen Wochenenden. Diesen Multicache, sprich, die Chiemgaurunde in zwei Tagen durchzuziehen ist schon möglich, wenn du von der Fitness her Richtung Gabriel tendierst. Die Einträge haben von den Handschriften her recht unterschiedlich ausgesehen, aber das kann man natürlich auch vortäuschen.

„Trägst du mich auch ein?" hat der Gabriel gefragt und seinem Papa den Kugelschreiber hingehalten. Den Hinweis hat er bereits komplett entschlüsselt auf die Innenfläche seiner rechten Hand geschrieben gehabt. Ja, da war noch Platz neben dem Verband.

„Mach ich", hat der Frank gesagt, „Gabi_2004, oder?"

„Mann, Papa!"

Der Gabi hat ihm das Logbuch aus der Hand gerissen und „Gab_2004" unter „funny69" geschrieben.

„Welches Datum?", hat er den Frank gefragt.

„18."

„Mai, oder?"

„Nein, Gabriel, Oktober."

„Also Mai, oder?"

„Ja!"

„Hat du hier Empfang, Papa?"

„Mit meinem Handy?"

Nein, mit dem Jojo. Der Frank hat sein Handy aus der Jacke geholt, entsperrt und den Kopf geschüttelt.

„Schade, wahrscheinlich können wir die Caches erst daheim loggen."

Weißt du, wie eine Schwalbe schaut, wenn es blitzt? Genau so wie der Frank jetzt.

„Loggen?"

„Nein, Papa, Socken."

Ja verreck, hätte ich dem Gabriel nicht zugetraut, so eine sprachliche Retourkutsche. Noch dazu zeitlich verzögert.

„Ja, Gabriel, ist recht. Also, was heißt jetzt loggen?"

„Da trägst du dich im Internet auf der Geocachingseite ein, wenn du einen Cache gefunden hast. Mit Namen und Tag."

„Macht das jeder, der einen Cache gefunden hat?", hat der Frank mit großen Augen gefragt.
„Ja, klar", hat der Gabriel gesagt, „jeder, der sich hier ins Logbuch einträgt. Geht das Jojo?"
Der Frank hat den Kopf geschüttelt, wie eine Kuh, die langsam kapiert, dass sie die Fliegen ja doch nicht vertreiben kann. Als sie am Nachmittag auf dem Spitzsteinhaus angekommen waren, ist der Frank gleich auf die Terrasse gegangen, um den Empfang auf seinem Handy auszuprobieren. Panorama-Terrasse, der Wilde Kaiser so nah, da hast du gemeint, der fängt gleich hinter den roten und weißen Geranien an, hinter denen der Frank gesessen ist. Ob er Empfang gehabt hat, der Frank? Ja eben, drum erzähl ich das ja: Hinter dieser prachtvollen Flora und Fauna hat der Frank Empfang gehabt, einen Strich von vier. Ja verreck, dabei hat er gar keinen Empfang haben *wollen*. Also, nicht unbedingt. Andere Ehemänner hätten jetzt wohl ihre Frau angerufen, und sie aufgefordert, die Karten auf den Tisch zu legen. Aber nicht der Frank, der lässt lieber sein Analysemodul noch ein paar Runden drehen. Selbst jetzt, nach dem dritten Cache mit möglichem Tatortfoto, hat er den Handyempfang nicht für einen Anruf nutzen wollen.
„Auf der Terrasse hab ich Empfang gehabt", hat der Frank nun gesagt.
„Weißt du, wo man da hinmuss, zum Loggen?"
„Klaro!"
Der Gabriel ist aufgesprungen und wäre fast hinterrücks vom Felsen gefallen. Ohne das selber zu merken.
„WeWeWe, Geocaching, Ball, komm."
„Dot com" hat der Frank gesagt, aber mehr zu sich selbst. Gedacht hat er an BongoBoy72, Dordi2013 und funny69. Geloggt am fünften, elften und zwölften Mai.
Oder eben nicht.

Kapitel 4

1

Was ein Schreck,
beim Cacheversteck.

Die krakelige Schrift auf Gabriels Hand hat den Hinweis in Franks Augen noch ein wenig schrecklicher gemacht.
„Ja, ich hab es schon gelesen, Gabriel. Such dir endlich was zum Essen aus, ich hab Hunger!“
Und sauer war er auch, der Frank. Weil er keinen Empfang mehr gehabt hat auf der Terrasse, nicht mal, als er seinen Arm über die Geranien gestreckt hat. Vielleicht, weil es zugezogen hat. Oder, weil du in Kreta ein besseres Handynetz hast, als in Bayern. Auf Kreta!
Frank und Gabriel sind nebeneinander an einem dunkelbraunen Tisch in der Stube des Spitzsteinhauses gesessen. In der hintersten Ecke, das machst du ja als Elternteil automatisch. Meistens sind ja die Tischmanieren noch nicht vollständig ausgebildet. Deswegen reduzierst du die Zuschaueranzahl - wegen eines möglichen Streits mit deinem Zögling. Außerdem fühlst du dich als Frank ohne Zuhörer am Nachbartisch nicht genötigt, auf jeden Schmarrn von deinem Buben eloquent einzugehen. Da genügt dann wieder ab und an ein Grunzen - Gesprächsautopilot.
Frank und Gabriel haben jeder eine aufgeklappte Speisekarte vor sich liegen gehabt, dazwischen ist der Eiffelturm gestanden. Ja, freilich hat sich der Gabriel nicht mit dem Billig-Jo-Jo zufriedengegeben. Der stete Blick auf das Pariser Wahrzeichen hat bei beiden natürlich ganz unterschiedliche Erinnerungen ausgelöst.
„Nimm endlich den Turm vom Tisch, Gabriel.“

„Das ess ich“, hat der Gabriel gesagt und auf die Speisekarte gezeigt, „Jägerschnitzel mit Salat.“
„Du sollst das Ding auf die Bank stellen, hab ich gesagt.“
„Aber ich bekomme das Jägerschnitzel.“
„Nein, das ist viel zu viel.“
Aber Frank, mit Salat, das wär doch was. Einen Apfel hat der Bub ja immer noch nicht bekommen.
„Kannst du vielleicht den Salat essen, Papa? Dann schaff ich es.“
„Nein, kann ich nicht“, hat der Frank gesagt und auf die Karte gezeigt, „aber schau, da gibt es ein kleines Schnitzel mit Salat. Das schaffst du dann auch.“
„Biene Maja Schnitzel?“, hat der Gabriel gesagt und den Frank mit offenem Mund angeschaut.
„Das ist doch wurscht, wie das heißt.“
Aber trotzdem peinlich für einen Neunjährigen. Da versteh ich ihn schon, den Gabriel. Ich bestelle mir auch kein Seniorenschnitzel, selbst wenn ich wenig Hunger habe.
„Ich schaffe das Jägerschnitzel, Papa, ganz sicher.“
„Mit dem Salat? Nie.“
„Doch, natürlich.“
Der Frank hat den Kopf geschüttelt.
„Bitte, Papa, sag *na gut*.“
Steter Gabriel höhlt den Nerv. Der Frank hat von seiner Karte zum Sohnemann geschaut.
„Ich sage: Wehe, wenn du nicht aufisst.“
Der Gabriel hat eifrig genickt.
„Aber den Salat isst du zuerst.“
„Na gut, aber dafür bekomme ich ein Cola dazu.“
„Sag mal, spinnst du?“
Ohne Zuhörer kannst du auch viel direkter mit deinem Kind sprechen.
„Bitte, Papa, ein kleines Cola. 3,0.“
„0,3.“

„Ja, 0,3. Bekomme ich die?“
„Nein, für eine Cola ist es heute schon zu spät. Sonst kannst du nicht schlafen.“
„Ich kann immer schlafen nach einer Cola.“
„Woher willst du das denn wissen?“
„Bei der Übernachtung beim Luis haben wir am Abend ganz viel Cola getrunken.“
„Ja, toll. Das war da, wo ihr euch so aufgeführt habt in der Nacht, oder? Bis die Mama vom Luis alle Eltern angerufen hat.“
„Nein, Papa, das war doch nicht beim Luis. Das ist schon Jahre her, das ist Regen von gestern.“
„Schnee.“
„Was?“
„Nichts. Du bekommst auf jeden Fall keine Cola.“
„Machen wir einen Kompromiss“, hat der Gabriel gesagt und den Zeigefinger der bandagierten, kugelschreiberverschmierten Hand in die Höhe gestreckt. Daraufhin hat der Frank so sehr die Augen verdreht, dass es wehgetan haben muss.
„Ich bekomme ein Cola, und wenn ich dann nicht schlafe, bekomme ich nie mehr eine am Abend. Einverstanden?“
Der Frank hat langsam den Kopf geschüttelt, aber nicht im Sinne von einem Nein, sondern von einer Kapitulation.
„Das Geschmier auf deiner Hand wäscht du dir fei nachher ab.“
Der Gabriel hat genickt.
„Und das Ding da“, hat der Frank gesagt und den Eiffelturm genommen, „kommt jetzt auf die Bank.“
Weil er den Turm dabei nach vorn gekippt hat, ist ihm doch noch der Aufkleber auf der Unterseite vom Sockel ins Auge gestochen. Darauf hat in schwarzer Schrift gestanden:

- Tour Eiffel -
Leben wie
Gott in Frank-
reich
Rue d'Allemagne 6,
75008 Paris, France

Heutzutage darfst du ja trennen, wo und wie du lustig bist. Darfst also auch Frankreich auseinanderreißen. Heißt du aber Frank, reicht es dir auch mal und du denkst: Hört denn das gar nimmer auf? Deine Plus-Minus-Maschine sagt, dass es nach einem offiziellen Souvenir-Etikett ausschaut, gibt aber zu bedenken, dass hier Frankreich ohne Not getrennt wurde und dass es übrigens auch bedruckbare Aufkleber gebe. Ja verreck, eigentlich sollte dir ja so ein Billigsouvenir aus einer Tupperdose sonstwo vorbeigehen, aber mei: fremdgegangen, ewig bangen. Nachher würde er gleich noch mal auf die Terrasse gehen, so ein Handy-Empfang hat ja auch seine Launen. Im Endeffekt hat der Gabriel übrigens ein Jägerschnitzel mit Salat und eine Cola bekommen. Das Schnitzel hat so gut geschmeckt, dass er den Salat natürlich doch ganz am Schluss gegessen hat. Zu den letzten Blättern hat ihn der Frank dann stückweise auffordern müssen. Mehr sag ich nicht dazu, weil du ja schon weißt, wie es sich mit der Konsequenz verhält. Immerhin hat sich der Gabriel nach dem Essen das Kugelschreibergeschmier von der Hand gewaschen. Ob mit oder ohne nochmalige Aufforderung weiß ich jetzt nicht. Manchmal zählt auch das Ergebnis.

„Ich hab so blöde Gedanken im Kopf, Papa."
Der Gabriel ist zugedeckt im Bett gelegen und hat sein Stoffkrokodil mit beiden Armen fest an die Brust gedrückt. Frank ist auf der Bettkante gehockt, kein Vertragsbruch übrigens, weil, das zählt noch nicht als Kuscheln.
Ach ja, ein Netz hat er übrigens auch nach dem Essen nicht gehabt, der Frank. Dafür hat es ihm auf der Terrasse ganz fein ins Gesicht genieselt.
Du kennst ja wahrscheinlich auch so amerikanische Filme, in denen Kinder vorkommen. Die stets quietschvergnügt und pflegeleicht sind, und immer saubere Kleidung anhaben. Wenn du so einem Filmkind sagst, dass es jetzt ins Bett geht, springt es auf, putzt sich ohne mehrmalige Aufforderung die Zähne, zieht sich in Rekordgeschwindigkeit den Schlafanzug an und hüpft ins Bett. Der Filmvater hockt sich auf die Bettkante, streicht dem Filmkind über den Kopf und sagt:
„Schlaf gut."
„Schlaf gut, Daddy. Lässt du die Tür einen Spalt auf?"
„Mach ich, Sweetie."
„Daddy?"
„Ja ...?"
„Haben Kröten eine Seele?"
Darauf gibt der Filmvater seinem Filmkind noch kurz etwas Philosophisches fürs Leben mit. Geht aus dem Kinderzimmer. Und das Kind schläft ein. Ohne noch fünfmal nach etwas zu schreien, wie zum Beispiel, dass es Durst hat.
Der Frank hat das an diesem Abend endlich auch mal so machen wollen. Erst hat er seinem Sweetie aber noch die Verbände wechseln müssen. Die Wunde am Finger hat schon recht gut ausgeschaut, die am Bein nicht, die hat genässt. Danach hat sich der Gabriel die Zähne geputzt, nach nur zweimaliger Aufforderung, ein prima Wert. Geputzt hat er zwar

nur eine Minute lang, und nicht drei, aber mei. Eigentlich sollten sich Kinder ja sogar vier Minuten lang die Zähne putzen, hat die Barbara gelesen; klar, am besten schrubben sie sich die kleinen Beißerchen gleich ganz weg. Den Schlafanzug hat der Gabriel sogar auf die erste Aufforderung hin angezogen, allerdings hat ihn der Frank zuvor in Gabriels Rucksack suchen müssen, das können die in dem Alter ja noch nicht.

Und jetzt die blöden Gedanken in Gabriels Kopf. Darauf hätte der amerikanische Filmvater bestimmt etwas unglaublich Rührendes gesagt, etwas, was dem Buben, aber auch der Weltbevölkerung insgesamt weiterhilft.

Der Frank hat auch etwas gesagt:

„Dann denkst du jetzt einfach an was Schönes."

„Das habe ich schon versucht, aber die blöden Gedanken kommen immer zurück."

„Was denn für blöde Gedanken?"

„An die Mama."

Na, dann sind sie ja schon zu zweit.

„Ich stell mir vor, dass ihr was passiert. Dass sie von wo ganz hoch runterstürzt."

Ja, verreck.

„Na, dann stell dir das halt nicht vor."

Das ist nicht so einfach. Wirklich gar nicht so einfach.

Die Barbara hätte dem Gabriel wahrscheinlich vorgeschlagen, die Gedanken erst zu begrüßen und dann zu verabschieden. Und dabei natürlich auf die Atmung zu achten.

„Das geht nicht. Ich sehe immer, wie sie unten zusammengequetscht wird."

Dazu musst du wissen, dass die Barbara vor zwei Wochen wirklich einen Unfall hatte. Mit dem Auto, und der Gabriel hinten drin. Da hat sie an einer Kreuzung einen Radler vorbeilassen wollen, hat zurückgesetzt und ist dabei einem anderen Auto draufgefahren. Schräg hinter ihr ist der gestanden, drum hat sie ihn im Rückspiegel nicht gesehen. Ja, die Barbara

ist eine von denen, die sich beim Rückwärtsfahren nicht umdrehen. Warum jetzt aber die blöden Gedanken ans Stürzen?
„Das mit dem Runterstürzen kommt wieder von diesem Harry-Potter-Schmarrn, oder?“, hat der Frank gefragt.
Da könnte er sogar mal richtig liegen, der Frank. Der Gabriel hat nicht geantwortet, aber sein Krokodil noch stärker in den Würgegriff genommen. Er hat ja einige Alpträume nach dem ersten Harry Potter Film gehabt. Geängstigt hat ihn aber nicht der superböse Zauberer Voldemort, der einen totzaubern kann. Nein, geängstigt hat den Gabriel die Vorstellung, wie leicht man doch abstürzen kann, wenn man auf so einem Besen herumfliegt.
„Die Mama ist keine Hexe“, hat der Frank leichtfertig behauptet, „drum kann sie auch nicht abstürzen.“
„Doch.“
„Der Film ist halt noch nichts für dich.“
„Doch, der ist ab sechs.“
„Trotzdem.“
„Vielleicht muss ich ihn mir nur öfters anschauen, dann gewöhne ich mich daran.“
„Ja klar, freilich!“
Den mächtig sarkastischen Unterton hat auch der Gabriel mitbekommen. Der Frank hat jetzt eine Schnake angeschaut, die an der Wand unter der oberen Matratze des Stockbetts gesessen ist.
„Was hat dir denn gefallen heute?“
Ah, Ablenkung. Der Gabriel hat jetzt tatsächlich nachgedacht.
„Dass ich so einen tollen Turm bekommen habe.“
Jetzt hat der Frank aufpassen müssen, dass *ihm* nicht gleich blöde Gedanken kommen.
„Den Eiffelturm. Soll ich den mal holen?“, hat er gefragt. Worauf der Gabriel genickt hat. Und gelächelt. Kurz darauf hat er den Eiffelturm zum Stoffkrokodil unter den Arm gequetscht.

„Jetzt erzähle ich dem Krokodil, wie ich den Eiferturm bekommen habe."
Eiferturm. Vielleicht hört der Gabriel auch einfach nur schlecht. Der Frank hat sich aber diesmal nicht ereifert, ihn zu verbessern.
„Ja, aber nicht zu laut. Gute Nacht, Spatz."
„Dann bist du aber der Papaspatz."
„Ja, gut."
Bis jetzt hat es der Frank eigentlich prima hinbekommen. Wenn er jetzt aufgestanden und aus dem Zimmer gegangen wäre, ohne vorher noch die Schnake zu erschlagen, wäre es ein annähernd hollywoodreifer Feierabend geworden. Hat er aber, an der Wand über Gabriels Kopf hat sie ihr Leben gelassen.
"Was hast du gemacht?", hat der Gabriel gefragt.
"Was?"
Die Barbara lebt ja mit dem Gabriel die Liebe zum Tier, wo und wie sie nur kann. Beim letzten Mal ist es ein Schneckentaxi gewesen. Während andere überlegen, ob sie die Viecher in ihrem Garten mit einer Schere oder Schneckenkorn um die Ecke bringen, haben Gabriel und seine Mutter die Schnecken gleich um mehrere Ecken gebracht. Mit dem Auto, in den Park, um sie dort auszusetzen.
"Was hast du da gemacht?", hat der Gabriel noch mal gefragt.
"Da war eine Schnake."
"Hast du sie getötet?"
"Getötet?"
"Ja?"
"Ja, habe ich. Soll sie dich lieber stechen?"
"Man kann sie doch auch einfangen und raustun. Nächstes mal tust du sie raus, ja?", hat der Gabriel gesagt und den Frank dabei angeschaut wie einen Völkermörder, „bitte keine mehr töten, ja?"

Und wieder ist der Frank dem Weißbier in der Wirtsstube unten so nahe gewesen. Wenn er nur gesagt hätte, dass er keine mehr tötet.

„Nein, Gabriel, Schnaken werde ich auch in Zukunft töten. Da heißt es: die oder wir."

Aber wer sein Bier nicht will.

„Nur weil du zu faul bist."

„Sag mal, spinnst du?"

Der Frank ist ruckartig von der Bettkante aufgestanden.

„Schnaken kann man nicht mit Glas und Papier einfangen."

„Doch, Papa. Aber du tötest lieber ein Tier."

Na, jetzt wird es aber hinten höher wie vorn.

„Ja, Gabriel, gute Nacht jetzt", hat der Frank gesagt und ist rückwärts auf die Tür zugegangen.

„Jetzt habe ich wieder schlechte Gedanken im Kopf."

Und der Frank hat sich den Feierabend erst mal *aus* dem Kopf schlagen müssen. Nicht-Kuschel-Vertrag hin oder her.

3

Ist ja nie schön, wenn es regnet. Freilich, es gibt kein schlechtes Wetter, nur schlechte Kleidung. Aber das ist wie bei *Pech im Spiel, Glück in der Liebe.* Das hörst du auch nie andersherum – dass der Gewinner jammert: „Glück im Spiel, aber, oh weh: Pech in der Liebe."

Außerdem gibt es eben auch die Fälle von schlechtem Wetter *und* schlechter Kleidung, siehe Frank. Dem ist es also heute auch von oben nass reingegangen. Was er aber zunächst noch nicht gewusst hat. Wenn man in einer Regenjacke aus den späten neunziger Jahren (die ihren Imprägnierschutz bald nach der Jahrtausendwende verloren hat) den ganzen Tag in der freien Natur unterwegs ist, gibt es fünf Erkenntnisstufen beim Nasswerden:

Interessant, meine Arme fühlen sich nass an, obwohl sie nur kalt sind. Zum Glück hat mir meine Frau noch ihre Regenhose mitgegeben.

Scheiße, die Regenhose ist zu kurz (nicht viel, aber gerade so, dass das Wasser in die Schuhe läuft). Jetzt fühlt sich auch mein T-Shirt ganz nass auf der Haut an, obwohl es nur kalt ist. Nass und kalt kann der Mensch wirklich nicht gut unterscheiden.

Geh verreck, die Socken knatschen bei jedem Schritt. Die Regenhose hätte sie sich echt sparen können, die Gans. Apropos Gans, mein Handy hol ich mal lieber aus der Innentasche der Regenjacke raus, und pack es in den Rucksack. Sicher ist sicher.

Zefix! (Wenn der Mensch seine Jacke aufmacht und erkennt, dass er nass und kalt doch unterscheiden kann).

Und der Gribbe wartet auch nie!

Die fünfte Erkenntnisstufe erreichst du nur als Frank. Der Gribbe in seiner brandneuen Regenkombi ist seinem Vater schon wieder mindestens eine halbe Stunde voraus gewesen.

Bevor der Frank das Handy in den Rucksack gesteckt hat, hat er sich mit dem Oberkörper schützend darübergebeugt und geschaut, ob er hier einen Empfang hat. Das mit den Logbuch-Einträgen auf geocaching.com hat ihn freilich immer noch brennend interessiert. Und dann war er furchtbar überrascht, dass er bei den dicken Regenwolken keinen Empfang gehabt hat.

Die Etappe vom Spitzsteinhaus zur Priener Hütte ist ja wunderbar. Zumindest bis nach Sachrang runter. Bei schönem Wetter läufst du da über saftige Almwiesen, siehst riesige Nadelbäume und dahinter noch riesigere Berge. Einige Gipfel haben sich dann weiße Quellwolken umgewickelt, als ob sie trotz des Sonnenscheins einen Schal brauchen würden. Apropos Schal, der Frank hat das natürlich alles nicht gesehen, nur graue Wolken, sehr saftige Almwiesen und dicke Tropfen, die von seiner Kapuze heruntergefallen sind. Der Weg hat jetzt in einen Wald geführt, was bei dem Regen günstig gewesen wäre, wenn es für sein T-Shirt, seinen Fleecepulli und seine Socken nicht eh schon zu spät gewesen wäre. Trotzdem hat sich der Frank sofort zurückgewünscht, kurz, nachdem er den Wald verlassen hatte. Jetzt hat es nämlich richtig geschüttet. Ist ja eher selten in den Bergen, aber der Frank, der schafft das. Andererseits auch schon wurscht, mittlerweile hat sich nämlich die Wanderhose auch schon kalt angefühlt, und jetzt hat er ja gewusst, was das heißt. Wenn erst mal die Unterhose durchnässt ist, ist das ja bei vielen ein Punkt, wo sich der Grant in ein resigniertes Erdulden umwandelt. Aber der Frank, kennst ihn ja, der hat seinen Grant beibehalten, vor allem auf den Gabriel. Selbst als die Regentropfen kleiner geworden sind und es schließlich ganz aufgehört hat zu regnen. Als er an der geschlossenen Mesnerhütte vorbeigelaufen ist, hat sich sogar ein Sonnenstrahl durch die Wolken gezwängt. Der Frank hat sich unter das vorstehende Dach der Hütte gestellt und seinen Rucksack abgenommen. Als ob ihm

der Regen nichts ausmacht, er aber keine Sonnenstrahlen abbekommen will. Im schützenden Schatten des Vordaches hat er sein Handy aus dem Rucksack geholt und versucht, geocaching.com zu öffnen.
Und da schau her, die Satelliten waren ihm gnädig.

4

Multi-cache – Chiemgautour
Placed by: Bild Hill
Placed Date: 16.06.2011

Chiemgautour, so hat das geheißen, was der Frank da hat durchleiden müssen. Gelegt von einem gewissem Bild Hill. Die Namen, die sich Geocacher geben, sind ja oft ein bisserl deppert, aber Bild Hill hat bestimmt eine unglaublich interessante, abgefahrene und wissenswerte Geschichte, wie er gerade zu *diesem* Namen gekommen ist. Ob Manderl oder Weiberl weißt du bei diesen Pseudonymen auch meistens nicht. Dass Bild Hill aber nicht die Barbara hat sein können, hat man gleich darunter ablesen können: Vor zwei Jahren, am 16. Juni, ist er gelegt worden, und da hat der Frank noch nichts mit der Michaela gehabt.

N 47°45.345′
E 12°16.854′
Die Start-Koordinaten bei der Schlüssellochhöhle.
Jetzt kann es natürlich sein, dass die Barbara diesen Multi-Cache nur als Trittbrettfahrerin benutzt. Dass sie die Höhle als erste Station gelassen hat, aber dann ganz andere Stationen gelegt hat, exklusiv für den Frank. Exklusiv aber nur, wenn sie am Freitag noch mal in der Schlüssellochhöhle war, nachdem Frank und Gabriel weg waren. Um ihre gefälschte Dose wieder gegen die originale auszutauschen. Was für ein Aufwand. Aber zeitlich möglich, Barbaras Tagung hat ja erst Freitagnachmittag begonnen.

Difficulty: 2 Sterne
Size: Regular
Terrain: 3 Sterne

Log Counts: 108 found it – 4 didn't find it

Difficulty, *Size* und *Terrain* erklär ich dir später, weil, das danach ist interessanter:
108 Cacher haben den Multi-Cache gefunden und anschließend auf geocaching.com geloggt. Im Logbuch bei der letzten Station hat der Frank aber nur acht Einträge gezählt.
Barbaras erster Fehler in ihrem Rache-Cache? Kann sein, muss aber nicht. Was der Frank nämlich nicht gesehen hat, war, dass das im letzten Cache-Versteck ein offizielles, gelbes Logbuch für 100 Logeinträge gewesen ist. So kann es auch dieser Bild Hill gewesen sein, der das alte, volle Logbuch durch ein neues ersetzen hat müssen, in das sich jetzt erst acht Cacher eingetragen haben.
Die Barbara fälscht allerdings auch lieber 8 Logs, als 108.
Wenn.
Zwei von fünf Sternen bei *Difficulty*: Klar, besonders schwer waren die Doserl ja auch nicht zu finden. Und man musste auch keine ellenlangen Rätsel lösen, mit stundenlanger Recherche im Internet, um an die Koordinaten zu kommen. *Size* war mit *Regular* angegeben, sprich: Tupperdose, oder so. *Terrain* war mit drei Sternen angegeben, bis zwei Sterne müsste das Gelände nämlich kinderwagentauglich sein.

Short description:
Ein Multi-Cache mit 6 Stationen auf der Chiemgautour
Long description:
Dieser Cache ist all denen gewidmet, die draußen daheim sind. Die die Berge lieben und gerne von Hütte zu Hütte wandern.
Die es genießen, ein paar Tage lang keine Häuser zu sehen, keine Straßen und keine Autos. Nur das Grün der Almwiesen und das Blau des Himmels.

Na, wenn sich da der Frank nicht angesprochen gefühlt hat, dann weiß ich auch nicht.

Ihr müsst dafür vier Tage mit drei Hüttenübernachtungen einplanen, aber es lohnt sich! Also, auf geht's, wo sind die kerndlgefutterten Geocacher unter Euch?

Wichtig: Bei den Startkoordinaten befindet sich die Schlüssellochhöhle.
Der Cache befindet sich bereits einige Schritte hinter dem Höhleneingang auf der rechten Seite, kurz bevor der Tunnel noch niedriger wird und eine Biegung macht. Auffällig ist der dunkle Stein, der vor der Cache-Dose eingeklemmt ist, da das andere Gestein an dieser Stelle heller ist.
Es lohnt sich aber, weiterzugehen, oder genauer gesagt: krabbeln. Einfach um die harmlose Engstelle herum, bis in die Eingangshalle der Höhle. Dort kann man wieder stehen und es gibt auch ein Informationsschild. Lasst den Fledermäusen aber ihre verdiente Ruhe!

Additional Waypoints:
not available

Zusätzliche Wegpunkte sind bei vielen Multicaches üblich. Da werden die einzelnen Stationen des Multi-Caches kurz beschrieben, und was man dort tun muss, um an die nächsten Koordinaten zu gelangen.
Schlecht für den Frank, sonst hätte er nämlich prüfen können, ob da von einer Station beim Predigtstuhl oder von einem steinernen Kreuz oberhalb des Spitzsteinhauses die Rede war.
Gut für die Barbara.

Vielleicht.
Der Frank hat mit klammen Fingern über sein Handy gewischt, weiter nach unten, zu den Logbuch-Einträgen.

108 Logged Visits
funny69 – Member – 241 Caches Found:
Found it – 12.05.2013

TFTC!
Vielen Dank für diesen ungewöhnlichen GC.
Meine Familie und ich haben den Fenstertag genutzt, um diese herrliche Vier-Tages-Wanderung zu machen. Zum Glück gab es diesen (beinahe jugendfreien :-)) Cache entlang des Weges als Motivator für meine beiden Kurzen.

Die Anspielung *beinahe jugendfrei* könnte sich natürlich auf den *Christbaum der Liebe* beziehen, in der Station am Predigtstuhl. Wobei ja *funny69* vom Namen her auch nur beinahe jugendfrei ist. *TFTC* steht für *Thanks For The Cache*, mit *DFDC* sagt übrigens der deutsche Cacher manchmal danke.

Dordi2013 – Member – 12 Caches Found:
Found it – 11.05.2013

Habe diesen Cache zusammen mit *wuchtl80* an nur drei Tagen gemacht. Geile Idee, wir sind ja sonst eigentlich nicht so die Wanderschweine. Den Eiffelturm haben wir schweren Herzens nicht getauscht, weil wir nicht wussten, ob er zur Deko gehört.

Da schau her! Eine Frankreich-Deko? Andererseits: Auf so einen Log muss die Barbara beim Fälschen halt auch reagieren.

Wenn.

BongoBoy72 – Premium Member – 2347 Caches found
Found it – 05.05.2013

DFDC!
Abgefahrener Cache mit einem super Final, das von der Machart her auch für mich neu war. Station 4 fand ich gruselig. Habe den Cache an 2 Tagen geschafft, mit einer Übernachtung auf dem Spitzsteinhaus.

Als *abgefahren* hat *BongoBoy72* den Multi-Cache bezeichnet, selbst als alter Hase mit bereits 2347 Funden.
Während sich der Frank noch einige andere Logs durchgelesen hat, hat sich über ihm der Himmel immer weiter aufgeklart und der Gabriel immer weiter entfernt.
Einige Cacher haben in ihrem Log noch Wörter wie *besonders* oder *einfallsreich* verwendet, aber keiner *seltsam, versteh ich nicht* oder *was soll der Scheiß*? Freilich verrätst du beim Loggen nichts, zumindest als anständiger Geocacher, willst ja keinem die Überraschung nehmen. Aber wenn dir ein Cache gar nicht gefallen hat, schreibst du das in deinem Grant schon auch mal hin. Ich zumindest. Vormals.
Also doch ein offizieller Geocache, und der Frank leidet unter Verfolgungswahn? Welche betrogene Ehefrau macht denn auch so was? Teller werfen, ja, aber extra einen Geocache fälschen?
Frank wischte auf seinem Handy noch einmal zum Eintrag von *funny69* hoch, geloggt am 12. Mai. Wenn, dann musste die Barbara den Cache nach dem zwölften gelegt haben, sonst hätte sie ja nichts für die *funny69* ins Logbuch im letzten Cache schreiben können. Anfang oder Mitte dieser Woche. Geh verreck, wie hätte sie das machen sollen? Sie war doch die Woche über in der Arbeit gewesen. Oder? Frank ist die

Woche noch einmal in Gedanken durchgegangen, die Tage und die Abende. Wann hatten sie sich gesehen? Montagabend war er daheim gewesen, und sie auch, das wusste er, weil sie sich da gestritten hatten. Frank hatte nämlich verkündet, Dienstagabend nicht nach Hause zu kommen. Weil er zur Einweihungsfeier bei einem Kollegen eingeladen sei, in Rosenheim. Und weil dieser Kollege so nahe bei der Versicherung wohne, werde er auch gleich bei ihm übernachten. Dann müsse er a) einmal nicht von München nach Rosenheim in die Arbeit pendeln und könne b) auf der Feier Alkohol trinken und c) Beischlaf mit der Michaela pflegen. C) hat er sich natürlich nur gedacht. Wenn du außerhalb grast, musst du deine Affäre ja auch immer noch mit einplanen, das kommt dann zu deinen üblichen Alltagserledigungen hinzu. Die Barbara hat sich übrigens am meisten über d) geärgert, über Franks Gedankenlosigkeit: Das langt doch, wenn ich ihr das einen Tag vorher sage. Über die fadenscheinigen Gründe a) und b) hat sie sich wohl nicht gewundert, und auch nicht darüber, dass der Arbeitskollege, von dem Frank praktisch noch nie was erzählt hat, ihn bei sich übernachten lässt. Auch wenn die beiden keine Freunde und außerdem aus dem Grundschulalter heraus waren (*Hey, geil, ich darf bei dir übernachten!*).

Aber vielleicht hat die Barbara ja c) eh schon geahnt, oder gewusst. Und nur künstlich einen Grant entwickelt. Also +6 GR vorgegeben, obwohl sie -6 GR gehabt hat. Weil das natürlich zum Legen von ihrem Rache-Cache ideal war. Wenn. Einfach freinehmen und das Ding in zwei Tagen legen. Trotzdem sind da auch zweifelnde Gedanken durch Franks Analyse-Modul gewuselt:

Wann hätte sie den Geocache gelegt, wenn Frank nicht über Nacht weggewesen wäre? Wenn er sich also nicht so verhalten hätte, wie er sich halt immer verhält?

Und: Was hat Barbara in den zwei Tagen mit Gabriel gemacht? Mitgenommen wohl kaum. Dienstag ist er nach der Schule im Hort und geht selbständig nach Hause, aber Mittwoch nicht. Wo hat er übernachtet? Bei der Oma? Wiederum: wohl kaum. Die Barbara und Franks Mutter sind sich nämlich nicht grün und spielen *Böse Schwiegermutter.* Wobei ich beide versteh, also *jetzt* zumindest, die Barbara und die Annemarie. Es liegen halt einfach Welten zwischen *Wir haben keinen Fernseher daheim, dann kommt der Sohn erst gar nicht in Versuchung* und *Bub, willst du noch ein Eis zu deinem Film?* (*Oh ja, Oma, toll, dass ich Star Wars schauen darf, obwohl der erst ab 12 ist*).
Frank hat von seinem Handy hochgesehen. Gabriel. Hoffentlich war der noch nicht im Tal. Die heutige Etappe hat die beiden ja wie gesagt runter nach Sachrang geführt, auf 738 Meter. Von außen hat das inzwischen so ausgesehen, als würden sie getrennt wandern. Nach Sachrang musste man dann eine Bundesstraße überqueren, und bei der Vorstellung, wie der Gabriel eine Bundesstraße überquert, ist dem Frank ein bisschen schwindelig geworden. Falls er das aber überlebt hat, der arme Bub, musste Frank ihn unbedingt fragen, ob er Dienstag und Mittwoch bei der Oma gewesen ist.
Ja, so ist er, der Frank.
Sorgt sich erst um den Gabriel, wenn es Sinn macht.
Der Frank hat seine nasse Kleidung ausgezogen und trockene, wenn auch nicht durchweg saubere Sachen aus dem Rucksack geholt. Bis auf die feuchte Unterhose, die hat er angelassen. Weiß man ja nie, ob da aus der geschlossenen Mesner-Alm nicht doch jemand rauslurt. Das nasse Zeug hat der Frank außen auf den Rucksack geschnallt und ist weitergewandert. In der Sonne, aber auf einem ziemlich steilen Almweg bergab, so dass Wärme und Knieschmerzen seine Gemütslage ungefähr in der Waage gehalten haben.

5

Kein Gabriel vor oder hinter der Bundesstraße. Aber zum Glück auch nicht auf. Geh verreck, wenn ich dem sein Vater gewesen wäre, hätte ich schon mal ein ernstes Wörtchen mit dem Bub gewechselt. Wobei man sagen muss, dass der Bub ja vor der Bundesstraße auf seinen Vater gewartet hat, während sich dieser noch die letzten Logs der Chiemgaurunde rein gezogen hat. Nach einer Viertelstunde Warten hat es zu regnen aufgehört. Der Gabriel hat sein nasses Regenzeug ausgezogen und in den Rucksack gestopft. Dann hat er die Straße überquert, sehr konzentriert für seine Altersstufe, und ist erstmal einem Fahrweg Richtung Priener Hütte gefolgt. Dann ist es einen schmaleren Wanderweg weitergegangen, über viele nasse und rutschige Wurzeln.

Das sagt sich jetzt alles so locker, aber selbst ein Gabriel hat hier ordentlich schnaufen müssen. Das sind nämlich unendlich viele Höhenmeter, richtig steil stapfst du da hoch. An der nächsten Gabelung hat er alles richtig gemacht und ist den Almweg nach links Richtung Schreckalm gelaufen. Allerdings auch kein großes Wunder, dass er sich so entschieden hat. *Was ein Schwob, beim Cacheversteck* ist noch ganz zart auf seiner Hand zu lesen gewesen, und auf der Brennsuppe dahergeschwommen ist er ja nicht, der Gabriel. Ein weiteres Mal gewartet hat er nicht. Ist weitergelaufen bis zur Schreckalm, um den nächsten Geocache zu suchen. Inzwischen hat sein Vater die Chance, ihn einzuholen. Und wenn er den Cache nicht findet, kann ihm der Papa gleich helfen.

Ja, so ist er, der Gabriel. Lässt den Frank erst aufholen, wenn es Sinn macht.

Als er bei der Schreckalm angekommen ist, sind da eine Menge Kühe auf dem Wanderweg gestanden. Kreuz und quer und braunweiß. Und links und rechts vom Wanderweg auch. Dahinter ist ein flaches, holzverkleidetes Gebäude mit Blechdach

gestanden, mit einem länglichen Futtertrog aus Holz davor. Die Kuh-Kantine.
Der Gabriel ist langsamer gegangen und hat auf das Garmin in seiner Hand geschaut. Doch, da hat er durchmüssen. Vor der ersten, quer stehenden Kuh ist er stehen geblieben. Er hat sie angeschaut, und umgekehrt, und da können die Leute sagen, was sie wollen, von wegen, die sind gemütlich und friedlich: Der Blick von so einer Kuh hat was Stechendes, ja, Aggressives.
„Hallo“, hat der Gabriel drum erst mal gesagt.
Worauf die Kuh nichts erwidert hat.
„Ich muss da durch, Kuh.“
Die Angesprochene hat sich natürlich keinen Millimeter bewegt, aber ihren Kopf einmal nach rechts und links geworfen. Also entweder ein Nein, oder sie hat die Fliegen verscheucht.
Der Gabriel ist nach links ausgewichen, zur nächsten Kuh, aber weil die ihm das Hinterteil zugewandt hat, ist er noch weiter nach links, ins Gras neben dem Weg. Er war sich nämlich nicht sicher, ob Kühe auch mal nach hinten austreten. Die dritte Kuh ist ihm zugewandt gestanden, mit dem Kopf nach unten beim Grasen. An ihrer rechten Flanke ist der Gabriel jetzt vorbei gestakt, ganz langsam.
Auf halber Kuhstrecke hat er „Friss nur weiter“ gesagt und damit leider das Gegenteil bewirkt. Die Angesprochene hat den Kopf gehoben und nach hinten geschaut, der Riesenschädel so nah beim Gabriel, dass er die Fliegen in ihren Augenwinkeln hat zählen können.
„Friss, Kuh.“
Ohne Wirkung. Gerade, als er die restliche Kuhstrecke hinter sich bringen wollte, hat sich hinter der Befehlsverweigerin eine weitere Kuh in seine Richtung bewegt.
„Ich will nur durch“, hat der Gabriel zu ihr gesagt, oder mehr gepiepst, mit einem ganz dünnen Stimmchen.

Jetzt schaut der Bub eh schon nicht fern. Ist ja auch schwierig, ohne Fernseher. Wenn der Radio läuft, schaltet die Barbara schnell aus, bevor die Nachrichten kommen. Eine Zeit lang hat sie versucht, ihm das alles zu erklären, aber wieder aufgegeben, weil, da kommst du vom Hundertsten ins Tausendste und vieles verstehst du ja als Erwachsener auch nur halb. Die Nachricht von den fiesen Kühen, die ihren Bauer zu Tode gequetscht haben, hat der Gabriel bei der Oma im Radio gehört. Freilich. Als er die Annemarie gefragt hat, warum die Kühe das gemacht haben, hat sie recht lapidar geantwortet: „Weil sie es können."

Die braune Kuh hatte den Gabriel inzwischen erreicht. Sie hat den Kopf gesenkt und direkt vor ihm zu grasen angefangen. Rund um so kleine Wanderschuhe wächst halt das beste Gras. Als der Gabriel einen dieser Schuhe angehoben hat, um weiterzugehen, hat die Braune ruckartig den Kopf gehoben und mit ihrer nassen Schnauze sein dünnes Ärmchen berührt. Worauf der Gabriel spitz gequiekt hat.

Die Barbara hat er übrigens damals auch zu den mörderischen Kühen befragt, worauf sie gesagt hat, dass das natürlich total schlimm sei. „Vielleicht hat sie der Bauer aber auch schlecht behandelt." Klar, immer von allen Seiten beleuchten. Auf Gabriels nächste Frage hat sie dennoch nicht gleich eine Antwort gewusst: „Aber warum bringen die ihn dann gleich um?"

Weil sie es können. Erst recht bei einem Neunjährigen, wo sie nur mit halber Kraft quetschen müssten.

Während der Gabriel ganz steif und mit gesenktem Kopf vor der Braunen gestanden ist, hat sie ihm über die Gänsehaut auf seinem linken Arm geleckt.

Muss ein tolles Gefühl sein auf der Zunge.

Plötzlich ist ein blechernes Scheppern hinter den Kühen zu hören gewesen. Worauf Gabriel wie Kuh gleichzeitig ihre Köpfe dorthingedreht haben, zu einem jungen, dunkelhaari-

gen Almbauern. Er hat aus einem grauen Sack Äpfel in einen Blecheimer fallen lassen.
Als er mit dem Eimer zum Futtertrog gelaufen ist, haben sich die Kühe wie auf Kommando auch in diese Richtung bewegt. Bis auf eine, Gabriels braune Freundin. Das war jetzt ein Wahnsinnsgebimmel, ja verreck, Hostiensegnung hoch hundert.
„Ja, jetzt komm, Braune!“ hat der Bauer Richtung Gabriel gerufen, während er die Äpfel in den Trog hat poltern lassen. Tatsächlich ist daraufhin auch Gabriels Kuh zur Futterrinne gebimmelt.
Ohne jetzt den Almbauern anschwärzen zu wollen: Der hätte die Äpfel auch schon fünf Minuten früher in den Eimer schütten können, aber dafür hat er dem Gabriel seine Kuh-Durchquerung einfach zu amüsant gefunden. Ja, so ist das mit den gemeinen Bauern.
Der Gabriel ist der Braunen in gebührendem Abstand hinterher gelaufen. Als sie nach rechts zu den anderen Kühen am Trog abgebogen ist, wollte er geradeaus weiterlaufen. Jetzt ist dem Almbauern aber in den Sinn gekommen, dass er sich ja nicht nur um die Kühe kümmern muss.
„Griasdigott. Bist du allein unterwegs?“
Der Gabriel ist einfach weitergelaufen. Wahrscheinlich hat er gemeint, dass der Bauer mit der Braunen redet.
„Bub, mit dir red ich!“
Der Gabriel ist stehen geblieben und hat sich umgedreht. Na ja, nicht ganz, eigentlich hat er nur den Kopf nach hinten zum Bauern gedreht, wie zuvor die Braune.
„Wo sind denn deine Eltern?“, hat der Bauer gefragt und sich dabei einen Apfel aus dem Trog geholt.
„Mein Papa ist da hinten“, hat der Gabriel geantwortet, und dazu kurz den Arm in die entsprechende Richtung gehoben.

Der Bauer hat jetzt so kraftvoll in den Apfel gebissen, das bekommst du in keiner Zahnpastawerbung zu sehen. So einen delligen Apfel übrigens auch nicht.
“Und deine Mama?“
„Oh. Das hab ich vergessen.“
Weil daraufhin der Almbauer recht komisch geschaut hat, hat der Gabriel schnell noch nachgeschoben:
„Also, die Mama wandert gar nicht mit.“
Der Bauer hat in die Richtung geschaut, in die der Gabriel vorhin so lätschert gezeigt hat.
„Ich tät jetzt mal lieber warten. Auf deinen Papa.“
Der Gabriel hat auf sein Garmin geschaut, welches nur noch 55 Meter zum Cache angezeigt hat.
„Oh. Ich möchte aber noch ein Stückchen weitergehen.“
„Und dein Vater?“
„Der findet den Weg.“
Nach diesem Spruch hat sich der Almbauer so fest mit der Hand auf den Oberschenkel geklopft, und anschließend so laut gelacht, dass alle Kühe zu ihm geschaut haben. Bis auf die Braune, die hat weiter gefressen.
„Du bist echt eine Nummer, Kleiner. Ich bin übrigens der Beda.“
Und noch ein Schenkelklopfer, und eine kleinere Lachsalve, bei der ihm ein Stückchen Apfel aus dem Mund geflogen ist. Der Gabriel, freilich, hat gar nichts Ironisches sagen wollen. Er hat abgewartet, bis sich der Beda beruhigt hat.
„Tschüss.“
„Tschüss?“, hat der Beda gefragt und dabei geschaut, als ob er gerade auf einen Wurm gebissen hätte.
Ob jetzt wegen der norddeutschen Verabschiedung oder weil er erwartet hat, dass sich der Gabriel auch mit Namen vorstellt, weiß ich nicht. Wahrscheinlich Zweiteres, weil, *tschüss* sagen ja inzwischen oft auch gestandene Bayern, schlimm,

aber deswegen müsste sich da der Beda schon daran gewöhnt haben.

„Du bleibst jetzt bei mir, bis dein Papa da ist."

Noch ein Riesenbiss in den Apfel, an einer ziemlich brauen Stelle. Während er gekaut hat, hat man das faule Stückchen noch zwei Mal zwischen den Zahnreihen hervorlugen sehen.

„Du kannst ja so lange den Kühen beim Fressen zuschauen."

Und ihrem Almbauern.

„Wo kommst du eigentlich her?", hat der Bauer gefragt, nachdem er den letzten Rest braunen Apfel doch in den Trog zurückgeworfen hat.

„Was?"

Bei dem Geschmatze und Kuhglockengebimmel hab ich den Bauern aber auch kaum verstanden.

„Wo du herkommst? Wo wohnt ihr?"

„In der Zenettistraße 11."

Der Beda hat den Gabriel einen Moment angeschaut, in der Hoffnung, dass da noch was kommt.

„Das ist in München, oder?"

Der Gabriel hat genickt und noch einmal verstohlen zum Wanderweg geschaut.

„Weißt du, woher ich das weiß?"

Hat der Gabriel nicht gewusst.

„Ich hab da auch mal gewohnt. In der Nähe vom Schlachthof."

„Was?"

„Sag mal, hörst du schlecht? Schlachthof!"

Ja verreck, ob du es glaubst, oder nicht: Bei *Schlachthof* hat das Gebimmel der Kühe für einen kurzen Moment ausgesetzt.

„Das ist aber schon zehn Jahre her", hat der Bauer gesagt und dabei versonnen zu seinen Kühen geschaut, „wie die Zeit vergeht."

„Kann ich jetzt gehen?", hat der Gabriel gefragt.

„Jetzt wart halt, bis dein Vater da ist."

Der Gabriel hat sachte den Kopf geschüttelt und gesagt: „Auf Wiedersehen."
Lieber kein *tschüss* zum Abschied, sicher ist sicher.
„Wo willst du denn hin?"
Der Gabriel hat auf sein Garmin geschaut und nach links den Hang hochgezeigt. Dann ist er losgelaufen.
„Da oben sieht dich doch dein Papa überhaupt nicht."
Irgendwie auch goldig, der Beda. Der Gabriel aber wollte schnell weg vom Almbauern und ist noch ein wenig schneller gegangen.
„Aber *ich* sehe ihn. Ganz sicher."
Hab ich schon gesagt, dass mir der Bub gefällt?

6

Wenn du als Geocacher nur noch wenige Meter bis zum Ziel hast, solltest du den starren Blick vom Garmin heben. Entweder peilen oder laufen, weißt du ja schon. Du schaust ins Gelände und fragst dich: Was bietet sich als Versteck an, wo würde *ich* den Cache deponieren?
Haut aber oft nicht hin, weil du dann doch anders tickst als der Leger vom Geocache. Du steckst deine Finger voller Erwartung in das faustgroße Astloch einer Fichte, wo du aber nur eine Spinne aufschreckst. Stattdessen ist der Cache das tausendste Mal in einem Baumstumpf versteckt, wo du beim Doserlbergen noch mehr Spinnen aufschreckst.
Dem Gabriel ist es jetzt auch so gegangen. Als er den Waldrand oben am Hügel erreicht hat, hat er das Garmin in die Hosentasche gesteckt und ist schnurstracks zu einem hölzernen Kreuz gelaufen. *Rechts vom Kreuz musst Du Dich richten.*
Dieses hatte sogar ein Dach drüber und einen Holzzaun außen rum. So kleine Gedenkstätten werden ja gern mal als Versteck hergenommen (aber nie die Stätten direkt, sondern die nahe Umgebung). Dann hat der Geocache-Leger gleich eine Geschichte zum Cache, indem er ein bisserl was vom Verstorbenen erzählt.
Unter den Füßen vom Jesus ist eine helle Gedenktafel angebracht gewesen: Peter Pfaffinger, 1933 – 2010. Daneben das Bild von einem grauhaarigen Mann, der noch wie ein Lausbub dreinschaut. Peter - vielleicht war das ja sogar der Vater vom Apfel-Beda unten, gerade im ländlichen Bereich werden Vornamen ja gerne weitergegeben. Damit sich auch ja alle umdrehen, wenn die Bäuerin ruft.
Der Gabriel ist jetzt über den armdicken Holzbalken ins Innere der Gedenkstätte gestiegen. Als Erstes hat er den Blumentopf hochgehoben, der unter dem Kreuz auf einem Bretterl gestanden ist. Nichts. Dann hat er die Unterseite vom

Dach abgetastet. Wieder nichts. Schließlich ist er mit den Fingern zwischen Jesus und Kreuz entlanggefahren und hat probiert, ob man den Heiland abnehmen oder drehen kann. Noch mal nichts.

Bei solchen Verstecken schreiben die Geocache-Leger ja meistens dazu: Bitte nicht die Gedenkstätte schänden. Aber wenn ein Geocacher fast am Ziel ist, wenn ihm also schon der Speichel von der Unterlippe tropft, dann kannst du froh sein, wenn er nicht gleich die Säge herausholt.

Der Gabriel hat stattdessen sein Garmin herausgeholt. Vielleicht hat er sich ja an den zweiten Satz auf dem Foto im letzten Cache erinnert: *Doch gar so einfach ist es mitnichten.*

Sechs Meter hat das Navigationsgerät noch bis zum Cache angegeben. Der Gabriel hat sich im Gedenkzaun langsam gedreht, bis der Kompasspfeil auf zwei Fichten gezeigt hat. Die sind ein bisserl erhaben auf einem kleinen Hügelchen gestanden, keine zehn Meter entfernt. Er hat sein Garmin in die Hosentasche gesteckt, ist im Seitaufschwung über den Gedenkstättenzaun geflogen und zu den Fichten gerannt. Voller Vorfreude, freilich. Die Warnung auf seiner Hand hat man schon kaum mehr lesen können *(Was ein Schreck, beim Cache-Versteck).* Ernst genommen hat er sie eh nicht. Als Neunjähriger glaubst du ja schon noch eher an das Gute in dieser Welt.

Oh mei, und dann ist er ganz bleich geworden, der Bub.

7

Als der Frank eine halbe Stunde nach dem Gabriel beim besorgten Beda vorbeigekommen ist, hat ihn dieser gleich zur Gedenkstätte hochgeschickt.

„Ich weiß nicht, was er da oben macht."

„Ich schon", hat der Frank mit einem Blick auf seine Geocacher-App gesagt, und ist den Hang hochgelaufen.

Oben hat er sich neben seinen verschreckten Sohn gehockt. Der Gabriel war nicht mehr nur blass, sondern hat jetzt auch geweint. Der Frank hat ihn an der Schulter genommen und an sich gedrückt.

„Was ist denn los?"

„Ein – toter – Käfer", hat der Gabriel stoßartig geantwortet und auf die geschlossenen Tupperdose gezeigt.

Der Frank hat die Dose genommen und so aufgemacht, dass der Gabriel nicht reinschauen konnte. Ganz obenauf ist ein toter Käfer gelegen, zweigeteilt, und daneben eine Guillotine.

„Wer kann denn so was Schlimmes machen?", hat der Gabriel gefragt, immer noch leicht schluchzend.

„Das weiß ich nicht, Gabriel."

„So ein Käfer tut doch keinem was."

Jetzt sind seine Tränen versiegt.

„Da hast du recht, Gabriel."

„Käfer sind genauso viel wert wie Menschen."

Und wie Schnaken. Der Frank hat sich an diesem Punkt ausnahmsweise auf keine philosophische Grundsatzdiskussion eingelassen, sondern sogar dezent genickt. Der wollte die Sache mit dem Käfer jetzt möglichst schnell beenden, und dann den Gabriel fragen, ob die Mama vergangene Woche die ganze Zeit daheim gewesen ist.

„Vielleicht war der Käfer ja vorher schon tot", hat der Frank leise gesagt.

„Das glaube ich nicht. Schau mal das Schneideding."

„Eine Guillotine. Die liegt da nur so mit drin, glaub mir."
Wie der Gabriel jetzt so blass und mit getrockneten Tränen zum Wilden Kaiser rübergeschaut hat. Schon arg.
„Du, Gabriel, mal was anderes: Warst du letzte Woche mal bei der Oma?"
„Was?"
„Letzte Woche, am Dienstag und am Mittwoch. Wo warst du da?"
Da hat er jetzt fast einen auf Kommissar gemacht, der Frank.
„In der Schule."
„Und danach?"
„Daheim natürlich."
„Und die Mama war auch immer daheim, oder?"
„Nein, immer nicht. Bist du dir sicher, dass der schon vorher tot war, Papa?"
„Was?"
„Der Käfer?"
„Ja, bin ich", hat der Frank gesagt und den Gabriel noch mal an sich gedrückt.
„Gabriel, am Dienstagabend war ich doch weg. War da die Mama auch weg?"
„Ja. Da war die Conny da. Wir haben uns Star Wars angeschaut, Episode 3."
„Wie denn, ohne Fernseher?"
„Die hat so einen Kleinen mitgebracht, mit DVD-Player."
Conny, Freundin von der Barbara, Ärztin ohne Grenzen. Also höchste moralische Liga, außer, dass sie den Buben einen Film für Zwölfjährige anschauen lässt. Nur der erste Teil ist ja ab sechs, damit auch die jüngeren Kinder angefixt werden.
„Und wann war die Mama wieder da?", hat der Frank nachgehakt.
„Weiß ich nicht."
„Natürlich weißt du das!"

„Warum schreist du denn jetzt, Papa?"
„Entschuldige, Gabriel. War die Mama am nächsten Tag wieder da? Nach der Schule."
„Ja."
„Weißt du, wo sie gewesen ist?"
„Nein."
„Was hat sie denn gesagt, wo sie hingeht?"
„Das hab ich vergessen."
Der Frank hat lautstark geseufzt. War ja auch egal, was sie dem Buben aufgetischt hat.
Der Gabriel hat zur orangenen Tupperdose geschaut.
„Auf jeden Fall will ich diesen Scheiß-Cache nicht weitermachen!", hat er gesagt und dabei seinen Zeigefinger schräg nach oben gestreckt.
Der Frank aber schon, da haben sich die Interessen von den beiden ein wenig umgedreht.
Käfer, Käferchen, Kosenamen, Michaela, Barbara. Solche Gedanken sind dem Frank jetzt durch den Kopf gekrabbelt.
Plus-Minus-Maschine: die Barbara als Cache-Legerin, obwohl sie Tiere ebenso mag wie ihr Sohn? Barbara, die dem Frank sein Gschpusi am liebsten entzweigeschnitten hätte?
Der Frank hat die Guillotine aus der Dose gehoben. Ganz schön schwer, die war zwar nur so zehn Zentimeter groß, aber ganz aus Metall. Außer der Schnur auf der rechten Seite, mit der man die obere Schneide hochziehen konnte. Vielleicht hat sie die Guillotine zusammen mit dem Eiffelturm billiger bekommen.
In der Dose sind jetzt noch das Logbuch und ein Hupfball gelegen. Und ein Schlüssel, an dem ein rechteckiges Metallschildchen gehangen ist.
Der Frank hat den Ball und den Schlüssel aus der Dose geholt.
„Schau mal, Gabriel", hat er gesagt und den Ball vor Gabriels Augen gehalten.

„Oh, ein Flummi!“

Ja, freilich, wär natürlich heroischer gewesen, wenn er gesagt hätte: „Mir doch egal!“ Oder: „Der macht den Käfer auch nicht wieder lebendig.“ Da hat sein Vater besser einen auf heroisch machen können.

„Ja, ein Hupfball“, hat der Frank den Gabriel verbessert, „hast du noch was zum Tauschen?“

„Einen Bierdeckel“, hat der Gabriel gesagt, und ist aufgesprungen. Und zu seinem Rucksack gelaufen, den er an die Rechte der beiden Fichten gelehnt hatte.

„Bring die Schatulle mit“, hat der Frank gesagt.

„Was?“

„Das Kästchen, aus der Schlüssellochhöhle.“

„Das ist doch nicht das Final hier, Papa.“

Der Frank hat den kleinen Bartschlüssel aus der Dose geholt und in Gabriels Richtung gestreckt.

„Oh, vielleicht passt der ja doch!“ hat der Gabriel gesagt.

Auf dem Metallschildchen ist ein weißer Klebezettel gepappt, mit einem einzigen Wort darauf:

Nichtschwimmer

Auf der anderen Seite waren in Schwarz ein Käfer und drei Wörter eingraviert:

THE TRAVEL BUG

Und darunter eine eingestanzte Nummer. Der Reisekäfer, wenn man das so direkt übersetzt. Der Schlüssel hat den Frank irgendwie an irgendwas erinnert. Aber wie bei der Schatulle, die ihm der Gabriel gerade in den Schoß gelegt hat, ist er nicht drauf gekommen. Nichtschwimmer, freilich kann der nicht schwimmen, muss er ja auch nicht. Freilich war das wieder so eine depperte, verschlüsselte Botschaft.

„Was ist denn ein *Travel Bug*?“, hat der Frank gefragt und dem Gabriel das Schildchen hingehalten.
„Ein *Trackable.*“
„Was?“
„Das hab ich dir doch schon erklärt, Papa.“
„Dann erzählst du es halt noch einmal, Bürscherl.“
„Na gut. Ein *Trackable reist ...*?“
Das hätte ein guter Therapeut jetzt auch nicht besser gemacht, nur nicht zu viel Hilfestellung geben, sondern Hilfe zur Selbsthilfe. Hat der Frank aber nicht annehmen können.
„Komm jetzt, Gabriel, wir haben nicht ewig Zeit!“
„Der reist von Cache zu Cache.“
„Ach ja, stimmt“, hat der Frank gesagt, „und mit dem Schildchen ist es dann auch wirklich einer. Und die Nummer?“
„Die gibst du auf der Geocaching-Seite ein, bevor du den Trackable in einen anderen Geocache legst. Dann weiß der Besitzer, wo er gerade ist.“
Frank hat genickt, den Schlüssel in das Schloss der Schatulle gesteckt und gedreht. Aber nix, er hat sich nicht drehen lassen.
„Geht nicht.“
„Lass mich mal, Papa“, hat der Gabriel gesagt und dem Frank die Schatulle aus den Händen reißen wollen.
„Nicht grapschen“, hätte da die Barbara gesagt. Der Frank freilich hat einfach zurückgerissen und dabei hat man es im Inneren der Schatulle ein wenig poltern hören.
„Wenn *ich* die Dose nicht aufsperren kann, dann schaffst *du* das auch nicht.“
Schatulle.
„Bitte, Papa, lass mich halt mal probieren.“
„Nein, Gabriel. Wir nehmen den Schlüssel mit zur nächsten Station. Vielleicht passt er da wo rein.“
„Da will ich aber gar nicht hin.“

„Warum denn?“, hat der Frank gefragt und sich zum Gabriel umgedreht, der links hinter ihm gestanden ist.
„Ich mag diesen Geocache nicht.“
Er hatte sein Käfer-Trauma wohl doch noch nicht überwunden.
„Ich auch nicht, Gabriel.“
Trotzdem hat der Frank den Trackable in seine Hosentasche gesteckt.
„Echt? Warum magst *du* ihn denn nicht?“
Schulterzucken beim Frank.
„Mir tut das mit dem Käfer auch leid, Spatz. Aber dem seine Seele ist bestimmt schon im nächsten Käfer drin.“
„Echt?“
Wohliges Nicken vom Frank. Na ja, das hat er jetzt mal gar nicht so schlecht gemacht. Auch wenn er sich da spirituell ein bisserl weit aus dem Fenster gelehnt hat.
„Kannst du mir mal das Logbuch?“, hat der Gabriel gefragt, ohne zur Tupperdose zu schauen.
„Geben“, hat der Frank automatisch geantwortet und das Buch aus der Dose geholt, „erst muss ich was schauen.“
Aber keine Neuigkeiten an der Logbuch-Front, nur *funny69* und die üblichen Verdächtigen. Die Koordinaten zum nächsten Cache sind übrigens in Schwarz auf der Innenseite vom Tupperdosendeckel gestanden. Also nicht Schreckalmen zählen und mit der Quadratwurzel aus allen Kühen multiplizieren, sondern einfach:

N 47°42.120’
E 12°19.588’

Kapitel 5

1

„Was ist ein Anaesthesie-Team?"
„Was?"
„Da schau", hat der Gabriel gesagt und auf seine weißen Hüttenschlappen gezeigt. Auf diesen Leihschlappen der Priener Hütte war tatsächlich zu lesen:

Schlafen Sie gut
Ihr AnaesthesieTeam
WolfartKlinik

„Anästhesie", hat der Frank gesagt und dabei das *ä* in die Länge gezogen, „*ae* spricht man doch *ä*. Habt ihr das noch nicht gelernt?"
Der Gabriel hat den Kopf geschüttelt. Na ja, er hat ja auch keinen Kreuzworträtsel-Club besucht, sondern die Regelschule.
„Und das zweite spricht man *Tiem*, das ist Englisch. Ihr habt doch Englisch, oder?"
„Ah, wie ein Fußball-Team, oder?", hat der Gabriel gefragt, während die beiden die Treppe rauf zu ihrem Schlafsaal geschlappt sind.
„Genau. Und Anästhesie heißt Betäubung. Weißt du noch, wie du letztes Jahr im Krankenhaus gewesen bist?"
„Ja, da bin ich doch repariert worden."
„Operiert, ja."
„An meinem Penis."
Der Frank am Nicken und ich am Staunen. Also nicht Schniedel oder Zipfel, Penis sagt der Bub.
„Da hast du ein Betäubungsmittel in deinen Arm bekommen und bist eingeschlafen."

„Und das war die Anaesthesie?“
„Anästhesie, Gabriel, mit *ä*.“
„Ah! Darum steht da auch *Schlafen Sie gut*“, hat der Gabriel gesagt, als sie den Schlafsaal erreicht haben, „hoffentlich schlafe ich hier auch wirklich gut.“
Zehn Betten hat es im Schlafsaal gehabt, vier neben der Tür, und gegenüber auf der Fensterseite noch mal sechs, Matratze an Matratze. Der Frank hat seinen Rucksack abgenommen.
„Weil ich doch einen Alptraum gehabt habe“, hat der Gabriel gesagt.
„Wir sind ja auch in den Alpen“, hat der Frank gesagt.
Er hat seinen Seidenschlafsack aus dem Rucksack gezerrt, und auf dem dritten Bett unter dem Fenster ausgebreitet. Weil alle Eckbetten schon mit Schlafsäcken belegt gewesen sind. Der Gabriel hat Bett Nummer Vier reserviert, mit seinem Rucksack.
„Sag mal, spinnst du?“, hat ihn der Frank gefragt, „deinen dreckigen Rucksack?“
„Hoffentlich träume ich diese Nacht nicht wieder, dass der Mama was passiert.“
„Hoffentlich nimmst du sofort deinen Rucksack vom Bett runter.“
„Habe ich dir eigentlich schon meinen Traum erzählt?“
„Rucksack runter. Jetzt!“
„Ja, ja“ hat der Gabriel gesagt und ihn vom Bett genommen. Geschleift, weshalb das Spannbetttuch hernach nicht mehr nur blau gewesen ist.
„Also“, hat er gesagt und dabei seinen Zeigefinger gehoben, „ich bin mit der Mama wandern gewesen. Da sind wir auf einen Gipfel gegangen. Immer höher und höher.“
„Du Gabriel, erzähl mir das doch beim Abendessen. Jetzt möchte ich erst mal den nächsten Cache suchen, bevor es dunkel wird.“

Und keine Albträume anhören, an welchen die Ehefrau beteiligt ist.
„Nur ganz kurz, Papa."
Frank hat sich mit einem Seufzer auf sein Bett gesetzt und ein paar Erdkrümel von Gabriels Matratze gewischt.
„Also. Wir sind immer höher gestiegen, bis über die Wolken."
„Ja, Gabriel, das hast du schon gesagt."
„Das mit den Wolken nicht. Und jetzt wird es ganz schlimm."
Der Frank hat auch gleich ganz gequält geschaut.
„Dann sind wir auf einem ganz dünnen Felsen gestanden. Auf dem haben nur zwei Menschen Platz gehabt. Und wir sind wirklich wahnsinnig hoch oben gewesen."
Dazu hat der Gabriel die Augen wahnsinnig weit aufgerissen.
„Da waren nur Wolken. Fast nur Wolken. Weil, jetzt wird es wirklich gruselig, Papa. Da war auch der Mann von der Riesenhütte. Der Nette, der mir gestern gesagt hat, dass ich falsch laufe."
„Der Nette? Den Sepp meinst du."
„Ja genau. Der Sepp ist mitten in den Wolken geschwebt."
„Du, Gabriel, wann wird es denn jetzt gruselig. Kommst du zu einem Ende?"
„Gleich. Der Sepp war in den Wolken, also unter uns. Weil wir waren ja über den Wolken."
„Jaa!"
„Die Mama hat auf den Sepp gezeigt, und weißt du, was dann passiert ist?"
„Nein."
„Der Mama ist der Zeigerfinger abgeflogen. Der ist einfach abgegangen."
„Zeigefinger, Gabriel."
„Und dann ist was noch Schlimmeres passiert", hat der Gabriel gesagt und war inzwischen auch ganz kasig vom gruseligen Erzählen.
„Die Mama ist ihrem Finger hinterhergesprungen."

So gruselig das auch war, hat der Frank jetzt doch aufpassen müssen, nicht zu lachen. Dazu hat er schnell nach unten auf seine Anästhesie-Schlappen geschaut.
„Dann hab ich aufgewacht", hat der Gabriel gesagt.
Ist einer der häufigsten Albträume, das Stürzen. Mein ich.
„Dann *bist* du aufgewacht, ja", hat der Frank gesagt, der seinen Lachreiz überwunden hatte, „zum Glück war es nur ein Traum, mein Spatz. Und die Mama wandert ja auch gar nicht mit."
Stimmt. Nur wer mitwandert, kann auch abstürzen.

2

Die Priener Hütte ist ja mehr Ferienhaus wie Hütte. Zwei Stockwerke, dazwischen Marmortreppen und draußen sogar ein paar Hasenställe für die Kinder. Davor einige Biertischgarnituren, damit die Eltern kontrollieren können, mit was ihre Kurzen die Hasen füttern. Der Gabriel hat artgerecht Löwenzahnblätter in die Drahtgitter der Stalltüren gesteckt, zehn Stück pro Käfig, und nach dem vierten Käfig hat er wieder von vorn begonnen. Zehn weiß ich deswegen, weil er halblaut mitgezählt hat. Muss natürlich ganz gerecht zugehen zwischen den Hasen.

Apropos Hasen. Der Frank ist daneben gehockt, mit einem Hellen in der Hand, der Michaela im Kopf und der Barbara im Nacken. Das Helle hat er abstellen können.

Um sein Handy herauszuholen, und da schau her: Auf der Priener Hütte hast du sogar ein Handynetz. Erst einmal hat der Frank E-Mails abgerufen. Waren aber keine dabei, die ihn interessiert hätten, sprich Michaela oder Barbara als Absender. Nur eine von seinem E-Mail-Anbieter, um ihm mitzuteilen, dass er sich eine Treue-Prämie verdient habe.

Der Frank, eine Treue-Prämie.

„Kann ich ein Cola haben, Papa?"

„Später, Gabriel."

„Aber du trinkst doch auch ein Bier."

„Ja, Gabriel, irgendeinen Vorteil muss es ja haben, wenn man erwachsen ist."

„Aber nachher bekomme ich das größte Cola, das es gibt."

„*Die* größte Cola", hat der Frank geantwortet und einem Paar am Nebentisch zugenickt. Die beiden waren vielleicht fünf Jahre älter wie er, und die Frau hat dem Frank und seinem Sohn schon seit einer halben Stunde immer wieder selige Blicke zugeworfen. Für viele Menschen grenzt es ja immer noch an ein Weltwunder, wenn ein Vater allein mit seinem

Kind unterwegs ist. Auch im Jahre 2013 unseres Herrn. Da musst du gar nicht viel machen als Frank. Bier trinken, übers Handy wischen und einen halbgaren Dialog mit dem Sohnemann führen, das langt schon. Wenn dagegen eine Mutter allein ihre Schrazn hinter sich herzieht, ist das völlig normal. Jetzt hat der Frank den Trackable aus der Hosentasche geholt und ist auf geocaching.com gegangen. Dort hat er die Trackingnummer eingegeben und anschließend Folgendes lesen können:

Schlüsselerlebnis

Eigentümer: grauesgummibaerchen
Ausgesetzt: Sunday, 18 January 2012
Ursprungsort: Hamburg, Germany
Zuletzt gesehen: Chiemgautour

Aktuelle Mission dieses Trackables:

Ich bin geborener Hamburger.
So viel Meer, wo ich doch eigentlich die luftigen Höhen liebe.
Mein Ziel ist es, Berge zu erklimmen.
Je höher der Cache ist, umso wohler fühle ich mich. Ich beginne meine Reise im flachen Hamburg. 2013 möchte ich an meinen Ursprung [Hamburg GC5JVV4] zurückkehren und von meinen Abenteuern berichten. Wer mich dorthin bringt, darf mich benutzen, und wird als Belohnung ein wahres Schlüsselerlebnis haben.

Von *NICHTSCHWIMMER* kein Wort, aber vielleicht ist das ja auf dem Schildchen gestanden, weil der Schlüssel die Berge dem Meer vorzieht. So ein Trackable hat natürlich auch ein eigenes Logbuch, und in dem war zu lesen, wo er auf seiner Reise zuletzt abgelegt worden ist, und von wem:

09.05.2013 funny69 placed it in Chiemgautour

Die funny69 also wieder, am neunten Mai. In welcher Station der *Chiemgautour* er abgelegt worden ist, ist da natürlich nicht gestanden. Kann also sein, dass ihn die *funny69* in die Schlüssellochhöhle gelegt hat, und die Barbara hat ihn von dort in Franks exklusive Schreckalm-Station geschleift. Aber wozu? Während sich dieser Gedanke in Franks Analysemodul nicht zwischen Plus und Minus hat entscheiden können, hat der Vater des Gedankens auf *Chiemgautour* geklickt.
Und da schau her, da war in der Zwischenzeit noch ein Logbucheintrag dazu gekommen:

logged visits: 109

glitzerglotze – Premium Member – 2951 Caches Found:
Found it – 19.05.2013

merci
netter multi
logbuch in station 2 ist ein wenig nass

Station 2, das war die auf dem Predigtstuhl mit den hyperaktiven Ameisen. Der Frank hat versucht, sich an das Logbuch zu erinnern. Vergeblich, obwohl sie da erst gestern gewesen sind. Aber dort hat er ewig nach dem Block in seinem Rucksack gekramt, während sich der Gabriel in das Logbuch eingetragen hat.
„Gabriel, erinnerst du dich an die Station beim Predigtstuhl?“
Der Gabriel hat gerade einen Löwenzahn in Station vier gesteckt, Käfig vier, meine ich, und dazu gemurmelt: „Sechs.“

„Gabriel, hast du mich gehört?"
„Sieben", hat der Angesprochene jetzt lauter gesagt, während er Hase Vier einen Breitwegerich zugute hat kommen lassen, „Warte, Papa."
„Was soll ich?", hat der Frank gefragt, auch ein wenig lauter jetzt.
Warten soll er, bis der Sohnemann den dritten Durchlauf bei seiner Mission Hase abgeschlossen hat. Vielleicht hätte der Frank sogar gewartet, wenn der Gabriel die Blätter acht, neun und zehn bereits in der Hand gehalten und reingesteckt hätte. Hat er aber nicht. Er hat sich von den Käfigen abgewandt und ist suchend über das Gras geschlichen. Gerade, als er sich nach einem Spitzwegerich gebückt hat, ist dem Frank der ohnehin dünne Geduldsfaden gerissen.
„Gabriel, du gibst mir bitte jetzt mal eine Antwort!"
Da war es wieder, das Frank'sche *bitte jetzt*. Das Paar am Nebentisch hat gespannt die Köpfe vom Frank zum Gabriel gewandt. Die Frau hat übrigens weiterhin selig dreingeschaut.
„Gleich, Papa", hat der Gabriel gesagt, „ich mache den Hasen noch fertig. Sonst komme ich durcheinander."
„Durcheinander?", hat der Frank fassungslos gesagt und dabei unvorsichtigerweise zum Nebentisch geschaut.
„Weil er jedem Hasen immer zehn Blätter gibt", hat die Frau gesagt, mit einem Lächeln der Erleuchtungsstufe sieben. Der Mann neben ihr hat dazu genickt.
„Ja", hat der Frank gesagt, Grantstufe sieben, und sich an seinem Bierglas festgehalten.
Nach dem vierten Durchgang hat der Gabriel zum Glück keinen weiteren drangehängt, sondern ist zu seinem Vater gegangen, der sein Bierglas noch nicht angehoben, sondern nur mit leerem Blick darauf geschaut hat.
„Kann ich jetzt ein Cola?"

Der Frank hat nichts gesagt, weder *haben*, noch *eine* Cola. Vielleicht hat er ja darauf gewartet, dass ihm der Sohn erst seine Frage beantwortet. Glaub ich aber nicht.
„Papa? Bist du müde?"
„Ja", hat der Frank gesagt und nun doch sein Bierglas angehoben, zum Mund geführt und getrunken.
„Noch einmal", hat der Frank gesagt und sein Glas abgestellt, „erinnerst du dich an den Geocache beim Predigtstuhl?"
„Ja, klar."
„Das Logbuch, ist das nass gewesen?"
„Warum?"
„Weil das einer in seinem Log schreibt, auf der Geocaching-Seite."
„Hast du etwa unter meinem Namen den Geocache geloggt?"
„Nein, hab ich nicht", hat der Frank leise gezischelt, weil das Paar am Nebentisch immer noch interessiert dabei gewesen ist.
„Ich hab doch nicht mal dein Passwort."
„Zum Glück", hat der Gabriel gesagt, natürlich in seiner üblichen Lautstärke, „den Cache möchte ich nämlich selber loggen. Daheim."
„Und?", hat der Frank gefragt, „war es nass?"
„Nein."
„Weißt du überhaupt noch, nach was ich gefragt habe?"
„Ich bin nicht blöd, Papa!"
Und ich bin mir nicht sicher, aber ich glaube, dass die Selige am Nebentisch dazu ein wenig genickt hat. Ich mein das übrigens nicht abwertend, wenn ich *selig* sage, gar nicht. Ich würde mich sogar gern mit ihr unterhalten, jetzt.
„Ja, ich weiß", hat der Frank geraunt und dazu mit seiner rechten Hand ein paar Mal nach unten gewunken. Als ob er damit Gabriels Grundlautstärke herunterdimmen könnte.
„Bitte, Gabriel, was meinst du, war trocken?"

Ja verreck, das erste Mal, dass der Frank *Bitte* in seiner Reinform verwendet.
„Das Logbuch beim Predigtstuhl."
„Bist du dir sicher? Nicht mal feucht?"
„Nein."
„Gut, danke."
„Warum ist das wichtig?"
„Entschuldigung, Sie machen dieses Geocatching, oder?", hat die Selige gefragt.
Zwei Fragen, wovon er die leichtere beantwortet hat.
„*Geocaching*, ja, das machen wir. Also, eigentlich er", hat der Frank gesagt und auf den Gabriel gezeigt.
„Wir haben das auch mal probiert, mit Freunden. Aber nichts gefunden. Weißt du noch, Hannes?"
Hannes nickt.
„Wir haben heute schon einen gefunden", hat der Gabriel gesagt und die Selige angelächelt, „und wir wollen nachher noch einen suchen."
„Ein tolles Hobby. Und ein toller Papa, der das mit dir macht, gell?"
Der Frank hat jetzt nicht genau gewusst, wo er hinschauen soll, und hat sich schließlich für den Hannes entschieden. Vielleicht, weil von dem eher kein Lob zu befürchten war.
„Papa findet die Stationen sogar schneller als ich. Obwohl er noch Anfänger ist."
Frank hat weiter zu Hannes geschaut, und der zu seiner Frau.
„Was ist denn eine *Station*?", hat die Selige gefragt.
„Wir machen einen Multicache. Der hat viele einzelne Geocaches, und da sagt man Stationen", hat der Gabriel gesagt, sichtlich aufgeblüht.
Buben in dem Alter brauchen auch einfach viel Frauenkontakt. Wie der Frank.
„Wollen Sie vielleicht mitkommen?", hat der Gabriel gefragt, und dabei zu seinem Vater geschaut, der aber weiter zu Han-

nes geschaut hat, und der wiederum zu seiner Frau. Staffellauf also jetzt. Ein schmerzverzerrtes Gesicht hat aber nur der Frank gehabt, für einen Moment. Die Selige hat zu Hannes geschaut, keine Angst, jetzt haben wir es auch gleich mit dem Geschaue, und der hat, freilich, genickt. Wir reden nicht so viel beim Wandern.

„Wenn da dein Papa nichts dagegen hat?“, hat die Selige gefragt.

Schon ein bisserl gemein von der Fragestellung her. Jetzt hat der Frank doch seinen Blick vom Hannes nehmen müssen, seinem sicheren Hafen.

„Nein“, hat der Frank gesagt, und dazu ein Gesicht gemacht, als ob er durchaus was dagegen hat, „aber mein Sohn wollte den Cache eigentlich gar nicht mehr weitermachen.“

„Doch“, hat der Gabriel gerufen, „jetzt schon wieder.“

„Das freut mich“, hat die Selige gelächelt und ihre Hand zum Gabriel gestreckt, „ich bin übrigens die Helga.“

Hat die Selige endlich einen Namen.

Der Gabriel hat Helgas Hand genommen, ohne sie zu schütteln, und ohne sich vorzustellen. Aber strahlend. Anschließend hat die Helga dem Frank auch noch die Hand gegeben. Also erst dem Kurzen, dann erst dem Erwachsenen, wie das der Kinderarzt vom Gabriel auch immer macht.

„Frank. Und mein Sohn heißt Gabriel.“

Hannes hat nichts gesagt. Vielleicht, weil sein Name schon gefallen ist, aber ein wenig komisch ist das schon. Vielleicht ein alpines Schweigegelübde.

Vier Tische weiter ist noch so ein Schweiger gesessen. Der Sepp. Wobei, im Vergleich zum Hannes war der ja ein wahres Ratschhaferl.

Die Nacht war kalt.
Der Weg war lang.
Da steht die Hüttn, Gottseidank.
Er bestellt sich sein Essen,
geht schnell noch aufs Zimmer,
da fällt er um und rührt sich nimer.
Jetzt trinkt er beim Petrus a Hoibe Hell,
Der Christian Wagner aus Gröbenzell.
21. Februar 86

Bei diesem Schild ganz in der Nähe der Priener Hütte sind die vier noch gegangen, auf ihrem Weg zur fünften Station vom Geocache. Ohne dass da einer einen Blick daraufgeworfen hätte. Der Hannes hätte wahrscheinlich eh nur genickt. Der Gabriel hätte wissen wollen, wer denn dieser Petrus sei, worauf die Helga selig gelächelt hätte. Und der Frank hätte festgestellt, dass bei *nimer* ein Buchstabe fehlt.
Aber mei, es stirbt halt auch aktuell keiner von denen, da haben sie dann keinen tieferen Sinn für.
Noch gegangen sage ich deshalb, weil sie ab da vom Wanderweg abgegangen und mehr gestolpert sind - querfeldein, oder eigentlich längshügelab. Oder *tigerline*, wie das die Barbara auf Englisch nennt. Der Gabriel hat die Gruppe mit dem Garmin in der Hand angeführt und war der Meinung, dass man Luftlinie laufen könne. Die vier haben jetzt nur einige Höhenmeter unterhalb der Priener Hütte gequert.
„Wo kommt ihr eigentlich her?“, hat die Helga gefragt.
„Zenettistraße 11“, hat der Gabriel pfeilschnell geantwortet.
„Was?“
„Zenettistraße, das ist in München.“

„Nein“, hat die Helga gesagt und gelacht, aber nicht ausgelacht, freilich, eher so: Ich liebe dich, so, wie du bist. Wunderbar.
„Ich wollte eigentlich wissen, von welcher Hütte ihr kommt. Ihr seid ja nicht erst heute losgewandert, oder?“
„Nein, das ist schon der dritte Tag“, hat der Gabriel gesagt, und dabei gestrahlt, als sei es die dritte Alpenüberquerung. „Wir haben im Spitzsteinhaus übernachtet.“
„Und, kommst du mit deinem Papa mit?“
„Ja, natürlich“, hat der Gabriel gesagt, aber an seinem Gesichtsausdruck hat man gemerkt, dass der Groschen nicht ganz gefallen ist, „wir wandern zusammen.“
Und wieder dieses Lachen. Geh verreck, die Helga sollte echt durch die Lande ziehen und die Leute anlachen. Wie diese Amma, die umherreist, und schon die halbe Weltbevölkerung umarmt hat.
Sie hat natürlich wissen wollen, ob der Gabriel bei Franks *Tempo* mitkommt. Aber wie hätte der Bub da auch draufkommen sollen.
Frank und Hannes sind derweil ein wenig zurückgefallen. Hannes nicht nur zurück, sondern auch in den Dreck. Er ist auf einem batzigen Wiesenstück ausgerutscht und auf dem Hosenboden gelandet. Anschließend hat er den Kopf geschüttelt, und damit neben dem Nicken noch was aus seinem Repertoire gezeigt. Der Frank hat ihm die Hand hinuntergestreckt.
„Haben Sie Kinder?“
Der Hannes hat die Hand genommen, den Kopf geschüttelt und gesagt: „Danke.“
Ich nehme an, weil ihm der Frank hochgeholfen hat, und nicht, um zu sagen: „Kinder? Nein, danke.“
„Muss man auch nicht“, hat der Frank gesagt.
Und dann sind sie weitergegangen. Vielleicht hat der Frank nur mal testen wollen, ob so ein Hannes auch sprechen kann.

Mitgekommen ist der wahrscheinlich eh nur wegen seiner Helga.

Die ist mit dem Gabriel inzwischen bei einer Gruppe Findlingen angekommen, die teilweise mannshoch waren. Daran sind sie links vorbei gelaufen, auf noch größere Felsen zu, mit Fichten oben drauf. Die haben sie auch rechts liegen lassen, und erst als sie den letzten Felsen in der Reihe umrundet haben, hat der Gabriel gesagt: „Noch sieben Meter!"

„Hui, so genau ist dein Gerät", hat die Helga mütterlich gesagt, und auf den Felsen gezeigt, „ist der Geocache hier versteckt?"

„Vielleicht."

Als das Garmin nur noch zwei Meter angezeigt hat, sind die beiden direkt vor dem hinteren Teil des Felsen gestanden, links neben einer hohen Fichte. Der Gabriel hat sofort angefangen, die Felswand mit den Augen abzusuchen, während sich die Helga auf einen großen Brocken davor gesetzt und ihm zugeschaut hat.

Nach einigen Minuten hat der Gabriel einen untertellergroßen Brocken aus der Wand gezogen und gerufen: „Ja!"

Gerade als er eine blaue Tupperdose herausgeholt hat, sind die Männer eingetroffen.

„Jetzt bin ich aber gespannt", hat die Helga gesagt.

Nicht nur sie, wenn ich dem Frank seinen Gesichtsausdruck richtig deute. Der Gabriel hat die Dose auf das Gras gelegt und geöffnet.

Ganz obenauf ist gleich das Logbuch gelegen. Das hat der Frank so schnell an sich gerissen, dass der Gabriel eigentlich hätte rufen sollen: „Nicht grapschen!“ Stattdessen hat er die Dose durchwühlt.

Frank ist freilich gespannt gewesen, ob sich da eine *glitzerglotze* ins Logbuch eingetragen hat, gestern oder heute. *Glitzerglotze* hat ja das Logbuch in Station 2 als ein wenig *nass* befunden, im Internet, auf *geocaching.com*. Gabriel aber sagt, das stimmt nicht, das Logbuch war trocken. Und der Frank hat gewusst, dass sein Sohn in solchen Dingen meistens Recht hat, in nebensächlichen Details. Wenn jemandem beispielsweise auffällt, dass eine der neun Deckenleuchten im Aufzug defekt ist, dann dem Gabriel. Wenn das Logbuch aber trocken gewesen ist, dann hat *glitzerglotze* den offiziellen Geocache, die originale *Chiemgautour* gemacht. Frank und Gabriel aber, und neuerdings auch Helga und Hannes, würden dann einen gefälschten Geocache machen, einen eigens für Frank angelegten.

Und da schau her: Im Logbuch sind wieder nur die üblichen Verdächtigen gestanden, unter anderem *BongoBoy72*, *Dordi2013* und zuletzt, am 12. Mai die gute, alte *funny69*. Keine Spur von einem Logbuch-Eintrag namens *glitzerglotze* eine Woche später!

„Barbara!“, hat der Frank gerufen und triumphierend zum Hannes geschaut.

Warum gerade zu ihm, weiß ich nicht, vielleicht war dem Frank nach einem zustimmenden Nicken. Kam aber nicht, vom Hannes. Nicht mal ein fragender Blick, warum ihm ein Frauennamen an den Kopf geworfen wird.

Wie sehr die Geocache-Fälschung gleich noch auffliegen würde, hat der Frank da natürlich noch nicht wissen können.

Ich habe nämlich auch dem Gabriel ein wenig über die Schulter geschaut. Und gesehen, was da noch so in der Dose ist.

5

Beim Thema *Liebesbeweis* gehen die Meinungen ja stark auseinander. Das fängt schon beim *Ich liebe Dich* an. Das sagen viele nicht mehr, weil sie Angst haben, dass ihre Beziehung dann so ausgeleiert wird, wie diese drei Wörter.
Der Liebesbeweis in der Tupperdose hat bei unseren vier Geocachern auch unterschiedliche Reaktionen hervorgerufen.
Der Gabriel hat ihn altersbedingt gar nicht als solchen erkannt.
Der Liebesbeweis, der einen Hannes reagieren oder gar etwas sagen lässt, muss erst noch erfunden werden. Vielleicht eine viermotorige Cessna mit einem Spruchband, auf dem steht: *Hannes – mein Ein und Alles.* Natürlich nur, wenn die Cessna über seinem Kopf explodiert.
Die Helga hat gerufen: „Ein Liebesschloss!"
Dann hat sie zum Hannes geschaut. „So eins haben wir auch an den Eisernen Steg gehängt."
„Was ist ein eiserner Steg?", hat der Gabriel gefragt.
„Das ist eine Brücke", hat sie geantwortet, „bei uns in Regensburg."
So ein Schloss ist ja der letzte Schrei bei den Liebesbeweisen. Da lässt du dir als Paar beide Namen auf ein Vorhängeschloss gravieren, und meistens kommt auch der Jahrestag mit drauf. Dann fährst du zu einer Brücke deiner Wahl, hängst das Schloss ans Geländer und wirfst den Schlüssel ins Wasser. In Großstädten müssen sich die Liebenden zu den Stoßzeiten hinten anstellen.
An den Brücken, meine ich. Vor einigen Jahren ist ein behängter Laternenmast auf der Milvischen Brücke in Rom von der Liebeslast abgeknickt. Ja gut, sagst du, Italien halt. Groß Amore, aber Pfusch am Bau. Selber schuld, sag ich, kommt ja auch von da, der Brauch.

Bei dem Schloss hat man übrigens die Gravur noch nicht gesehen, weil es verkehrt herum in der Dose gelegen ist. Der Frank war recht blass geworden, und als der Gabriel nach dem Schloss hat greifen wollen, hat er laut gerufen: „Nicht!" Der Gabriel hat seine Hand ruckartig wieder zurückgezogen.
„Papa! Was ist denn?"
„Entschuldige", hat der Frank gemurmelt, „aber das Schloss ist total dreckig." Gerufen hat er aber, als ob da ein Skorpion in der Dose lauert.
„Das ist nur ein bisserl Flugrost", hat die Helga gesagt, gelächelt, und das Schloss aus der Dose geholt. Rostige Romantik. Im Film hätte ich jetzt bestimmt in Zeitlupe gesehen, wie die Helga das Schloss umdreht, weil, wichtiger Moment. Aber ich liege ja nicht auf der Couch vor dem Fernseher, sondern im Sterben. Da ist so eine Schlossumdreh-Szene ruckzuck beendet, und du liest die Gravur auf der Vorderseite:
Michaela und Frank – 12.12.2012
Noch blasser hat der Frank wohl nicht werden können, sonst hätte er diesen Moment sicher genutzt. Stattdessen hat er die Hand in seine rechte Jackentasche gesteckt und die Finger um den Schlüssel mit dem *Nichtschwimmer*-Schildchen gelegt. *Alte Liebe rostet nicht*, sagt ja der Italiener. Aber junge eben schon, und dieses Schloss haben der Frank und sein Betthupferl erst vor einem Monat an die Thalkirchner Brücke gehängt und den Schlüssel in die Isar geworfen. Meint zumindest die Michaela, in Wirklichkeit hat der Frank ein Hustenbonbon in den Fluss geworfen und den Schlüssel eingesteckt. Frank'sche Bindungsangst, und weil es auch nicht seine bescheuerte Idee gewesen ist mit dem Liebesschloss. Genauso wenig, wie der 12.12.12 ihr Jahrestag war, aber ungefähr, hat die Michaela gesagt, und dass so ein irres Datum nie wiederkehrt.
„*Wie* heißt deine Frau?", hat Hannes gefragt.
Der stumme Hannes reiht gleich vier Wörter aneinander.
„Barbara."

„Ach so."
„Das hat aber nicht lang gehalten", hat die Helga zum Frank gesagt.
„Was?", hat der gekrächzt und sie wie die Fleisch gewordene Justitia angeschaut.
„Diese Liebe", hat sie gesagt und auf das Schloss gezeigt, „nicht mal ein halbes Jahr."
Der Frank hat genickt, wie in Zeitlupe.
„Frank, du bist ja ganz käsig im Gesicht. Alles okay?"
Der Frank weiter genickt. Während Helga und Hannes nur einen abgehängten Liebesbeweis gesehen haben, hatte er den endgültigen Beweis dafür, dass seine Affäre aufgeflogen war. Zur Rache-Cache-Frage waren sich diesmal alle Gedanken in seinem Hirnkastl einig:
Barbara ist den beiden heimlich zur Thalkirchner Brücke gefolgt, so gekonnt, dass selbst der Matula den Hut gezogen hätte.
Barbara hat den Schlüssel am Abend aus Franks Jacke gezogen.
Barbara hat den Geocache gelegt.
Barbara, Barbara, Barbara, alle Gedanken zum Plus im Frank'schen Analysemodul.
Nein, einer ist schon zum Minus: Wie hatte die Barbara das alles herausfinden können (Michaela hatte er ja bereits als mögliche Rache-Cache-Legerin weganalysiert)?
Den Kinobesuch, das Liebesschloss und vor allem Franks Kosenamen für Michaela: Käferchen. Einzige Möglichkeit: Franks Handy. Aber er hatte doch immer schnell die Nachrichten gelöscht, die er mit der Michaela ausgetauscht hat. Zumindest recht bald. Oder?
„Papa?"
„Ja?"
„Ob du ihn noch hast?"
„Ob ich wen hasse?"

„Wahnsinnig lustig, Papa!“, hat der Gabriel gerufen und hilfesuchend zur Helga geschaut.
„Dein Papa war in Gedanken gerade woanders, Gabriel“, hat sie gesagt, und freilich: gelächelt. Und stimmt auch, der Frank hat den Gabriel nicht ärgern wollen, sondern dessen Frage wirklich nicht mitbekommen. Die Frage nach dem *Nichtschwimmer*, den der Frank in seiner Jackentasche wie einen Anti-Stress-Ball gequetscht hat.
Der Gabriel hat der Helga das Schloss aus der Hand genommen und seinem Papa vor das blasse Gesicht gehalten.
„Hast du den Schlüssel, Papa?“, hat er gefragt und mit seiner anderen Hand eine drehende Bewegung über dem Vorhängeschloss gemacht. Und dank dieser unterstützenden Gebärde hat es schließlich doch noch geschnackelt beim Frank.
„Hier“, hat er gesagt, und dem Gabriel den Schlüssel hingehalten.
Der Gabriel hat ihn ins Schloss gesteckt, gedreht und den Bügel aufspringen lassen.
„Jawohl!“, hat der Hannes gerufen und den Daumen nach oben gestreckt, „wo habt ihr denn den Schlüssel her?“
Der ist jetzt langsam richtig warm gelaufen.
„Der war in dem Cache gestern“, hat der Gabriel gesagt.
„Und warum steht da *Nichtschwimmer* drauf?“
Gabriel hat mit den Schultern gezuckt.
„Vielleicht, weil er nicht in den Fluss geworfen worden ist“, hat die Helga gesagt, „weißt du noch, Hannes? Wir haben unseren damals in die Regen ...“
Während sie versonnen gelächelt hat, ist kein Ton aus dem Hannes gekommen.
Aber aus dem Gabriel: Der hat wie ein amerikanischer Präsident bei der Unabhängigkeitserklärung verkündet:
„Der Trackable hat sein Ziel gefunden!“
Worauf zwei von drei Erwachsenen gelächelt haben.
Nur der eine, der den Satz auch verstanden hat, nicht.

„Komisch, hier steht nirgendwo, was man mit dem Trackable jetzt machen soll“, hat der Gabriel gesagt, „was stand denn auf der Geocaching-Seite, Papa?“
Während die Helga immer noch beim Gabriel und seiner Tupperdose gestanden ist, hatten sich Frank und Hannes auf den grasigen Boden gesetzt und mit dem Rücken an den Felsen gelehnt, zwei Meter links von der Fundstelle des Geocaches. Wahnsinnig bequem war es da gar nicht zum anlehnen, weil die Felswand schräg nach hinten verlaufen ist.
„Dass der Schlüssel wieder nach Hamburg reisen soll“, hat der Frank gesagt.
Er hat sich jedes Wort einzeln erarbeiten müssen und war immer noch ganz weiß im Gesicht.
„Und wieso passt er dann in dieses Schloss?“
Schulterzucken beim Frank.
„Magst du es haben, Papa?“
„Was?“
„Das Schloss. Weil da doch dein Name draufsteht.“
„Dann fehlt nur noch eine Michaela“, hat der Hannes gesagt, ohne den Kopf zum Frank zu drehen.
Geh, verreck, das Geocaching hat den Hannes wirklich aus seiner Sprachlosigkeit herausgeholt. Oder der Frank?
„Nein danke, Gabriel“, hat der Frank gesagt, „lass das Schloss drin.“
„Dann behalt ich es“, hat der Gabriel gesagt.
„Das bringt dir doch nichts!“, hat der Frank gegrunzt, „ohne Schlüssel.“
„Doch. Ich kann es bei mir daheim wo ins Zimmer hängen. An den Griff von meinem Schrank“, hat der Gabriel gesagt und gelacht.
Genau, das freut auch sicher die Mama.

„Bitte jetzt“, hat der Frank gesagt und dabei bemerkt, wie der Hannes grinst, „tu es in die Dose und nimm was anderes. Ist denn sonst nichts drin?“

„Doch. Ein rosa Kreisler“, hat der Gabriel gesagt und dabei ein Gesicht gemacht, wie es alle Buben bei rosa und lila Dingen machen, „und ein Ring. Mit einem goldenen Schildchen dran.“

„Kreisel, Gabi. Dann nimm halt den Ring.“

Gabriel hat einen goldenen Ring aus der Dose geholt und auf den Finger gesteckt.

„Der ist mir zu groß“, hat er gesagt und den Text auf dem Schildchen gelesen. Während dem Lesen hat er immer kräftiger seine Stirn gerunzelt und schließlich festgestellt:

„So ein Schmarrn! Da steht ein totaler Käs.“

„Dann verstehst du es halt nicht“, hat der Frank gesagt, „gib mal her.“

„Doch, klar versteh ich es, aber es ist halt ein richtiger Schmarrn. Der Ring soll zum Geigelstein. Obwohl er nicht mal ein Trackable ist!“

„Jetzt gib her.“

Geben, nicht werfen, trotzdem hat der Bub Zweiteres getan. Und das auch nicht gut, weil der Ring nicht zum Frank geflogen ist, sondern über ihn, an den Felsen, und von dort dem Hannes auf den Kopf. Der hat den Ring genommen, den Text auf dem Schildchen gelesen und auch die Stirn gerunzelt. Anschließend hat er die Gravur auf der Innenseite des Rings gelesen. Und zum Frank herübergegrinst.

„Ist was?“, hat Frank gesagt.

„Verheiratet?“

„Ja, Hannes“, hat er genervt erwidert, „bin leider schon vergeben.“

„9. August 2003?“

Plötzlich ist in Franks Gesicht wieder Farbe zurückgekehrt, und zwar auf einen Schlag, als ob es der Hannes mit *Photoshop* bearbeitet hätte.
„Sagt mir nichts“, hat Frank gesagt, und die Hand ausgestreckt.
Hannes hat ihm den Ring hingehalten, aber als Frank danach hat greifen wollen, wieder zurückgezogen. Das ist ihm wahrscheinlich seit der Schulzeit nicht mehr passiert. Aber wie gesagt, der Sepp, das ältere Ehepaar und jetzt der Hannes: Ich meine eben, der Frank zieht so Leute an.
Seine Gesichtsfarbe ist jetzt auf einen Schlag noch mal dunkler geworden, als ob der Hannes das Farbfeld *Bordeaux-Rot* gedrückt hätte.
„Hannes!“, hat Helga gesagt.
Und weil diesmal so gar kein Lächeln in ihrem Gesicht gewesen ist, hat er Frank den Ring gegeben.
Der hat sich die Gravur angeschaut. Außer dem Datum hat da noch der Name *Frank* gestanden. Beides getrennt durch ein Kreuz. Und freilich hat ihm beides etwas gesagt, am 9. August 2003 hat er seine Barbara geheiratet.
Fremd ist ihm Barbaras Ring vorgekommen, er hatte den gleichen am Finger, mit ihrem Namen darin. Er konnte sich noch gut daran erinnern, wie ihn der Juwelier damals verarscht hatte, als er Franks Verwunderung bemerkt hatte. „Wir können *Frank* auch in *Ihren* Ring gravieren, falls Sie den Namen leicht vergessen.“
Hatte die Barbara das wirklich getan? Ihren Ehering in eine blaue Tupperdose und das Ganze in eine moosige Felsspalte gelegt?
Sein Ring ist dem Frank ja mal bei der Michaela daheim abhandengekommen. Den Ehering nimmt er ja im Gegensatz zu ihr beim Außerhalbgrasen immer ab, da lässt er sich nichts nachsagen. Erst zwei Tage später hat ihn die Michaela aus der Matratzenspalte gezogen.

Ja, freilich, die Michaela ist auch verheiratet. Habe ich das nicht gesagt? Aber gedacht bestimmt. Ist auch nicht wichtig. Nicht mehr.
Kommt schon noch. Kommt alles.

7

Er muss keine Gämsen mehr jagen,
sie nicht mehr dies Fangeisen tragen.
Bringt Schatulle und Ring er zur letzten Station,
bekommt er dort den verdienten Lohn.
Frühmorgens am Geigelstein soll es enden,
doch muss er kommen ohne Frucht seiner Lenden.

N 47°42.457'
E 12°20.073'

Kapitel 6

1

Gämsen jagen. Gemsjäger heißt die Michaela mit Nachnamen, aber diesen Zaunpfahl hätte der Frank gar nicht gebraucht. Hat sich auch mehr wie ein Pfahl im Herzen angefühlt.

Jetzt könnte man ja annehmen, dass sich der Frank nach der Lektüre von diesem Gedicht noch sicherer war, dass die Barbara den Cache gelegt hat. War er aber nicht.

Im Gegenteil, in seinem Analysemodul hat sich jetzt doch wieder ein Gedanke zum Minus getraut: Die Barbara schreibt doch nicht *Fangeisen* für Ehering. Das war Franks Vokabular, und das von manch anderem Mann. Und noch ein Gedanke, der zum Minus ist: Mit *Frucht seiner Lenden* war das Gedicht sakral angehaucht, wie schon der ganze Geocache. Nur war seine Frau gar nicht bibelfest, sie hatte das Römisch-Katholische schon im jungen Erwachsenenalter verlassen und sich ihren Glauben fortan selbst zusammengeschustert. Den Gabriel haben sie nicht getauft und in der Schule in Ethik geschickt. Als sie dort die Weltreligionen durchgenommen haben und der Gabriel seine Mutter gefragt hat, warum sie eigentlich nirgendwo Mitglied ist, hat sie gesagt: „Ich glaube an Gott, und nicht an das, was sich die Menschen über Gott erzählen."

Darum hat sich auch dieser Gedanke fürs Minus entschieden, *Frucht seiner Lenden* war keine Frucht ihres Gehirns. Klar hat sie in dem Gedicht nicht schreiben können: „Doch muss er kommen ohne den Gabriel." Weil, wenn das der Gabriel liest. Außerdem reimt es sich dann nicht auf *enden*.

Die Mehrzahl von Franks Gedanken sind sich in der War-es-die-Barbara-Frage aber dennoch beim Plus auf den Füßen gestanden, das Plus also vergleichbar mit dem Frauenklo in

der Theaterpause, das Minus mit dem Männerklo. Auch weil Männer nur dann aufs Klo gehen, wenn sie wirklich müssen.
Und ein Gedanke, der ist so zwischendrin gehangen, nicht Plus, nicht Minus, nicht mal richtig Gedanke. Das kennst du vielleicht, das war so ein Gedanke im Embryonalstadion. Wenn den dann später ein Anderer ausspricht, dann entbindest du den augenblicklich auch in deinem Hirn, und sagst: „Ja, genau!“ Oder: „Stimmt! Das ist mir auch spanisch vorgekommen.“
Was war jetzt das Spanische an Franks Embryonalgedanken? Hören wir mal rein:
„Gämsen, Gemsjäger, Barbara?“
Du siehst also schon, frühes Embryonalstadion.
„Das Schloss nehme ich doch nicht“, hat der Gabriel gesagt, und sämtliche Gedankengänge durchbrochen, „das gehört bestimmt zum Trackable dazu. Ich nehme den Kreisler. Und tu dafür den Flummi rein.“
„Kreisel“, haben Helga und Frank gleichzeitig gesagt.
Ein Wahnsinn, im Übrigen, dass er den Hupfball noch gehabt hat. Normalerweise sind die ja nach spätestens drei Würfen unauffindbar in der Botanik verschwunden.
Hannes hat Frank angeschaut und auf den Ring gezeigt.
„Eines versteh ich nicht. Das sind doch die Koordinaten zum nächsten Geocache, oder?“
„Zur letzten Station, ja.“
„Aber wenn du den Ring mitnimmst, findet die doch nach dir keiner mehr.“
War wirklich kein idealer Einstieg ins Geocachen für Hannes und Helga, dieser Rache-Cache.
„Die Koordinaten stehen auch noch mal im Logbuch“, hat der Frank gesagt.
Lügen kann er ja.
„Echt?“, hat der Gabriel gesagt, „zeig mal her.“

Und so schnell fliegen einem die kurzen Beine um die Ohren. Gabriel hat der Helga die Tupperdose in die Hand gedrückt und war mit zwei Sprüngen beim Frank.
„Nein“, hat der gerufen und nach dem Logbuch greifen wollen, das rechts neben ihm im Gras gelegen ist. Aber sein Sohn war schneller, hat sich das Buch genommen, und durchgeblättert.
„Keine Koordinaten, Papa, da hast du dich getäuscht.“
Mit dem Schuleintritt hört das ja langsam auf, dass die Kinder ihren Eltern alles abkaufen.
„Dann schreibe ich sie halt jetzt rein“, hat der Frank gesagt, und auf das Logbuch gezeigt, „gib her“.
Der Gabriel hat ihm das Logbuch gegeben. Der Frank hat die Koordinaten vom Ring abgeschrieben, und ihm das Buch zurückgegeben.
„Und du kennst sicher keine Michaela?“, hat der Hannes gefragt, und den Kopf zum Frank gedreht. Ohne zu grinsen.
Der Frank hat ihn nicht angeschaut, sondern hoch zur Helga, und langsam den Kopf geschüttelt.
Der Gabriel hat den Kreisel in seine Hosentasche gesteckt, das Logbuch in die Tupperdose und diese geschlossen. Ohne den Ring, den der Frank eingesteckt hat.
„Machen wir den heute noch?“, hat der Gabriel gefragt.
„Was?“
„Den Geocache“, hat der Gabriel gesagt, „die letzte Station. Auf dem Geigelstein.“
Der Frank hat den Gabriel angeschaut. Die Frucht seiner Lenden. Die nicht mit auf den Geigelstein sollte.
„Morgen früh, Gabriel. Steht doch auf dem Schildchen.“
„Darf er denn mit?“, hat der Hannes gefragt.
„Natürlich darf ich mit!“, hat ihn der Gabriel wissen lassen.
„Wieso soll denn der Bub nicht mitdürfen?“, hat die Helga gefragt.
Worauf der Hannes nur mit den Schultern gezuckt hat.

„Ich darf doch mit, oder Papa?“
„Dürfen schon, klar“, hat der Frank gesagt.
Da hat er sich noch ein Hintertürchen auflassen wollen.
„Und ich *gehe* auch mit, gell?“
Der Gabriel das Türchen aber gleich wieder zugeschlagen. Sprachlich machst du ja den Nuller-Jahrgängen nichts vor, da hat die Lehrerin vom Gabriel schon Recht, die Gribben verstehen auch sprachliche Feinheiten.
Der Frank hat zur Antwort genickt, aber wohl ein bisserl zu lätschert, weil der Gabriel jetzt gleich mal grundsätzlich geworden ist:
„Geocaching ist immer auch für Kinder!“
Wahrscheinlich haben es sogar Kinder erfunden. Nur immer an Ostern zu suchen ist ja nix.
„Da steht doch auch nirgendwo, dass ich nicht mitdarf.“
Jetzt haben Frank und Helga den Hannes angeschaut, wahrscheinlich, weil er den Stein ins Rollen gebracht hat.
„Hannes?“, hat die Helga gefragt und mit ihrem Ton deutlich gemacht, dass nun ein Schulterzucken nicht mehr genügt.
„Da steht“, hat der Hannes gesagt und auf den Ring in Franks Hand gezeigt, „dass man ohne seine Kinder kommen soll. Vielleicht ist der letzte Catch ja nicht jugendfrei.“
„Cache“, hat der Frank verbessert.
„Das steht da nicht“, hat der Gabriel gerufen, „stimmt's, Papa?“
Jetzt haben alle den Frank angeschaut.
„Doch, Gabriel, das steht da schon, halt in anderen Worten.“
„Du bist die Frucht seiner Lenden, Gabriel“, hat der Hannes gesagt, „das bedeutet, dass Frank dein Papa ist. Väter dürfen also rauf, aber nicht mit ihren Söhnen.“
„Aber das ist doch Scheißdreck“, hat der Gabriel gerufen und hilfesuchend die Helga angeschaut. Die natürlich zurückgelächelt hat. Trotz Schimpfwort.

„Wenn da jetzt ein 80 Jahre alter Mann mit seinem 50 Jahre alten Sohn Geocaching macht, dann darf der Sohn ja auch mit“, hat der Gabriel gesagt, „oder?“
Nicht bei einem Rache-Cache, lieber Gabriel. Der Achtzigjährige schnackselt halt auch nimmer fremd.
„Und der 20 Jahre alte Enkel sogar auch“, hat der Hannes wenig hilfreich beigesteuert. Und:
„Ich versteh dich, Gabriel. Totaler Schwachsinn, das Gedicht.“
„Genau, drum darf ich mit“, hat der Gabriel gesagt und zu seinem Papa geschaut, „bitte.“
Der Frank hat versucht, seinen Sohn zu ignorieren.
Wird ja oft probiert von Eltern, hilft aber selten.
Ganz starr war er jetzt, der Frank, wie ein Salamander, der die Betriebstemperatur noch nicht erreicht hat.
Als ihn die drei aber lange genug angeschaut haben, hat er ganz langsam genickt.

2

„Hallo, Frank. Du, ganz kurz, ja? Bei mir ist es gerade schlecht."
„Ja, Barbara, mir ist auch schlecht", hat der Frank ein bisserl zu laut ins Handy gesagt. Da ist jetzt zu dem Haupt-Grant wegen dem Rache-Cache noch ein Extra-Grant dazu gekommen. Wegen dem „ganz kurz" von der Barbara. Bekommt ja kein Mann gern, so eine verbale Watschn.
„Ist alles in Ordnung bei euch?", hat die Barbara geflüstert. Vielleicht in der Hoffnung, dass sich der Frank von der Lautstärke her anpasst.
„Nein, alles nicht", hat der Frank laut gesagt, „der *Geocache* ist nicht in Ordnung. Gar nicht in Ordnung."
So laut, dass sich einige Gäste zu ihm umgedreht haben. Obwohl er sich eh schon ans äußerste Ende der Terrasse gesetzt hat. Ohne seine drei treuen Begleiter. Den Gabriel hat er in die Hütte aufs Zimmer geschickt, mit der Erlaubnis, dort mit seiner Spielkonsole zu spielen. Helga und Hannes haben sich freiwillig zurückgezogen, solch einen Premieren-Cache muss man erst mal verdauen.
„Dann hört doch auf mit dem Cache. Wenn er euch keinen Spaß macht. Frank, können wir später ...?"
„Der Cache macht vor allem *mir* keinen Spaß. Barbara!"
„Wie gesagt, ist ja kein Muss. Wundert mich ehrlich gesagt auch nicht, dass er *dir* keinen Spaß macht. Frank, ich muss jetzt wieder ..."
„Warum, Barbara?"
„Weil jetzt gleich der nächste Vortrag anfängt?"
Ja, sie hat das als Frage formuliert.
„Scheiße, warum du das gemacht hast, will ich wissen."
Jetzt haben wieder einige hergeschaut. Frank hat zwar inzwischen auch geflüstert, aber so gepresst. Kennst du bestimmt, so ein heiseres Brüllen, quasi.

„Was habe ich denn gemacht?"
Jetzt hat Frank das Handy für einen Augenblick vom Ohr genommen und ungläubig darauf geschaut. Aber kein Hinweis auf dem Display: *Barbara Schramm – Status: kaltblütige Doppelagentin.*
„Noch mal, Barbara. Warum?"
„Das war *deine* Entscheidung, Frank. Nicht meine."
„Warum sagst du es mir nicht einfach ins Gesicht?"
Ja, genau, so wie er ihr.
Die Barbara hat in ihr Handy geschnauft.
„Ins Gesicht? Hab ich doch."
„Was?"
„Ja doch. Ich habe dir gleich gesagt, dass das schwierig wird, vier Tage allein mit dem Gabi."
Nennt die ihn auch noch Gabi.
„Barbara, bitte jetzt! Ich rede nicht vom Gabi. Ich rede von Gämsen, die ich nicht mehr jagen muss."
Ja, verreck. Eine Beichte sieht aber auch anders aus.
„Gämsen jagen? Frank, ich versteh nur Bahnhof."
Während die beiden geschwiegen haben, sind Helga und Hannes auf die Terrasse gekommen. Frank hat sich noch ein wenig tiefer in die Ecke geduckt.
„Frank, geht es dir gut?", hat die Barbara gefragt.
„Freilich. Wunderbar geht es mir."
Freilich, Frank, noch ist die weiße Weste nicht verloren. Bei einer Langzeitwette *Wann gibt Frank seine Affäre zu?* hätte ich mein ganzes Geld auf *Niemals* gesetzt. Weil er ein falscher Fuffziger ist. Und bleibt.
„Ich geh jetzt wieder rein zum Vortrag", hat die Barbara gesagt, im Ton einer herzensguten Krankenschwester, „lass uns das nachher klären, ja?"
Wie die Krankenschwester in einer psychiatrischen Klinik.
„Du hast den Cache gelegt, Barbara."
„Was?"

Helga und Hannes haben jetzt Kurs auf Franks Tisch genommen.
„Gib es zu!“
„Was soll ich zugeben?“
„Dass Du den Geocache gemacht hast.“
„Hä?“
„Um dich zu rächen.“
Stille in der Leitung.
„Barbara?“
„Spinnst du jetzt komplett, Frank? An wem soll ich mich denn rächen? An dir?“
Das wäre jetzt noch mal eine Chance gewesen. Ich an seiner Stelle hätte ja schon beim letzten Telefonat reinen Tisch gemacht. Nein, ich hätte den Tisch erst gar nicht versaut, ich bin kein so ein Hundsgribbe wie der Frank, und nehm dem anderen die Frau weg. Fremdgehen ist mir total fremd.
„Wegen was denn rächen?“
„Vergiss es, Barbara“, hat der Frank gesagt, „geh zu deinem Vortrag.“
Jetzt haben beide nur in ihre Handys geschnauft.
„Okay, Frank, bis nachher“, hat sie gesagt, wieder im Krankenschwestern-Ton, „und ruh dich ein bisschen aus, ja? Ciao.“
„Ja, ciao“, hat der Frank gesagt und tief Luft geholt, „und du mich auch.“
Wieder heiser gebrüllt, wovon die Barbara aber nur noch das „ciao“ mitbekommen hat, weil sie danach aufgelegt hat. Dafür haben Helga und Hannes alles gehört, weil sie schon fast bei ihm angekommen gewesen sind. Und weil du dieses gepresste Flüstern besser hörst als alles andere.
„Ist alles in Ordnung?“, hat die Helga gefragt.
„Ja, alles.“
Die Helga hat den Hannes angeschaut und anschließend den Frank gefragt:

„Dürfen wir uns zu dir setzen?"
„Ja, freilich."
Glatt gelogen, der Frank hätte lieber in Ruhe das Telefongespräch durch sein Analyse-Modul gejagt. Fragestellung natürlich weiterhin: „Hat Barbara den Geocache gelegt?"
„Und, darf der Gabriel morgen mit?", hat Hannes den Frank gefragt.
„Ja, freilich."
Der Frank hat versucht, möglichst wenig Hirn-Kapazität in diese Unterhaltung zu stecken, Autopilot.
Währenddessen ist schon der erste Gedanke im Analyse-Modul zum Plus gelaufen, sprich, Barbara war's: ihre Anspielungen. Dass es sie nicht wundere, wenn der Cache *ihm* keinen Spaß mache, und dass es *seine* Entscheidung gewesen sei, nicht ihre.
„Geht ihr nach dem Geigelstein weiter zur Kampenwand?", hat die Helga gefragt.
„Ja, genau."
Da merkt man den Autopiloten natürlich schon. Noch ein Gedanke ist zum Plus: Die Barbara gibt natürlich nicht zu, dass sie den Cache gelegt hat, so kurz vor Schluss. Damit verdirbt sie sich ja den ganzen Spaß.
„Wir gehen morgen runter nach Sachrang", hat die Helga gesagt, „dann geht's mit dem Zug wieder heim."
„Freilich, ja", hat der Autopilot geantwortet, und einen Augenblick später hat der Frank noch manuell nachgeschoben: „Ah, mit dem Zug."
Zum Minus ist nur ein Gedanke gelaufen, der aber mehr geworden hat, als die beiden anderen zusammen:
Gämsen jagen hat der Barbara nichts gesagt, da hat sie nicht geschauspielert.
„Da kommt ja der Sohnemann", hat Hannes nach einem Blick zur Terrassentür gesagt.

„Sohnemann, ja“, hat der Frank noch gesagt, dann hat ihn der Sohnemann aus dem Autopiloten herausgeholt.
Gabriel war zwar noch vier Tische entfernt, aber seine Stimme ist bereits bei den Dreien angekommen:
„Papa! Die Batterien sind leer!“
Dazu hat er seine Spielkonsole in der Luft geschwenkt.
„Haben wir noch Batterien?!“
Drei Tische Entfernung, trotzdem wunderbar verständlich für Helga, Hannes und Frank. Und die restlichen Gäste. Frank hat zum Gabriel geschaut und mit seinem Zeigefinger mehrmals auf die Lippen getippt.
„Sonst kaufen wir welche!“, hat der Gabriel gebrüllt.
Zwei Tische Entfernung. Nachdem er nicht leiser zu bekommen war, hat Frank jetzt versucht, den Gabriel mit einigen heftigen Wink-Bewegungen anzutreiben.
„Gibt es hier Batterien?!“, hat der Gabriel gefragt.
Ein Tisch Entfernung.
„Kannst du vielleicht noch lauter plärren?!“, hat der Frank gefragt.
Auch nicht leise, nebenbei bemerkt.
Der Gabriel hat das Batteriefach der Konsole geöffnet und seinem Vater die Batterien in die Hand gedrückt.
„Und was soll ich jetzt damit? Die kannst du wegschmeißen, Gabriel.“
„Die darf man doch nicht in den normalen Müll werfen, Papa.“
Der Hannes hat das durch ein Nicken bestätigt.
„Noch mal“, hat der Frank gesagt, „was soll *ich* damit?“
„Wenn du nachher beim Wirt nach neuen Batterien fragst, kannst du ihm zeigen, welche du brauchst.“
„Welche *ich* brauche?“
„Bitte, Papa, sag *na guuut.*“
„Nein“, hat der Frank gesagt, und dabei die Batterien in die seitliche Tasche seiner Wanderhose gesteckt, „wenn die Kon-

sole leer ist, ist sie leer. Die Mama hätte dir eh nicht erlaubt, die mitzunehmen."

„Aber jetzt hab ich sie halt dabei", hat der Gabriel gesagt, und dabei die lächelnde Helga angeschaut, „und möchte sie auch nicht umsonst rumschleppen."

„Beim Wirt kann man Batterien kaufen", hat der Hannes gesagt.

„Danke, Hannes", hat der Frank gesagt, aber auf seinen fassungslosen Blick nur ein Ich-will-nur-helfen-Geschau vom Hannes zurückbekommen.

„Die sind bestimmt schweineteuer auf so einer Hütte, Gabriel", hat Frank gesagt.

„Ich kauf sie von meinem Taschengeld."

„Hast du das dabei?"

„Oh."

„Eben."

„Aber du kannst es mir doch auslegen."

„Nein, Gabriel, das fangen wir erst gar nicht an."

„Die Mama legt mir oft was aus!"

„Ja, aber die Mama hasst die Spielkonsole, Gabriel."

Jetzt haben sie sich ein bisserl im Kreis gedreht.

„Bitte, Papa. Muss auch nicht gleich sein. Du kannst hier noch sitzen bleiben und ein Bier trinken."

Übrigens auch nicht billig, obwohl die Preise auf der Priener Hütte noch recht moderat waren.

„Oh, danke, Gabriel."

Frank hat tatsächlich einen Schluck Bier getrunken. Und sich an seinen letzten Gedanken erinnert, kurz bevor der Gabriel auf der Terrasse aufgekreuzt ist:

Gämsen jagen hat der Barbara nichts gesagt. Falls die Barbara den Cache also doch nicht gelegt hat, wer dann? Doch die Michaela? Nein. Nicht zuletzt, weil sie so gar nichts mit den Bergen am Hut hat.

Dass auch Michaelas *Mann* den Rache-Cache gelegt haben könnte, ist dem Frank erst im ausgeschlafenen Zustand gekommen. Am nächsten Morgen, als er sich noch vor Sonnenaufgang auf den Weg zum Geigelstein gemacht hat. Na ja, ausgeschlafen ist da natürlich relativ.

Vielleicht wäre ihm der Verdacht noch am Abend gekommen, wenn nicht der Gabriel erneut in puncto Batterien nachgebohrt hätte. Das geht dir oft so als Vater, dass mögliche Geistesblitze erst gar nicht zünden, weil die Kinder ihre Bappn nicht halten können. Sind nicht umsonst die meisten Philosophen kinderlos.

Die Batterien hat er übrigens bekommen, der Gabriel, die schweineteuren. Aber nicht ohne Frank'schen Hintergedanken.

3

Kinder stehen ja immer wahnsinnig früh auf, bis zur Pubertät, ab da stehen sie dann wahnsinnig spät auf.
Drum ist das für den Frank gar nicht so leicht gewesen, sich aus dem Matratzenlager zu schälen, ohne dass der Gabriel aufwacht. Eine Stunde vor Sonnenaufgang. Während sich also der Frank im dunklen Schlafraum angezogen hat, war da immer die Angst im Nacken, dass gleich ein schläfriges „Papa?“ vom Sohnemann kommt. So einen Neunjährigen weckst du ja in den frühen Morgenstunden auf wie nichts, der ist da nur noch im Halbschlaf, da langt ein Euro, der aus der Hosentasche fällt, oder ein Cent-Stück. Ein Taschentuch. Der Frank hat sich aber die Hose angezogen, ohne dass da was rausgefallen ist, und er hat sich im dunklen Zimmer auch nirgendwo den Schädel angeschlagen, ist also unbeschadet aus dem Zimmer gekommen. Dass er da nicht auch noch daran gedacht hat, die Schatulle aus dem Rucksack vom Gabriel zu holen und mitzunehmen, ist verständlich.
Als er sich auf der Bank vor der Hütte die Wanderschuhe geschnürt hat, war der Sepp auch schon draußen bei einer Morgenzigarette. Weil, Senioren stehen wieder wahnsinnig früh auf. Der Canyon-Man hat ihm zugenickt und der Frank hat zurückgenickt.
„Hätte ich gar nicht gedacht, dass du so ein Frühaufsteher bist“, hat der Sepp gesagt.
Der Frank hat noch mal genickt.
„Wo geht’s denn hin?“, hat der Sepp gefragt.
„Geigelstein.“
„Ohne den Kurzen? Brauchst eine Sendepause.“
Stimmt. Von dir übrigens auch, hat der Frank gedacht, und wieder genickt. Wobei das mit der Sendepause ja keine Frage, sondern eine Feststellung vom Sepp war.

Der Frank ist losmarschiert, und hat den Zeigefinger zur Verabschiedung an den nicht vorhandenen Hut gelegt. Als er schon einige Meter am Sepp vorbei war, gerade, als er gedacht hat, geschafft, hat ihm der Sepp noch eine schnelle, kurze Frage in den Rücken geschossen:
„Und wer passt auf ihn auf?“
Der Frank ist stehen geblieben.
„Ich bin schnell wieder zurück“, hat er gesagt, ohne sich umzudrehen, „hab ihm einen Zettel geschrieben.“
Stimmt. Dass er spazieren ist, hat er da draufgeschrieben. Und dass der Gabriel mit der Spielkonsole spielen darf, bis er zurück ist. Für wie dämlich er den Gabriel hält, hat er aber nicht vermerkt. Aber verreck, was hätte der Frank auch schreiben sollen?
Bin duschen.
Helfe dem Hüttenwirt beim Frühstück herrichten.
Mache den Cache ohne dich.
Das Garmin hat der Frank zumindest im Zimmer gelassen.
„Einen Zettel“, hat der Sepp gesagt, mit einer Betonung, als hätte der Frank ein Hakenkreuz drauf gemalt, „so schnell sieht dich der Kurze da fei nicht wieder. Ich geh später auch noch auf den Geigelstein“, hat der Sepp gesagt. Und zwischen den Zeilen: „Und du hast nicht mein Tempo.“
„Der Gabriel kommt zurecht“, hat der Frank gesagt, und ist weitergegangen.
„Wenn du das sagst.“
Warum sorgt sich jetzt ein Sepp so um den armen Bub? Das passt schon, glaub mir. Der Sepp ist, wie er ist, der Gabriel auch, der Frank sowieso. Und ich - kann nichts machen, wenn das Schicksal Domino spielt. Wenn da ein Stein den nächsten umstößt, und du nur zuschauen kannst. Manchmal, da bist du machtlos.
Ja verreck, und manchmal - lügst du dir auch in die eigene Tasche. Weil du den Dominoeffekt doch hättest aufhalten

können. Indem du einen Stein aus der Reihe wegnimmst. Dieser kurze Moment, in dem zu lange gezögert hast, nicht gehandelt, Schockstarre. Das ist wie beim Staubsaugen, wenn du eine Spinne einsaugst, und du dir, während sie per Hurrikan durchs Rohr nach oben gewirbelt wird, sagst: „Da konnte ich wirklich nicht mehr reagieren." Doch, konntest du, aber den Staubsauger ausschalten, ein Glas und ein Stück Papier holen und die Spinne damit nach draußen befördern, das ist einem Teil von dir viel zu mühsam gewesen, Schicksal, sagst du nachher.

Die Spinne fliegt, die Steine fallen.

Aber am Ende trifft der letzte Dominostein dich. Stößt dich in den Abgrund. Du fällst und stirbst.

Was sollst du da machen.

4

„Galgenstein", hat der Frank gemurmelt, als er an dem handgeschriebenen Schild vorbeigelaufen ist. Er ist abrupt stehen geblieben, zwei Schritte zurückgegangen, und hat das Schildchen am Wegesrand noch mal gelesen. *Geigelstein – 45 Minuten.* In dunkelgrüner Schrift, mit einem langen Pfeil darunter. Geh verreck, bei so einem Verleser brauchst du keinen Psychologen zur Entschlüsselung. Wobei, vielleicht hat es auch ein bisserl an den Sichtverhältnissen kurz vor der Morgendämmerung gelegen.
Galgenstein. An manchen Tagen liegt der Tod schon in der Luft, das spürt dann selbst ein Frank.
Frank hat an die Barbara denken müssen. Daran, dass sie gestern Abend nicht mehr angerufen hat.
Er ist weitergegangen, in der steinigen rechten Furche vom Wanderweg. Zwischen den beiden Furchen ist das Gras gewachsen, kurz und spärlich. Einmal ist er auch gestolpert, der Frank, weil es immer noch ziemlich dunkel gewesen ist. Und weil sein Hirn weiter Fingerübungen gemacht hat. Aber kein Frank'sches Analyse-Modul. Trotzdem, oder vielleicht gerade deswegen oder vielleicht auch, weil Gedanken gerne spazieren gehen, ist dem Frank jetzt eine außergewöhnliche Frage in den Sinn gekommen:
„Wer könnte den Rache-Cache noch gelegt haben?"
Eigentlich recht naheliegend, die Frage, genauso wie die Antwort:
„Michaelas Mann."
Ja verreck, warum kommt jetzt so ein durchschnittlich heller Kopf nicht eher auf so was?
Weil er sich gegenüber der Barbara viel schuldiger gefühlt hat als gegenüber dem Mann von der Michaela. Weil ein Teil von seinem Gehirn, nennen wir es mal Gewissen, lange nur eine logische Konsequenz gesehen hat: Ich habe meine Frau be-

trogen, jetzt bestraft sie mich. Wer Wind sät, wird Sturm ernten.

Was mich jetzt wirklich überrascht, ist die Menge an Schuldgefühlen, die der Frank auch gegenüber dem Mann von der Michaela hatte. Einen richtigen Berg. Wenn ich das richtig sehe - und ich sehe ja immer mehr, während ich immer tiefer falle – dann tut ihm das richtig leid. Die Barbara vom Schuldberg her Mount Everest, oder naja, sagen wir K2, aber Michaelas Mann auch Mont Blanc. Oder zumindest Zugspitze. Ich hätte mich eigentlich wetten trauen, dass das ein Frank viel nüchterner sieht, also höchstens Walberg: „Michaela, bei der Schuld machen wir halbe-halbe, ich nehme die für meine Frau, und du die für deinen Mann. Dann ist es für keinen von uns beiden zu belastend."

Während die Sonne mit ihrem morgendlichen Aufstieg noch auf sich warten ließ, ist der Frank tapfer durch seine Furche aufwärts gestolpert und hat sich gedacht, dass er eigentlich gar nicht weiß, wie der Mann von der Michaela aussieht. Obwohl er schon im Haus der Gemsjägers gewesen ist, wenn auch überwiegend nur im Schlafzimmer. Aber bei denen findest du keine Fotos, nicht an den Wänden, nicht auf Kommoden, nirgends.

Auch von der Michaela hat der Frank praktisch nichts über ihren Mann erfahren, außer, wie er *nicht* ist. Dass er nicht so der romantische Typ sei. Aber seien wir ehrlich, bei den romantischen Typen steigst du als Frau zwar am höchsten, fällst aber auch am tiefsten. Oder sie hat dem Frank erzählt, wie ihr Mann *nicht* aussieht. Dass er nicht so viele Haare auf dem Kopf habe wie der Frank, bei weitem nicht. Mathematisch gesehen sind die sogar gegen null gegangen.

Und jetzt mach dir als Frank mal ein Bild von jemandem, von dem du weißt, wie er *nicht* aussieht und wie er *nicht* ist. Unmöglich. Halt, dass er ein Bergfex ist, gerne klettert, und auch mal wild in einer Grasmulde übernachtet. Biwakiert.

Die Michaela hat also kaum was von ihrem Mann erzählt, klar, da hatte sie ja den Mont Blanc im Kopf. Außerdem stört so was ja auch vor dem Schnackseln. Hinterher sowieso. Und währenddessen legst du eh ein Tuch über den Mont Blanc.

Die Sonne ist jetzt aufgegangen, im Rücken vom Frank, und hat den Wilden Kaiser in ein weiches Rot-Orange getaucht. Hat er aber nicht gesehen, ist stur weitergewandert und hat stattdessen auf zwei abgestorbene Fichten geschaut. Der unterste Ast von der linken war so lang, dass er fast bis zum Weg gereicht hat - wie der ausgestreckte Arm eines Toten. Es gibt ja so Tage, da siehst du überall böse Omen. Da müssen dann auch so Fichten-Skelette am Wegesrand als Unheilsboten herhalten, selbst wenn links und rechts zehn gesunde Bäume stehen.

Ja, und dann ist er plötzlich am Fuße des Geigelsteins gestanden. Der sieht ja aus wie eine breite dunkelgrüne Zipfelmütze, weil er ganz dicht mit Latschen bewachsen ist. Kleinwüchsigen Latschen, aber eben so dicht, dass man sich auch gut darin verstecken könnte.

Der Grat von Geigelstein, dieser sichelförmige äußere Rand, hat den Frank an den Grat vom Mount Everest erinnert. In diesen frühen Morgenstunden ist ein kaltes Lüftchen über den Grat geweht.

Wie der Wind, den ich auf meiner Stirn fühle. In einem Fahrzeug nennt sich der ja Fahrtwind, in meinem Fall vielleicht Fallwind.

Der Frank steht, atmet schwer, und schaut auf die sichelförmige grüne Kante des Geigelsteins. Neben ihm zwei Wegweiser-Schilder, rechts geht es weiter zum Gipfel, freilich, links zur Roßalm und weiter zur Kampenwand.

Stillstand beim Frank, schon auch deswegen, weil er nur halb so fit wie der Sohnemann und viertelt so fit wie der Sepp ist. Aber vor allem wegen der letzten Station des Geocaches. Seit ihm der Mann von der Michaela als möglicher Rache-Cacher in den Sinn gekommen ist, hat sich der Ärger in seinem Hirnkastl ab-, und die Angst aufgebaut. Stillstand also nur äußerlich beim Frank, während die Sonne ihren Lauf genommen hat und den Wilden Kaiser in ein helles Orange-Gelb verwandelt hat. Innerlich ist der Frank auf Hochtouren gelaufen, genauer gesagt sein Analysemodul. Du weißt ja nie, wie so ein gehörnter Ehemann gegenüber dem reagiert, der ihm die Dinger aufgesetzt hat. Da ist alles drin, von: „Find ich nicht in Ordnung." Bis: „Sirb langsam." Die vielen Gedanken, die sich da zum Minus gewälzt haben, kannst du dir also schon vorstellen, zum Plus ist eigentlich nur einer. Ein kläglicher: „Dann weiß die Barbara vielleicht gar nichts."

Und ob du es glaubst, oder nicht: Dieser Gedanke ist dem Frank jetzt richtig aufgestoßen. Ganz säuerlich, ja gärig.

Er hat einen Entschluss gefasst. Etwas, womit man beim besten Willen nicht rechnen konnte, niemand.

Er hat sein Handy rausgeholt, um die Barbara anzurufen.

Und als er gesehen hat, dass er keinen Empfang hat, ist sein Entschluss nicht sofort zusammengefallen wie der Turm eines Zweijährigen, nein. Er ist weitergewandert, um zu schauen, ob er ein Netz bekommt. Aber nicht Richtung Gipfel, und auch nicht zurück. Sondern nach links, Richtung Roßalm.

Wieder ein wichtiger Domino-Stein.

Warum läuft jetzt ein Frank nach links, während die letzte Station des Geocaches rechts liegt? Das hängt mit dem zweiten Teil seines Entschlusses zusammen:

„Ich tanze nicht mehr nach der Pfeife von wem auch immer."

Und darum:

„Ich breche diesen Geocache ab."

Und warum ist er dann nicht zurück zur Priener Hütte gelaufen, zum wartenden Sohn? Weil der zweite Teil seines Entschlusses noch einen Nachsatz gehabt hat, ein Nachwort: „Höchstwahrscheinlich."

„Bub, jetzt sei halt vernünftig“, hat der Sepp gesagt, und dem Buben dabei finster in die Augen geschaut.
Der Gabriel hat das ja gar nicht gemocht, diese Anrede mit *Bub*. Da hast du ihm 100 Mal sagen können, dass das bayrisch ist, und nicht heißt, dass du gerade den Windeln entwachsen bist. Nur das *Spatzi* von der Oma hat er noch schlimmer gefunden, oder eben *Gabi*.
„Ich bin schon ein Junge.“
„Trotzdem bleibst du da.“
Der Gabriel hat den Sepp einige Augenblicke angeschaut, wie er da so lässig an der Hauswand der Priener Hütte gelehnt ist. Dann hat er den Blick auf seine Schuhe gesenkt.
„Doch.“
In diesem Moment sind Helga und Hannes aus der Hütte gekommen, aufgepackt mit ihren Rucksäcken und je zwei Teleskop-Wanderstecken.
„Guten Morgen“, hat die Helga gesagt, „noch zwei Frühaufsteher.“
„Ja“, hat der Gabriel gesagt, der Sepp nicht mal genickt.
Vielleicht wegen den Wanderstecken, der Sepp war ja der Meinung, dass man solche Krücken nicht braucht. Wer seinen Füßen nicht traut - und damit meint er die bayrischen Füße, also hüftabwärts -, der sollte lieber daheimbleiben.
„Dein Papa horcht wohl noch an der Matratze, was?“, hat die Helga gefragt. Und natürlich den Gabriel gemeint.
„Was?“, hat der gefragt.
„Schläft dein Papa noch?“
„Nein, der ist ohne mich los“, hat der Gabriel gesagt, und Richtung Geigelstein gezeigt.
Na ja, eigentlich hat er fast in die entgegengesetzte Richtung gezeigt, was den Sepp noch ein wenig finsterer hat drein schauen lassen.

„Dann hat er uns gestern angelogen“, hat die Helga gesagt.
Der Gabriel hat energisch einige Male genickt.
„Das passt“, hat der Hannes gesagt, wobei aber nicht klar war, ob er damit das Verhalten vom Frank oder seine Wanderstecken gemeint hat. Er hatte nämlich gerade den zweiten Stecken auseinandergezogen und festgeschraubt.
„Wir können“, hat er anschließend verkündet und seine Helga angeschaut.
Die Helga hat zurückgeschaut, ja, wie soll man den Blick beschreiben, auf jeden Fall hat der Hannes sofort gewusst, dass sie noch nicht können.
„Der Frank ist einfach allein los, der macht den Geocatch ohne seinen Sohn“, hat sie gesagt.
„Wortbruch“, hat der Hannes gesagt und genickt.
„Und was jetzt?“, hat die Helga in die Runde gefragt.
„Jetzt wartet der Bub“, hat der Sepp gesagt, gerade, als der Gabriel den Mund geöffnet hatte, „wartet, bis sein Vater zurück ist.“
Der Gabriel hat den Mund wieder geschlossen und den Kopf geschüttelt.
„Gabriel?“, hat die Helga gefragt.
„Ich geh zum Geigelstein.“
„Würde ich auch“, hat der Hannes gesagt.
Die Helga hat ihm einen genervten Blick zugeworfen, einen Blick, den sie mit ihrem Hannes wohl schon jahrelang hat üben können.
„Allein kann er da nicht rauf“, hat die Helga gesagt, und dabei den Sepp angeschaut.
Der hat genickt und die Handinnenflächen nach oben gestreckt. Quasi: meine Rede.
„Hast du die Handynummer von deinem Papa?“
„Was?“
Also nein.
„Kannst du deinen Papa anrufen?“

Der Gabriel hat den Kopf geschüttelt.
„Wann ist er denn los?“, hat die Helga gefragt.
Der Gabriel hat den Sepp angeschaut.
„Vor einer Viertelstunde“, hat der gesagt.
„Dann könnte er ihn noch einholen“, hat die Helga gesagt, „wenn ihn ein Erwachsener begleitet.“
Hannes hat jetzt konzentriert seine Schuhe angeschaut.
Ja ja, aber kurz vorher noch Wind säen, indem er den Gabriel ermuntert, loszugehen.
„Wir müssen leider unseren Zug in Sachrang erwischen“, hat die Helga gesagt, worauf der Hannes zwei Mal heftig seinen Schuhen zugenickt hat.
Die Helga hat den Sepp angeschaut, und der hat den Blick erwidert. Klar, Canyon-Man schaut doch nicht auf seine staubigen Schuhe.
„Wo wollen Sie denn heute noch hin?“, hat die Helga gefragt.
„Frühstücken.“
„Und danach?“
„Zum Geigelstein“, hat der Sepp gesagt, und dabei in die richtige Richtung gezeigt, „allein.“
Gabriel hat augenscheinlich gar nicht mitbekommen, dass gerade über seine nähere Zukunft verhandelt wird, und sich drum auch nicht beteiligt. Stattdessen hat er sein Garmin aus der linken Jackentasche geholt. In der rechten ist übrigens die Schatulle gesteckt. Weil ein Gabriel freilich an so was denkt.
„Ich gehe jetzt los“, hat er gesagt, aber als er am Sepp vorbeigehen wollte, hat dieser die Hand auf Gabriels Brust gelegt, und den Kopf geschüttelt.
„Bitte“, hat Gabriel gesagt, „wenn ich gleich losgehe, hole ich meinen Papa noch ein. Der ist nicht so schnell.“
„Du verläufst dich doch bloß wieder“, hat der Sepp gesagt.
„Diesmal nicht“, hat der Gabriel gesagt, und das Garmin in die Höhe gehalten, „ich habe den Kompass geeicht.“
Der Sepp hat einen müden Blick auf das Gerät geworfen.

„Ja, freilich."
Mit viel Sarkasmus getränkt. Die Hand hat er nicht von Gabriels Brust genommen.
„Herr ...?", hat die Helga gesagt.
„Ich bin der Sepp."
„Bitte begleiten Sie ihn zum Geigelstein."
In dem folgenden Augenblick der Stille hat der Gabriel versucht weiterzugehen. Aber. Keine Chance.
„In Gottes Namen, dann kommt er halt mit", hat der Sepp gesagt.
„Was?", hat der Gabriel gefragt.
„*Wie bitte* heißt das. In einer halben Stunde gehen wir zusammen hoch."
„Nein, danke", hat der Gabriel gesagt.
„Was?!"
„Das ist mir zu spät", hat der Gabriel gesagt, zur Helga geschaut, und diplomatisch hinzugefügt:
„Und Sie gehen mir zu schnell."
Das hat dem Sepp natürlich geschmeckt.
„Schmarrn, ich weiß doch, wie schnell du gehst. Aber vorher wird noch gefrühstückt. Du hast doch auch noch nichts im Ranzen, oder?"
„Was?"
„Ja mei, wo wird jetzt wohl dein Ranzen sein?"
Daraufhin haben alle den Gabriel angeschaut.
„Daheim?", hat der Gabriel gefragt.
Alle haben gelacht, auch der Sepp.
„Also komm, wenigstens ein Müsli."
Der Gabriel hat den Kopf geschüttelt.
„Ich bin lieber satt."

6

Der Frank ist jetzt einen schmalen Wanderweg entlanggelaufen, eigentlich mehr gestolpert, weil er dauernd auf sein Handy geschaut hat. Auf die heiligen Balken, die den Empfang angeben, hat er gestarrt, also, eigentlich auf die Balkenlosigkeit, weil es keinen Empfang gehabt hat.
Der Weg ist leicht angestiegen, auf der rechten Seite von Latschen gesäumt. Je länger die Netzsuche gedauert hat, desto mehr hat Franks Plan Schieflage bekommen: schnelles Finden eines Handynetzes ohne Annäherung an Geigelstein oder Gabriel.
„Kack-Handy", hat er den Latschen zugerufen, und „Kack-Alpen!"
In dem Moment, als ihm diese Kack-Situation so sehr gestunken hat, dass er stehen geblieben ist, ist auf dem Handy-Display ein Empfangsbalken aufgetaucht. Und gleich noch einer.
Das war jetzt also der Moment kurz vor der heldenhaften Durchführung von Franks felsenfestem Entschluss. Er hat den Blick von den beiden Empfangsbalken gehoben, und auf zwei nah beieinanderstehende Fichten geblickt, die inmitten der Latschen gestanden haben. So nah, wie sich Barbara und Frank noch nie gestanden sind, da hätte man sie schon ebenfalls einpflanzen müssen. Gerade, als der Frank wieder auf sein Handy geschaut, und seinen Daumen in Richtung Telefonbuch bewegt hat, also kurz vor der Durchführung seines betonfesten Entschlusses, hat es geklingelt, und Barbaras Bild ist auf dem Display erschienen, eine schallend lachende Barbara. Der Frank aber nicht mitgelacht, der ist so erschrocken, dass ihm das *My Way* dudelnde Handy aus der Hand gerutscht und auf dem Weg gelandet ist.
Frank hat es aufgehoben, abgehoben und wie einen heißen Wickel ans Ohr gehalten:

„Hallo."
„Hallo Frank, entschuldige bitte, dass ich gestern nicht mehr angerufen habe."
Rein formell waren da zwar ein *Entschuldige* und ein *Bitte* vorhanden, insgesamt aber hat das dem Satz nicht das Bedrohliche nehmen können. Drum hat das der Frank auch nicht groß kommentiert:
„Ja."
„Wie geht es dir heute?"
Genau, wie geht es uns heute?
„Gut."
„Du, Frank ..."
„Ja?"
„Das mach ich jetzt eigentlich ungern am Telefon."
Wobei man dazu sagen muss, dass die Barbara nichts gern am Telefon macht, und bei ihr Gespräche nie länger als einige Minuten dauern.
„Ja?"
„Ich weiß jetzt Bescheid übers Gämsenjagen", hat die Barbara leise gesagt, und doch hat jedes Wort sein Gewicht gehabt.
Jetzt hat der Frank nicht mal mehr *Ja* gesagt.
„Ich habe eine SMS bekommen", hat sie gesagt.
Sie hat es, meine ich, nicht unnötig dramatisch machen wollen, aber wenn jedes Wort so viel wiegt, musst du zwischendurch mal absetzen.
„Von einer Michaela. Michaela Gemsjäger, oder?"
Der Frank hat genickt, was die Barbara natürlich nicht hat sehen können.
„Ich weiß jetzt alles", hat sie gesagt, wobei ihr bei *alles* die Stimme weggeblieben ist.
Das Herzerl vom Mann mit dem stahlbetonfesten Entschluss hat weiterhin viel mehr Schläge produziert als sein Mund Worte.
„Auch, dass es jetzt vorbei ist", hat sie gesagt.

„Was?“, hat der Frank mit bröseliger Stimme gefragt.
„Sie hat Schluss gemacht. Wusstest du das noch gar nicht?“
Nein, wusste er nicht. Ja verreck, und ich auch nicht. *Das wirst du büßen* hatte die letzte SMS von der Michaela gelautet. *Büßen*, gut und schön, aber dann gleich so was. Verreck ums Eck.
„Vielleicht soll ich es dir ja ausrichten“, hat die Barbara gesagt, mit so viel Sarkasmus, dass es selbst der Gabriel raus gehört hätte.
„Barbara ...“
„Frank, nein“, hat sie mit enger Stimme gesagt.
Die darauf folgende Stille war so laut, dass sogar die Vögel kurz ihr Pfeifen unterbrochen haben.
Viel zu sagen gibt es da eigentlich eh nicht mehr. Wenn auch, nichtsdestotrotz, noch viel gesagt werden wird. Frank wird sagen, wie unendlich leid es ihm tut. Barbara wird sagen, dass sie nicht wisse, wie es weitergeht. Frank wird heimkommen, Frank wird ausziehen, Frank wird wieder einziehen. Sie werden sich zusammenraufen, schon allein wegen dem Gabriel. Zeit heilt alle Wunden, wie man so schön sagt. Man, nicht ich. Und irgendwann wird er auch wieder außerhalb grasen, der Frank. Oder auch nicht. Was weiß ich.
„Ich wollte dich auch gerade anrufen“, hat der Frank gesagt.
Worauf die Barbara nichts erwidert hat.
„Bin extra aus der Hütte raus, um ein Netz zu bekommen.“
Und schon wieder beim Lügen.
„Warum nur, Frank?“
Da hat sie jetzt natürlich nicht wissen wollen, warum man im Freien ein besseres Netz hat.
Wieder diese laute Stille zwischen den beiden, nur, dass die Vögel diesmal weiter gepfiffen haben.
„Geht es dem Gabriel gut?“, hat die Barbara gefragt.
„Ja.“
„Gib ihn mir mal.“
„Der schläft noch.“

Die Wahrheit ist ein grobes Viech.

„Um die Zeit? Geh bitte rein und gib ihn mir."

„Wenn ich in die Hütte gehe, ist bestimmt das Netz weg. Ist eh ganz schwach." Ja, nicht nur das Netz.

„Frank!"

„Gut, ich versuch es."

Der Frank ist einige Schritte gegangen, stehen geblieben, hat „dann mal schaun ..." gemurmelt, ist weitergegangen, und hat aufgelegt.

Und anschließend gleich sein Handy ausgeschaltet.

Arm. Ganz arm.

Und schade. Weil man jetzt nie erfahren wird, ob der Frank der Barbara seine Affäre gebeichtet hätte. Wenn du mich fragst: nein. Stahlbetonharter Entschluss hin oder her, da ist er einfach nicht der Typ dafür. Frank ist eher der Titanic-Kapitän, der bleibt, obwohl ihm das eisige Wasser schon bis zum Hals steht. Aber nicht aus heroischen Gründen. Frauen und Kinder zuerst, das schon, aber nur, weil man ja immer noch hoffen kann. Dass sich plötzlich der Meeresboden hebt.

Er hat den Wanderweg jetzt verlassen, ist die paar Schritte zu den beiden Fichten gegangen, getorkelt, und hat sich auf den moosigen Untergrund gesetzt. Hat sich gegen den harzigen Baumstamm der einen Fichte gelehnt und zum Nadeldach empor gesehen. Und den Kopf geschüttelt, ganz langsam.

Weil er so dermaßen vom Weg abgekommen war.

"Ich find das so schlimm, dass manchmal Kinder schon Sklaven sind. Ab sechs Jahren.“
„Ja“, hat der Sepp schnaufend gesagt.
Und das nicht nur wegen der Steigung. Sondern weil der Gabriel so viel geredet hat. Und weil er noch kein Frühstück im Ranzen gehabt hat. Bei der Priener Hütte hatte die Helga den Hannes den Rucksack öffnen lassen, um Sepp und Gabriel die gesamte Brotzeit zu schenken.
„Wir brauchen die eh nicht, wir sind ja ruckzuck unten im Tal“, hatte sie gesagt, „und ihr beide könnt dann gleich aufbrechen.“
Daraufhin hat der Sepp genauso verwundert geschaut, wie der Hannes.
„Bitte“, hat die Helga gesagt. Und gelächelt.
Echt, und der Sepp stimmt da zu? Ja, tut er, der Canyon-Man. Da muss man aber auch mal das Lächeln von der Helga live gesehen haben, um das zu verstehen.
„Diese Kinder müssen dann 18 Stunden am Tag arbeiten“, hat der Gabriel gesagt, während ihn der Sepp überholt hat.
„Genauso viel, wie eine Hummel."
„Wie eine Hummel“, hat der Sepp wiederholt, und dabei mit dem Tempo angezogen. Damit er sich das nicht 18 Stunden lang anhören muss. Der Gabriel ist aber einfach auch schneller gegangen.
„Eine Hummel finde ich unendlich Euro wert. Weil sie ja ein Lebewesen ist.“
Jetzt ist der Sepp abrupt stehen geblieben, hat sich umgedreht und den Cowboyhut nach hinten geschoben.
„Sag mal, Bub, hat dir schon mal jemand gesagt, dass du zu viel redest?“
Der Gabriel hat genickt.
„Schon. Beim Papa bekomme ich manchmal Schweigegeld.“

„Wie bitte?“
„Bei langen Autofahrten. Zehn Minuten Schweigen, zehn Cent.“
Der Sepp hat kurz den Gabriel angeschaut, und seinen Blick dann weiterschweifen lassen. Runter zur Priener Hütte, die noch ganz klein zu sehen war, auf dem Dach die riesige, gemalte Lilie.
„Ich kann aber auch *so* leise sein“, hat der Gabriel in Sepps sehnsüchtigen Blick hinein gesagt.
„Ja, bitte.“
Sie sind weitergewandert, und der Gabriel hat tatsächlich erst nach zehn Minuten wieder was gesagt:
„Ich kann meinen Papa nicht sehen.“
Tatsächlich hat man den Weg jetzt bis zum zipfelmützenförmigen grünen Gipfel des Geigelsteins gut einsehen können, aber: kein Wanderer in Sicht.
„Vielleicht ist er schon in dem Wäldchen am Gipfel“, hat der Sepp gesagt und ist wieder stehen geblieben.
„Verfehlen können wir ihn auf jeden Fall nicht. Es gibt keinen anderen Weg. Und auch nichts zum Verlaufen.“
Der Gabriel hat genickt.
„Schau mal“, hat der Sepp gesagt und auf den Wilden Kaiser hinter Gabriel gezeigt, der in einem kaiserlichen Orange-Gelb erstrahlt ist.
Gabriel hat sich umgedreht. „Wow!“
„Das ist die Schönheit, die ich meine“, hat der Sepp mit einem bedächtigen Nicken gesagt.
Den Spruch kenne ich zwar mit *Freiheit*, aber der Sepp darf das.
„Wir müssen weiter“, hat der Gabriel gesagt.
Der Sepp hat den Gabriel angeschaut. Der Bub war wirklich ein harter Prüfstein für Sepps Nachkriegs-Pädagogik. Vielleicht hat es ihm aber auch einfach nur gestunken, dass der Gabriel ihm mit diesem Satz zuvorgekommen ist.

„Wir müssen gar nichts", hat der Sepp gesagt. Und: „Hast du eigentlich noch Geschwister?"

Und sind die auch so anstrengend?

„Was?"

„Wie bitte. Ob du Bruder oder Schwester hast?"

„Nein", hat der Gabriel gesagt und den Kopf geschüttelt.

„Haben Sie Kinder?"

Da waren sie wieder, urplötzlich, die tiefen Furchen im Canyon-Gesicht.

„Das geht dich nichts an", hat der Sepp gesagt, für meine Begriffe ein bisserl arg laut.

„Wir müssen weiter", hat er anschließend gebrummt und sich wieder in Bewegung gesetzt. Der Gabriel auch, übrigens ohne gschamig dreinzuschauen, oder kleinlaut. Eine bayrische Watschn spürt man 42 Jahre, heißt es, aber man muss sie natürlich auch als eine solche empfinden. *Das geht dich nichts an* hat der Sepp verlauten lassen, und darum war der Gabriel wahrscheinlich in Gedanken schon wieder bei den Hummeln.

Die beiden sind jetzt links und rechts von der Grasnarbe gelaufen, jeder in seiner eigenen Furche, nebeneinander, im gleichen Tempo.

„Ich hatte einen Sohn", hat der Sepp plötzlich gesagt.

Danach ist es wieder still gewesen, mindestens eine Minute lang.

„Martin hat der geheißen."

Und wieder Schweigen. Der Sepp hat gewirkt, als ob er jeden einzelnen Satz hochwürgen muss.

„Aber dann. Habe ich mal nicht aufgepasst."

Die beiden sind jetzt über einen Buckel gestolpert, der quer über den Weg verlaufen ist. Synchron.

„Und jetzt ist er im Himmel."

„Ist er gestorben?", hat der Gabriel gefragt.

Der Sepp hat genickt.

„Mein Leiden", hat der Gabriel gesagt.

Anfang des Jahres war er auf seiner ersten Beerdigung gewesen, von der Uroma, die alle seit Gabriels Geburt nur noch *Uri* genannt hatten. Die Barbara hatte dem Gabriel vor der Beerdigung die Trauerbekundung *Mein Beileid* beigebracht.

„Kannst du dir das überhaupt vorstellen?“, hat der Sepp gefragt.

„Dass Sie nicht gut aufgepasst haben? Nein.“

Der Sepp hat jetzt während dem Gehen seinen Kopf nach rechts gedreht, vom Gabriel weg.

Nun hätten neun von zehn bestimmt weitergefragt. Der Gabriel aber hat sich an noch einen Satz von Uris Beerdigung erinnert.

„Der Martin schaut jetzt bestimmt runter.“

Die beiden sind weitergegangen.

Und haben so lange geschwiegen, dass der Gabriel eigentlich 20 Cent hätte bekommen müssen.

Der Frank hatte sich ja vor dem Telefongespräch dazu entschlossen, dass er den Geocache abbricht. Höchstwahrscheinlich. Weil er nicht mehr nach der Pfeife von wem auch immer tanzt. Außerdem hat er jetzt ja sicher gewusst, dass es nicht die Barbara ist, die pfeift. Hätte er also aufstehen und zurück zur Hütte gehen können. Mund abputzen und weiter.
Hat er aber nicht.
Aufgestanden ist er schon irgendwann mal. Freilich, sagst du. Aber so freilich war das gar nicht. Der Frank hat sich unendlich matt gefühlt, und so leer, wie die alten Batterien in seiner Hose. Er hat sich zurück geschleppt zu den zwei Wegweiser-Schildern, das eine zur Roßalm und das andere, eben, zum Geigelstein.
Er hat kurz angehalten, und hinabgeschaut, Richtung Priener Hütte. Auf dem Wanderweg, den man ein weites Stück hat gut einsehen können, war kein einziger Frühaufsteher unterwegs.
Und dann. Ist der Frank zum Gipfel weitergegangen.
Halt auf, warum macht ein Frank jetzt diesen Rache-Cache weiter? Aus Neugier? Was ich angefangen habe, bringe ich auch zu Ende? Nein.
Am liebsten wäre er von seiner harzigen Fichte zuvor eh nie wieder aufgestanden, und in zehntausend Jahren hätten sie sich beim Anblick des versteinerten Frank gefragt, was denn wohl mit dem passiert sei. Sie hätten nach Kopfwunden gesucht, nach Spuren von einer Vergiftung, aber sie hätten sich dumm und dappig gesucht. Weil du da nie drauf kommst, dass dieser Mensch nicht mehr aufgestanden ist, weil ihn seine Mattigkeit und seine Leere auf dem moosigen Boden gehalten haben wie zwei Bergmassive.

Und seine Schuldgefühle, die waren sogar der größte Berg. Gegenüber der Barbara, freilich, aber auch gegenüber dem Ehemann von der Michaela. Jetzt auch Mount Everest.
Hätt ich nie gedacht. In hundert Jahren nicht.
Scheißleid hat es dem Frank getan, und drum ist er aufgestanden. Und hat es als seine Ehrenschuld angesehen, dort hochzugehen. Selbst wenn aus der letzten Station das kalte Grauen herausspringt oder sich der Gehörnte persönlich irgendwo dort droben in den niedrigen Latschen versteckt. Der gehörnte Ehemann, meine ich, der Herr Gemsjäger.

9

„Noch 40!“, hat der Gabriel nach einem Blick auf sein Garmin gerufen, so laut, dass sich die niedrigen Latschen um ihn herum noch ein wenig mehr in den Hang geduckt haben.

„Pscht!“, hat der Sepp von hinten gezischt.

Ja, selbst bei den beiden hat sich schließlich diese Wanderreihenfolge eingestellt. Vor allem, seit der Gabriel das Navigationsgerät eingeschaltet hat, ist er kaum mehr zu halten gewesen. Der Sepp hatte das Garmin wieder mit dem Blick eines Aborigine quittiert, der zum ersten Mal ein technisches Gerät sieht. „Diesen Geocatch finden wir doch auch so“, hatte der Sepp gesagt, worauf der Gabriel, ganz der Papa, nur auf „Geocache“ verbessert hat. Das macht einen Sepp übrigens auch aus, dass er selbst bei Dingen, von denen er wenig bis gar keine Ahnung hat, seinen Senf dazugibt. Ohne Garmin findest du beim Geocaching natürlich gar nichts, selbst *mit* schaust du manchmal noch suchend umher, obwohl du bereits mit einem Fuß auf der Tupperdose stehst.

„30!“ hat der Gabriel jetzt krakeelt, vielleicht hat er das *Pscht* überhört.

„Stopp!“, hat der Sepp von hinten gebrüllt, „bleib sofort stehen.“

Und als er zum Gabriel aufgeschlossen hatte, der wirklich brav stehen geblieben war:

„Schluss damit. Du hörst sofort auf, hier wie ein Wahnsinniger Zahlen zu brüllen.“

„Gut“, hat der Gabriel gesagt und auf sein Garmin geschaut. Und dann ganz leise:

„Komisch, jetzt sind es wieder 40 Meter.“

„Bub, das bringt doch nichts. Dieser Geocatch ist bestimmt nicht kurz vor dem Gipfel versteckt.“

„Warum?“

„Weil das keine tolle Stelle wäre. Das sind doch bestimmt immer besondere Orte, wo man diese Geocatches findet, oder?“

Gewagte Theorie von einem, der immer noch *Geocatches* sagt.

„Nein, nicht immer. Ich hab schon mal einen hinter dem Mülleimer gefunden.“

„Trotzdem. Du steckst jetzt dieses Gerät ein, und oben am Gipfel darfst du es wieder rausholen.“

Der Gabriel hat den Sepp angeschaut. Taxierend.

„Machen wir einen Kompromiss.“

10

Zwar ist es für einen Vater immer herrlich, wenn mal nicht der eigene Fratz herumbrüllt, oder auch für eine Mutter, freilich, aber trotzdem hat das den Frank jetzt gewurmt.
War da doch tatsächlich zu dieser frühen Stunde bereits ein anderer Vater mit Sohn zum Gipfel unterwegs. Und die Schreistimme von dem Jungen war der vom Gabriel auch noch täuschend ähnlich.
Gewurmt hat es den Frank, er war aber auch ein bisserl erleichtert. Weil er sich doch ein klein bisserl die Wadeln angeschissen hat wegen der letzten Station, und da freust du dich dann doch, wenn du nicht vaterseelenallein unterwegs bist.
Jetzt hat er gehört, wie ein Mann *Stopp* geschrien hat, und hat selber gestoppt, um sein Handy herauszuholen und wieder einzuschalten. Er hatte die Koordinaten zur letzten Station noch am Vorabend in der Geocaching-App gespeichert, aber sein Handy seit dem Gespräch mit der Barbara nicht wieder angeschaltet. Weil er sich wie der Sepp sicher war, dass der Cache oben auf dem Gipfel versteckt war und nicht auf dem Weg dorthin. Und weil er natürlich vermeiden hat wollen, dass die Barbara anruft.
Warum er es dann überhaupt schon angemacht hat? Weil er damit am Gipfel oben keine Zeit verlieren wollte, denke ich mal. Vor allem wegen der zwei Muggel dort droben. Der erwachsene Muggel hat gerade etwas geschrien:
„Nein, kein Kompromiss!“

11

Du kennst ja sicher diese Bilderrätsel. Beispielsweise das mit dem Kreis, in dem innen drin noch ein kleiner Kreis ist. Von dem äußeren, großen Kreis stehen senkrecht zwei dünne Balken ab, die einander gegenüberliegen.
Also, was ist das? Ja genau! Ein Mexikaner auf dem Fahrrad, Luftaufnahme. Von meiner Position hier oben hat der Geigelstein jetzt so ähnlich ausgesehen. Das Gipfelplateau liegt ja über der Baumgrenze, da wachsen keine Latschen mehr, auch keine niedrigen, da gibt es nur noch spärlich Gras und Steine. Und das Plateau ist nicht rund, sondern rechteckig, beinahe. So umadum 40 Schritte breit und 120 Schritte lang. Zwanzig Schritte von dem rechten Ende dieses Rechtecks entfernt musst du dir jetzt einen Kreis vorstellen. Einen kupfergrünen Kreis von ungefähr zwei Metern Durchmesser. Und neben dem Kreis ein dunkler Balken, ungefähr drei Meter lang.
Also? Ja genau! Das Kupferdach einer Mini-Kapelle und der Querbalken eines Gipfelkreuzes. Die Kapelle ist noch mal auf einer zwei Meter hohen Schicht aus kleineren und größeren Felsbrocken gestanden. Vor der Kapelle ist der Gabriel gekniet und hat probiert, ob einer der Felsbrocken locker ist. Daneben ist der Sepp gestanden und war sich sicher, dass beim *Gabriel* was locker ist.
„Bub, das macht man nicht", hat der Sepp gesagt, „das ist ein Bauwerk Gottes."
„Von Gott?"
„Sag mal, willst du mich verarschen?"
Wieder diese tiefen Furchen in seinem Gesicht.
„Nein!", hat der Gabriel entrüstet gerufen.
„Also gut. Nein, nicht *von Gott*, wir sind hier nicht in Israel. Aber *für Gott* hat das hier jemand gemacht."

Ja, aber ehrlich gesagt nicht besonders schön. In der kleinen Kapelle war ein Bild, auf dem ein dicker Geistlicher ein dickes Kind im Arm hält, beide in furchtbaren rosa Kleidern.
Von Gott, für Gott, der Gabriel hat trotzdem damit weiter gemacht, die Steine durchzutesten, jetzt aber ganz vorsichtig und mit frommem Blick.
„Bub, ich sag es dir jetzt ein letztes Mal ..."
So Sätze mit *ein letztes Mal* sind pädagogisch nicht auf dem neuesten Stand, noch schlimmer ist es, wenn man kurz darauf noch *ein allerletztes Mal* hinterherschiebt.
„Der ist locker!", hat der Gabriel gerufen, und einen faustgroßen, länglichen Stein aus dem Kapellenfundament gezogen.
„Da ist er", hat er kurz darauf frohlockt und eine weiße Tupperdose aus dem Spalt gezogen. *Sie*, die Dose, aber *er*, der Cache, das passt schon.
Er hat sie aufgemacht und einen Bartschlüssel herausgefischt, also, keinen echten Schlüssel, sondern einen aus Karton. Darauf sind noch einmal Koordinaten gestanden - obwohl das hier doch schon der Final war. Der Gabriel hat die Schatulle aus seiner Jackentasche gezogen. Während der Sepp einen verschlossenen Briefumschlag aus der Tupperdose geholt hat, hat der Gabriel die letzten Koordinaten in sein Garmin getippt:

N 48°03.087'
E 11°40.010'

Kapitel 7

1

Freilich, als Rache-Cache-Leger kannst du niemals an alle Unwägbarkeiten denken. Da willst du dich an Person F rächen, aber dann liest Person S den Brief, während Person G zur letzten Station hüpft. Zur allerletzten.
„Halt!“, hat der Sepp dem Gabriel nachgerufen, während er den Brief geöffnet hat. Aber das hat natürlich genauso viel gebracht, wie wenn du das einem Taschendieb hinterherplärrst.

Hallo F.,

So hat der Brief angefangen, und trotzdem hat Person S weiter gelesen:

unsere Ehe ist wie die letzte Station dieses Geocaches: am Abgrund.
Nein, jetzt ist sie sogar noch einen Schritt weiter. Ein Teil von mir hat ja immer noch gehofft, dass Du diese Zeilen hier gar nicht liest. Weil Du mir zuvor Deine Affäre gebeichtet hast. Gestern, vorgestern, letzte Woche, letzten Monat. Aber auch die Hoffnung macht irgendwann ihren letzten Schritt.
Hast Du die Schatulle und den Ehering mit hier hochgetragen? Wenn ja, kannst Du den gleich Deiner M. an den Finger stecken.
Die Koordinaten zum Schlüssel für die Schatulle hast du sicher schon gesehen.
Ist aber eh nicht schwer zu finden.
Einfach den Weg weiter, Richtung Nichts.

Leb wohl,

B.

P.S.: Oder besser nicht

Person S hat jetzt erst mal ausgiebig den Kopf geschüttelt. Freilich, der Brief war ja auch für Person F bestimmt, die bei der Lektüre gewiss nicht nur Bahnhof verstanden hätte.
Geh verreck, jetzt hör ich aber auf mit diesen Abkürzungen.
Wenn der Frank den Brief gelesen hätte, hätte er aber nicht geglaubt, dass ihn die Barbara geschrieben hat. Nicht *mehr* geglaubt, Frank war sich ja inzwischen sicher, dass der Ehemann von Michaela den Cache gelegt hat.
Dieser hat zwar annehmen dürfen, dass der Frank nicht seine Affäre beichtet, aber nicht ahnen können, dass es stattdessen seine Michaela tut.
Beim Verfassen dieses Briefes war er schon sehr vorsichtig gewesen. Aber nicht übervorsichtig, wie man sieht.
Er ist übrigens auch vor Ort gewesen, und von meiner Position hier oben hat das schon wieder wie ein Bilderrätsel ausgesehen. Kurz bevor der Wanderweg auf das Gipfelplateau trifft, stehen ja noch zu beiden Seiten diese niedrigen Latschen. Auf dem Plateau selbst muss man so 20 Schritte nach rechts gehen, bis man die Kapelle erreicht. Nach links kann man ungefähr 80 Schritte machen, bis zum Abgrund.
Und auf halbem Weg Richtung Abgrund habe ich jetzt einen beigen Kreis am Rande des Latschenwäldchens gesehen. Das war die Glatze von Michaelas Mann. Der Kreis hat sich gerade langsam bewegt, Richtung Plateau, als der Sepp gebrüllt hat: „Warte!“
Der Gabriel ist tatsächlich stehen geblieben, und auch der beige Kreis hat sich nicht mehr bewegt.
Der Sepp hat den Brief wieder zusammengefaltet, so behutsam, als ob es ein Pergament aus der Ming-Dynastie wäre.

Dann hat er ihn in die Tupperdose zurückgelegt, und die Dose geschlossen.

„Ich geh ganz langsam, okay?“, hat der Gabriel nach hinten gerufen.

„Nein, du wartest jetzt!“ hat der Sepp gebrüllt.

Er hat die Dose zurück in den Felsspalt gelegt.

Der Gabriel ist übrigens in der Zwischenzeit mit ganz kleinen Schrittchen weitergegangen. Böse Stimmen würden ja jetzt behaupten, dass der Bub mit dem Sepp ebenso macht, was er will.

„Warum?“, hat der Gabriel gefragt.

Eben, er braucht einfach nur einen guten Grund.

„Weil ich das sag!“

Bei so einem depperten Grund ist der Gabriel natürlich weiter getippelt. Weil das ja trotz dem *Ich* keine Ich-Botschaft vom Sepp war. Eine pädagogische Fachkraft wie die Barbara hätte vielleicht gesagt: „Weil ich Angst habe, dass dir was passiert.“

Der Sepp hat stattdessen den länglichen Stein vor die Tupperdose gesteckt, und ist dem Gabriel hinterhergelaufen. Nein, geschritten, behält ja immer seine Würde, der Sepp. Aber schnell geschritten.

Er hat den Gabriel einige Schritte hinter der Stelle eingeholt, an der ich den beigen Kreis in den Latschen gesehen habe. Der Sepp hat den Bub an der Schulter gepackt und gefragt:

„Was hab ich dir gesagt?“

„Dass ich stehen bleiben soll.“

„Und was hast du gemacht?“

Darauf hat der Gabriel nichts gesagt, Kinder bekommen ja oft rhetorische Fragen gestellt. Da antworten sie nicht immer.

„Kennst du den *Hans-guck-in-die-Luft*?“, hat der Sepp gefragt.

Der Gabriel hat den Kopf geschüttelt, freilich, das Buch vom *Struwwelpeter* hätte die Barbara höchstens zum Feuer machen genommen.

„Nur noch fünfzehn Meter", hat der Gabriel-guck-aufs-Garmin gesagt.
“Und was ist in fünfzehn Metern?", hat der Sepp gefragt, die Hand nach vorne gestreckt, und mit dem Zeigefinger nach unten gedeutet. Nicht die Haltehand, die hat sich immer noch in Gabriels Jacke gekrallt.
„Oh!"
„Ja, genau. Oh!", hat der Sepp gesagt, und ganz plakativ ein belämmertes Gesicht gemacht.
„Ich mag nur schauen, ob ich die Dose sehen kann", hat der Gabriel gesagt, „ganz vorsichtig."
„Du wirst jetzt erst mal dieses Ding da ausschalten."
Der Gabriel hat kurz auf sein Garmin geschaut, und es dann tatsächlich ausgemacht. Na ja, tatsächlich, der Gabriel hat natürlich gewusst, dass es ihm so nah beim Cache eh nicht mehr viel bringt. Das Navigationsgerät hat zur Verabschiedung eine absteigende Tonleiter gespielt, und der Sepp hat halbwegs zufrieden genickt.
„Und jetzt gehen wir zurück", hat der Sepp gesagt.
Der Gabriel hat den Kopf geschüttelt, und versucht, sich loszureißen. Das hat der Sepp freilich nicht zugelassen, und mit seinen Golfballquetschkräften einen Reißtest an Gabriels Wanderjacke durchgeführt.
„Verdammter Dickschädel!", hat der Sepp gerufen.
„Ich mag doch nur schauen!"
Der Sepp hat den Gabriel angeschaut und den Kopf geschüttelt. Aber nicht wütend, eher verstehend. Wirklich, das habe ich sogar von hier oben gesehen. Vielleicht *gerade* von hier oben.
„*Ich* schaue. *Du* bleibst hier stehen", hat der Sepp gesagt, „haben wir uns verstanden?"
Der Sepp hat den Gabriel drei Mal nicken lassen, bevor er seine Jacke losgelassen hat.
Und ist Richtung Abgrund gegangen.

2

Erinnerst du dich an die Spinne, die vom Staubsauger eingesaugt wird? Mit der Ausrede, dass man nicht mehr hat reagieren können? Die Ausrede von Michaelas Mann zum nicht reagieren hat gerade rechterhand das Plateau erreicht, in Person vom Frank. Gerade als er sich aufgerichtet hat, um sein Latschenversteck zu verlassen. Aufgeschnellt, besser gesagt, aber nach dem ersten Schritt hat er eben den Frank gesehen und ist genauso schnell wieder in die Hocke gegangen. Aus meiner Perspektive von hier oben hat der beige Kreis also nur einmal kurz geruckelt, um dann wieder stillzustehen.

Ein Stillstand, in dem der Herr Gemsjäger entscheidende Sekunden hat verstreichen lassen.

Am liebsten würde ich ihn anbrüllen, würde ihm einen Arschtritt verpassen, diesem selbstgerechten, narzisstischen Schweinehund, dieser feigen Ratte da unten. Dieser armseligen, glatzköpfigen Maus.

Aber nichts kann ich machen, von hier oben. Nur zuschauen. Das ist hart. Wann kommt denn endlich mein Aufprall? Ich will das nicht sehen. Das ist doch eh schon alles passiert. Die ganze Scheiß-Geschichte. Nichts mehr zu ändern. Und selbst wenn.

Kann mir ja nicht selbst einen Arschtritt verpassen.

Gemsjäger ist mein Name.

Ivo Gemsjäger.

3

Jetzt weiß ich nicht, was dein Grantometer gerade anzeigt.

Du denkst dir wahrscheinlich:
Hätte mir das der Ivo nicht gleich sagen können? Dass er den Rache-Cache selber gelegt hat. Und dass er Michaelas Mann ist.

Nein, hätte er nicht. Er wollte, dass du erst einmal unvoreingenommen zuhörst. Na ja, unvoreingenommen, er wollte schon auch, dass du auf den Frank sauer wirst. Bist du? Eben. Und das wärst du nicht, wenn dir der Ivo das gleich zu Beginn erzählt hätte. Es gibt für alles einen richtigen Zeitpunkt.
Wollte der Ivo, dass du ihn verstehst?
Nein, das wollte er nicht, wirklich nicht. Er versteht sich ja selber nicht. Während er dir von diesem Rache-Cache erzählt hat, von diesen sieben furchtbaren Stationen, hat er kaum mehr glauben können, dass er ihn selbst gelegt hat.
Vor allem die letzte Station.
Dieses Brett.
Das MUSS ein anderer präpariert haben.
Bitte.

4

Die meisten professionellen Fremdgeher und Fremdgeherinnen haben ja, wie gesagt, ein Zweit-Handy.
Die Michaela aber nicht, sie vergisst sogar ab und an halbprofessionell ihr Handy daheim. Und sie löscht nicht mal viertelprofessionell regelmäßig ihren SMS-Verkehr. Wie das der Frank tut.
Man soll ja nicht heimlich die Nachrichten auf dem Handy von der Ehefrau lesen.
Zu meiner Entschuldigung muss ich aber sagen, dass ich es nur gut gemeint hatte. Ich hatte ihr damals aus einem Grant heraus eine böse SMS geschrieben. Aus einem verständlichen Grant heraus, meine ich. Einen Augenblick später habe ich das SMS-Empfangs-Dudeln aus der Küche gehört, da hatte sie nämlich ihr Handy vergessen, samt Pausenbrot und Joghurt. Und viele Augenblicke später, als dann mein verständlicher Grant auf die Michaela wieder verraucht gewesen ist, habe ich diese SMS wieder löschen wollen. Auf Michaelas Handy.
Ja, und Franks Nachrichten auf ihrem Handy haben meinen Grant natürlich wieder neu aufleben lassen.
Weil die Michaela niemals irgendwas auf ihrem Handy löscht, war es so langsam wie ein Atari-Computer aus den Achtzigern. Darum habe ich auch ganz schön lange gebraucht, mir das alles durchzulesen.
Das war der Moment, in dem der erste Dominostein gefallen ist.

5

Rache ist ein Gericht, das am besten kalt serviert wird.
Heißt es. Also nicht heiß, wo man sich eh nur die Bappn verbrennt.
Inzwischen würde ich freilich empfehlen, dass dieser Gang ganz ausfällt, man also ohne sich zu rächen direkt zum Dessert übergeht.
Aber zu spät, dieser Tisch ist längst abgetragen.
Vor der Rache kommt aber die Wut. Und auch da gibt es zwei Arten.
Einmal die von der heißen Sorte, wo du deinem Gegenüber schon eine gebatscht hast, bevor der dich überhaupt fertig beleidigt hat. Wenn du so gestrickt bist, kommst du natürlich nicht zum Kaltservieren.
Und dann gibt es die kalte Wut, die sich Zeit lässt und erst einmal das Hirn einschaltet.
Da batscht du deinem Gegenüber nicht direkt eine, weil der vielleicht eh größer ist und mehr Sport in einer Woche macht, als du in einem Jahr. Nein, du stichst ihm lieber in der nächsten Woche den Autoreifen auf. Nachts, wenn es kalt ist. Nur wenn du so tickst, kannst du die Rache auch kalt servieren.
Und ein Ivo Gemsjäger tickt leider so.
Während ich also damals eine Nachricht nach der anderen gelesen habe, die zwischen meiner Frau und dem Frank hin und her gegangen sind, ist meine Wut Wort für Wort kälter geworden:
Weihnachtsfeier – Kinobesuch – Dienstreise nach Frankreich – Käferchen.
Selbst die Tatsache, dass sie mit jemandem außerhalb grast, der gerne bowlt, hat noch Mal ein Minusgrad hinzugefügt. Ein Bowler. Kein Freeclimber, der sich in seiner freien Zeit vor Castor-Transporte an die Schienen kettet, nein: ein *Bowler.*

Bei der normalen Temperatur gibt es ja so einen absoluten Tiefpunkt. Meine Wut-Temperatur ist aber sogar kurzzeitig unter diesen Punkt gesunken, bei einer Sache:
Liebesschloss.
Interessanterweise habe ich aber in meiner kalten Wut nur wegen dem Frank Frostbeulen bekommen, nicht wegen meiner Michaela. Obwohl das ja ihre Idee gewesen ist. Mit dem Schloss.
Das liegt daran, dass die kalte Wut berechnend ist, meine ich. Mit einer heißen Wut im Bauch hätte ich die Michaela sofort mit den Nachrichten auf ihrem Handy konfrontiert. Wahrscheinlich. Daraufhin hätte sie sich beschwert, dass ich heimlich ihre SMS lese. Vielleicht. Dann wären Entschuldigungen gefolgt, und Erklärungen, und auch Anschuldigungen von ihrer Seite. Wohl. Dass ich selbst auch schuld sei, und dass man sich auseinandergelebt hätte, und überhaupt. Und dann - hätte sie den Wunsch nach einer Beziehungspause geäußert, einer Auszeit. Meine ich. Aber in Wahrheit – Pause auf Lebenszeit.
Und darauf hatte ich gar keine Lust.
Aber zu meinem Unglück hatte ich ja die kalte Wut im Genick, die mir klirrend zugeflüstert hat:
„Der Frank muss weg."
Die kalte Wut im Genick, und das Handy meiner Frau in der Hand, auf dem der Frank ihr mitteilt, dass er mit seinem Sohn vier Tage wandern gehen wird.
Um einen Geocache zu suchen – im Chiemgau.

6

Man soll ja auch niemanden heimlich beschatten.
Andererseits führt man auch keine Jahrestage ein, wenn man verheiratet ist - mit jemandem, mit dem man *nicht* verheiratet ist.
Also bin ich den beiden im April zur Thalkirchner Brücke gefolgt, um mich mit eigenen Augen zu überzeugen, wie sie das Ding da hinsperren.
Als die beiden weg gewesen sind, habe ich mir die Inschrift aufgeschrieben und bin heim. Um im Internet nach einem Laden zu suchen, wo man sich solche Schlösser machen lassen kann.
Und um den Rache-Cache zu planen.

So ein Rache-Cache ist nicht billig.
Für so einen depperten Eiffelturm darf man ganz schön was hinblättern, ganz zu schweigen von so einer Guillotine. Selbst eine Tupperdose in den französischen Nationalfarben kostet. Eine Kinokarte habe ich auch kaufen müssen, ohne reinzugehen. Und ein Schloss mit Gravur.
Nur das zerrissene halbe Foto, das ist umsonst gewesen. Ist übrigens auf meiner eigenen Weihnachtsfeier aufgenommen worden. Wo ich denn arbeite? Das ist jetzt wirklich schon wurscht. Auf der anderen Hälfte wäre auf jeden Fall nur ich zu sehen gewesen. Aber ich dachte mir schon, dass der Frank da gleich Geister sieht. Die er rief.
Das Teuerste an dem Rache-Cache aber war der Ring.
Der Frank hatte seinen Ring nicht in der Matratzenspalte unseres Ehebettes verloren, natürlich nicht, bei so was passt er schon auf. Er hatte ihn, wie immer vor dem Schnackseln, in seinen Schuh gelegt. Da habe ich ihn rausgeholt, ganz leise, weil, offiziell war ich ja außer Haus. War ich dann auch wirklich, anschließend, bin zum Juwelier und habe ihn nachmachen lassen. Freilich nicht mit dem Namen *Michaela* als Gravur, sondern *Frank*. Ja mei, und der echte Ring ist deswegen in die Matratzenspalte gewandert, weil die Michaela immer die Betten macht.
Bei der Schlüssellochhöhle habe ich Frank und Gabriel beobachtet, und mich ganz in der Nähe hinter einem Baum versteckt. Nachdem sie weiter gewandert sind, bin ich zurück, um die erste Station wieder in ihren Original-Zustand zu bringen.

8

Der Sepp ist bis zum Abgrund gegangen und hat sich langsam vorgebeugt, um nach unten zu schauen.
„Bub, das ist Wahnsinn", hat der Sepp gesagt, „da ist nur ein windiges Brett, wo man draufsteigen kann."
„Und sonst nichts?", hat der Gabriel gefragt, der zwei Meter entfernt von Sepp und Abgrund gestanden ist.
„Doch. Viel Luft bis nach unten."
Am Geigelstein geht es wirklich garch runter, zumindest an dieser Stelle.
„Kein Schlüssel?"
„Nein, nur ein Brett."
„Der hängt bestimmt an der Felswand. Und vom Brett aus kommt man ran."
„Ich glaub, *du* hängst!", hat der Sepp mit fliegenden Spucketröpfchen gesagt, „auf das Brett steigst du mir nicht."
Der Gabriel hat dem Sepp in die Augen geschaut.
„Und *ich* auch nicht", hat der Sepp gesagt.
„So Bretter gibt es doch öfters in den Bergen, oder?"
„Ja."
„Und die halten doch dann auch, oder?"
„Mag schon sein, dass das hält", hat der Sepp gesagt, „aber ich seh das nicht ein. Dass ich wegen diesem Geocatch so was Leichtsinniges mach."
Der Gabriel ist ganz langsam die drei Schritte zum Sepp gegangen, hat sich an seiner Hand festgehalten und nach vorn gebeugt.
„Da ist ein Eisengriff."
Der Sepp hat sich umgedreht.
„Ein Eisen*bügel*."
„An dem kann man sich festhalten und auf das Brett steigen."
„Prima."
„Aber als Kind hab ich da zu kurze Beine."

„Und als Erwachsener wird mir jetzt der Geduldsfaden zu kurz.“
Aber. Konsequenz ist so schwer.
Vor allem, wenn das Kind noch minutenlang hinnörgelt und der Erwachsene meint, dass er bei Neunjährigen etwas gutzumachen hat.

9

Während der Sepp sich nach unten beugt, und zweimal kräftig an dem Eisenbügel anzieht, schaut der Rache-Cache-Leger zum Frank. Er bohrt seinen Blick in den Rücken von Gabriels Vater, mit einem Flehen, er möge doch endlich Richtung Abgrund schauen und die beiden entdecken. Vergeblich, Frank schaut nur auf sein Handy, während er ganz langsam die Kapelle umrundet. Dass er zuvor noch Stimmen vom Gipfel gehört hat, und jetzt niemand zu sehen ist, verwundert ihn nicht. Die sind wohl über einen anderen Weg wieder abgestiegen, denkt er sich.

Es stimmt, was in dem Brief der letzten Station gestanden hat, auch wenn er im Namen von der Barbara geschrieben war. Der Rache-Cache-Leger hat wirklich gehofft, dass der Frank nicht zur letzten Station kommen wird. Aber wenn der Rache-Cache-Leger ganz ehrlich ist - und das ist er, jetzt, während der Fallwind an seiner Glatze vorbeistreicht – geglaubt hat er das nicht.
Aber auf die Idee, dass dieses Brett ein anderer als der Frank besteigen könnte, wäre er nie gekommen.

10

Der Rache-Cache-Leger schlängelt sich aus seinem Latschenversteck und betritt das Plateau. Er schaut zum Frank. Der kniet sich gerade vor die Minikapelle, auf der Suche nach dem Cache.

Der Sepp geht in die Hocke, greift den Eisenbügel mit beiden Händen und hängt sich daran – Richtung Kapelle, nicht Richtung Abgrund.

Der Rache-Cache-Leger nimmt einen Stein vom Boden und wirft ihn mit aller Kraft Richtung Frank.

Der Sepp lässt den Eisenbügel los und richtet sich auf, er umrundet ihn und geht auf der anderen Seite wieder in die Hocke – mit den Füßen unter dem Bügel und dem Rücken Richtung Abgrund.

Der Stein schlägt vier Meter vor Frank auf. Der schaut hoch, Richtung Abgrund, aber sieht niemanden. Weil das Plateau 30 Schritte vor dem Abgrund schräg nach unten abknickt, auf der Höhe vom Rache-Cache-Leger, der als einziger Sepp, Gabriel *und* Frank sehen kann. Und weil der Gabriel noch klein und der Sepp gerade in die Hocke gegangen ist. Und der Frank auf die Knie – sonst hätte er sie trotz Knick gesehen.

Frank schaut in die Latschen links vom Plateau, er schaut zu den Gebirgszügen rechts vom Plateau.

Sepp hält sich mit beiden Händen am Bügel fest und setzt den ersten Schritt in die steile Felswand.

Frank wendet sich wieder der Kapelle zu.

Er steht nicht auf, er sieht niemanden, er ruft nicht.

Sepp setzt den zweiten Schritt in die Wand, Gabriel lobt ihn, worauf Sepp noch schnell zwei weitere Schritte in die Wand setzt – Canyon-Man hin oder her.

Der Rache-Cache-Leger ruft so laut er kann: „Halt!"

Frank richtet sich auf und sieht ihn. Sieht auch seinen Sohn am Abgrund stehen und stürzt los.

Sepp hat gerade das Brett mit einem Fuß betreten und zieht den zweiten nach. Der Schlüssel für die Schatulle hängt knapp über dem Brett an einem Haken in der Feldwand.
Wenn der Rache-Cache-Leger, statt den Stein zu werfen, gleich gerufen hätte … - aber er hat sich einige Sekunden zu lange an die Hoffnung geklammert, nicht entdeckt zu werden.
Er läuft auf den Abgrund zu und ruft noch einmal:
„Halt! Sofort wieder hoch! Das Brett hält nicht!"
Das schmale Brett ist auf der Unterseite mit vier Bolzen in der Felswand verankert. Der Rache-Cache-Leger hat die Bolzen angesägt, so dass sie dem Gewicht eines Erwachsenen nicht lange standhalten. Das hat er sogar zuvor daheim ausprobiert, im Keller.
Als der Sepp den zweiten Schrei hört, setzt er einen Fuß zurück in die Felswand. Dabei verlagert er kurzzeitig das ganze Gewicht auf den Fuß, der noch auf dem Brett steht.
In diesem Moment bricht der erste Bolzen, und das Brett sackt auf der einen Seite eine Handbreit nach unten. Es wird jetzt nur noch von drei Bolzen gehalten.
Sepp schreit und verliert mit dem Fuß, den er in die Wand gesetzt hat, den Halt. Er krampft beide Hände noch fester um den Eisenbügel, als der Fuß wieder neben den anderen auf das Brett kracht. Der zweite und dritte Bolzen brechen.
Der Rache-Cache-Leger ist noch sechs lange Schritte vom Abgrund entfernt, Frank noch viel mehr.
Das Brett löst sich vom letzten Bolzen und stürzt in die Tiefe.
Sepp hängt mit den Händen am Eisenbügel über dem Abgrund. Der vierte Bolzen steckt noch immer in ganzer Länge in der Felswand.
Sepp stellt sich mit einem Fuß auf den Bolzen und zieht sich mit einem Klimmzug hoch. Als er mit angewinkelten Armen an der Wand hängt, greift er mit der rechten Hand in das bröselige Gestein an der Felskante und versucht sich daran hochzuziehen.

Der Rache-Cache-Leger läuft am versteinerten Gabriel vorbei und erreicht die Kante. In dem Moment, als er die rechte Hand vom Sepp greifen will, ist diese verschwunden.
Sepp hängt wieder mit beiden Armen am Eisenbügel, tastet mit seinen Füßen nach dem Bolzen, findet ihn nicht.
Der Rache-Cache-Leger … - ach scheiße, *ich* stürze mich der Länge nach auf den Boden und greife mit beiden Händen die Handgelenke vom Sepp. Merke sofort, dass ich ihn so niemals heraufziehen kann. Schaue zurück zum Frank, der zu spät kommen wird.
Ich lasse die Handgelenke vom Sepp los, gehe in die Hocke und drehe mich mit dem Rücken zum Abgrund. Rechts von Sepps Händen greife ich selbst mit beiden Händen den Bügel. Setze hastig einige Schritte die Felswand runter, bis ich mit einem Fuß auf dem Bolzen stehe.
Sehe, wie eine Hand vom Sepp vom Bügel abrutscht.
Er schreit.
Frank hat die Kante erreicht, geht in die Hocke und greift das andere Handgelenk vom Sepp. Er wird ein Stück nach vorne gerissen, verliert beinahe das Gleichgewicht.
Gabriel schreit.
Ich setzte auch den zweiten Fuß auf den Bolzen und umklammere mit einem Arm Sepps Hüfte, während ich mich mit der anderen Hand noch am Bügel festhalte. Versuche, Sepp hochzustemmen. Vergeblich.
Frank hat nun beide Handgelenke vom Sepp umklammert und versucht ihn nach oben zu ziehen.
Vergeblich.
Ich treffe eine Entscheidung.
Lasse den Eisenbügel los und gehe mit beiden Händen an Sepps Hosen entlang nach unten, in die Hocke. Umklammere mit beiden Armen seine Kniekehlen und drücke mich nach oben ab. Sepp ist schwer. Ich schaffe es beinahe, meine Beine durchzudrücken.

Frank bekommt Sepp unter den Armen zu greifen und zieht ihn über die Kante.

Der Bolzen bricht.
Ich falle.

11

Der Aufschlag.
Füße, Hintern, Rücken. Brust eingequetscht, kein Atem. Schlag auf den Hinterkopf. Ein greller Blitz hinter den Augenlidern.
Der Schmerz.
Wie ein Löwe brüllt er mich an, außer sich. Bäumt sich auf und fletscht die Zähne. Jagt durch meinen ganzen Körper. Überschlägt sich. Und verliert langsam seine Stimme. Sein Echo in meinen Gliedern. Gebrochen.

War es das?

Nicht so schlimm wie befürchtet. Der Übergang wird einem nicht ganz so schwer gemacht.

Ich lasse die Augen geschlossen.

Epilog

Wenn man stirbt, sieht man sein ganzes Leben noch mal. Heißt es. Dass das so innerlich an einem vorbeizieht. Jetzt kann ich dir aber aus erster Hand sagen: Stimmt nicht.

Aber einen Teil sieht man schon, einen wichtigen. Und lernt. Oder erinnert sich.
Wie das ist, ohne Grant. Und dass man immer nur gesehen hat, was fehlt. Nicht, was da ist.
Besser kann ich leider nicht ausdrücken, was ich gelernt habe. Etwas, das du voll und ganz verstanden hast, kannst du nicht voll und ganz mit Worten fassen.

Jetzt ist es also so weit.
Ich werde meinen Sohn nie wieder sehen.
Ich bin tot.

Einzig, was ein bisserl komisch ist, sind die Schmerzen.
Oberschenkel, Hände, Hintern, eigentlich fast überall.
Ich hätte schon erwartet, dass zu dem Körperlosen auch das Schmerzlose gehört.
Nicht, dass ich es mir verdient hätte.

Oder bin ich etwa gar nicht?
Ja, verreck!

Nachbemerkungen

Auf dem Geigelstein gibt es weder einen Eisenbügel, noch ein Brett oder einen Schlüssel. An der be-schriebenen Stelle geht es aber wirklich sehr steil runter. Die letzten Koordinaten führen nicht zum Ab-grund, sondern zur Ottosäule, in meiner Heimatstadt Ottobrunn.

Als ich die Chiemgautour im Sommer 2015 mit meiner Frau noch einmal gegangen bin, habe ich festgestellt, dass der Wandel der Zeit auch hier nicht Halt macht:

Hinter dem Spitzsteinhaus gibt es kein Drehkreuz mehr, durch das man gehen muss, um zu Station 3 zu gelangen.

Auf der Priener Hütte gibt es keine Hasen mehr, und auch keine Lilie auf dem Dach.

Auf der Riesenhütte konnten wir nicht übernachten, weil sie generalsaniert wird.

DAV-Informationen zur Chiemgautour:
https://www.davplus.de/huettentrekking/chiemgautour

Glossar

Bayrisch	Deutsch
auf der Brennsuppe dahergeschwommen sein	nicht der Schlaueste sein
außerhalbgrasen	fremdgehen
Bappn	Mund
batschert	ungeschickt
bisserl	bisschen
Bitteln und Betteln	inständiges Bitten
Fuß	Bein (oder seltener: Fuß)
garch	steil
Geraffel	minderwertige Gebrauchsgegenstände
Gribbe	ungezogenes Kind (auch Sau- oder Hundsgribbe)
Gschaftlhuber	Wichtigmacher
gschamig	verschämt
gschert	gemein
Gschpusi	heimliche Liebschaft, Verhältnis
hinten höher wie vorn werden	wenn sich jemand über die Maßen aufspielt
Hirnkastl	Gehirn
jemandem eine batschen	jemandem eine reinhauen
Bayrisch	**Deutsch**
lätschert	kraftlos
laufen, gelaufen	gehen, gegangen (laufen tut der Bayer nicht)

nass reingehen	wenn alles gegen einen läuft
pfundig	schön, gut
Ratschhaferl	Person, die gerne redet
Schmarrn	Unsinn
schnackeln (bei jemandem)	jemand begreift endlich etwas
Schrazn	kleine Kinder (evtl. abwertend)
sich aufmandeln	sich aufspielen
sich die Wadeln anschei-ßen	Angst haben
sich dumm und dappig suchen	lange suchen
umadum	ungefähr
Wadeln	Waden
Watschn	Ohrfeige
Zefix	bayrische Fluchformel zu jedem Anlass

Danksagung

Mein Dank geht an meine Frau Claudia.
Ich konnte mit ihr über alle Ecken und Winkel des Romans sprechen, ihre Ratschläge haben mir enorm weitergeholfen. Sie hat mir immer wieder Schreibzeit verschafft, vor allem gegen Ende des Romans.

Mein Dank geht an Sonja Schlehhuber und Beate Schlachter. Dass ich mit ihnen bei so vielen Treffen meinen Roman besprechen konnte, war ein großes Geschenk. Ich danke ihnen für die vielen Gedanken, die sie sich gemacht haben und für die Verbesserungsvorschläge, die so oft ins Schwarze getroffen haben.

Mein Dank geht an Heike Lacher fürs Probelesen, für ihre hilfreiche Rückmeldung und dafür, dass ich ihr so viele Fragen stellen durfte.

Mein Dank geht an Julia von Held, für ihre wertvollen Tipps zur Formatierung von eBooks. Und überhaupt.

Mein Dank geht an Arwed Vogel, der mir so viel über das Schreiben beigebracht hat.

Stell Dir vor, eines Tages kennt Dich plötzlich keiner mehr. Deine Freundin, Deine Heimatstadt, Dein Leben - nichts ist mehr wie gestern.

Als Theo am Morgen nach einer Isarparty nach Hause kommt, passt sein Wohnungsschlüssel nicht. Seine Freundin Miriam ist fort und der Nachbar behauptet, Theo noch nie gesehen zu haben.
Auch Theos bester Freund Norbert kann nicht glauben, wer da vor ihm steht -
aus einem eindeutigen, schier unfassbaren Grund!

WELTFREMD ist erhältlich auf Amazon unter
www.amazon.de/dp/B00DH1L5UI

- als Taschenbuch für **7,99 Euro**
- als eBook für **2,99 Euro** (auf dem Kindle).

16488718R00137

Printed in Poland
by Amazon Fulfillment
Poland Sp. z o.o., Wrocław